DESERT KISS
BESOS EN EL DESIERTO

GLORIA ALVAREZ

TRADUCCIÓN
POR
NANCY J. HEDGES

Pinnacle Books
Kensington Publishing Corp.
http://www.pinnaclebooks.com

Para Dean, Lucie y Sophia; gracias a ellos, todo vale la pena.

PINNACLE BOOKS are published by

Kensington Publishing Corp.
850 Third Avenue
New York, NY 10022

Pinnacle and the P logo Reg. U.S. Pat. & TM Off.

First Pinnacle Printing: September, 1999
10 9 8 7 6 5 4 3 2 1

Printed in the United States of America

PRÓLOGO

—¡Mamá! —llamó Patricia Vidal Martínez, al cerrar la puerta principal de la casa tras de ella—. ¡Ven! ¡Tengo noticias!

Lourdes Vidal caminó lentamente desde la cocina en la parte posterior de la casa, secándose las manos con una toalla de algodón.

—¿Qué, mi hija?

Patricia dejó caer su portafolios sobre el anticuado sofá y tomó las manos de su madre entre las suyas.

—Mamá, ¡Me lo autorizaron! Voy a hacer la expedición preliminar al Solitario este verano.

Los ojos de su madre se abrieron con terror.

—¿Sola? ¿En el desierto, en esa parte tan desolada de Texas? Patricia, ¡ni lo pienses!

Patricia meneó la cabeza con impaciencia.

—No, mamá, no sola. La Agencia me está contratando un guía. ¿No es maravilloso? Por fin voy a poder hacer lo que los demás geólogos estatales han estado haciendo durante años. Por fin me van a dar esa promoción que he esperado durante seis años. ¡Y por fin voy a poder mandar al demonio a ese desgraciado de Jerry Ricks! —abrazó a su madre sonriendo—. ¡Me muero por empezar!

Lourdes se apartó, mirando a su hija con gesto de incredulidad.

—Pati, ¿estás loca? Es demasiado peligroso. ¿Y si algo te pasa? ¿Quién te ayudará?

—Por eso estamos contratando a un guía, Mamá. Para que no pase nada.

—¿Y si pasa algo? —Lourdes insistió, su amplio busto temblando bajo su suéter de algodón oscuro—. Es que tú no sabes, Patricia. A mí no me gusta esto para nada.

—Mamá, jamás te ha gustado. De hecho... —Patricia se detuvo. No tenía caso provocar a Lourdes. La insólita carrera de Patricia, y el seguir soltera a los treinta y tres años, eran bastante provocación.

¿Y por qué había esperado que su madre compartiera su felicidad? Era ridículo. Lourdes jamás la había apoyado en su decisión de seguir los pasos de su padre. Se había opuesto desde la infancia de Patricia, cuando ésta solía acompañar a su papá en las expediciones de verano. A Patricia le habían encantado los campamentos, las excavaciones, el sol y las piedras, pero Lourdes jamás los había acompañado, ni una sola vez. Había alegado que no eran actividades propias para mujeres. No lo eran entonces, y tampoco ahora.

Patricia acarició la mejilla de Lourdes para tranquilizarla, esperando que el encanto personal que había funcionado perfectamente bien con su jefe para conseguir la expedición lograra hechizar igualmente a su madre.

—Si pasa algo, tendré quien me ayude ahí mismo, sin demora alguna.

—¿Y quién es ese guía? —Lourdes preguntó con desconfianza.

—Alguien de Aventuras Desérticas en Terlingua.

—¿Alguien? Quieres decir un hombre, ¿o no?

Patricia puso los ojos en blanco.

—Probablemente. Casi siempre los guías son hombres. No importa, mamá. Él estará ahí para hacer su trabajo, igual que yo.

—¡Ay! Semanas enteras a solas con un hombre desconocido... Patricia, ¡no! No puedes hacerlo. Piensa en tu buen nombre, tu salud, el honor de la familia. No eches todo por la borda por... ¡un trabajo! —pronunció la palabra como si fuera grosería—. Piensa en tu futuro. Si fueras a volver a casarte, que pensaría tu...

Patricia la interrumpió, exasperada.

—No es muy probable, mamá. Las dos sabemos lo que me pasa con los hombres. Por eso he dedicado tanto tiempo a mi carrera. Por eso estoy contenta por irme de expedición...con un guía —agregó, lanzándole una clara indirecta—. Lamento que no puedas compartir mi alegría, mamá. Papá habría estado orgulloso de mí.

—Tu padre te habría acompañado, para cuidarte.

—Ya basta, mamá —interrumpió Patricia—. Me voy a cambiar de ropa y voy a correr un rato. Nos veremos al rato.

—¡No olvides tus galletas de energía!

—¡Como si pudiera! —Patricia murmuró, desapareciendo para refugiarse en su cuarto—.

¡Madre de Dios! Lourdes podía quitarle el gusto a casi todo.

Quitándose rápidamente la falda y la blusa, Patricia se puso unos shorts y un sostén deportivo, y ató con un listón su largo cabello color azabache.

Patricia se agachó, aflojando los músculos, aún pensando en Lourdes. Su madre se preocupaba constantemente, la sofocaba, siempre cuestionando sus decisiones. En momentos como éste, Patricia pensaba que lo mejor sería mudarse, conseguir su propia casa y dejar que su madre se atormentara sola.

Cuando ella terminó de correr, Lourdes ya había comenzado a preparar la cena. Por los aromas que se percibían por la casa, estaba declarando la paz al preparar el platillo favorito de Patricia, los chiles rellenos.

Sin embargo, dadas sus costumbres, era más probable que estuviera intentando ablandar a Patricia para volver a discutir. Para su madre, ofrecer comida y fastidiar eran simplemente diferentes caras de la misma moneda, o sea, las dos caras de su cariño. Desde que murió su papá seis años antes, Lourdes no había tenido a nadie más que a Patricia, y ahora pasaba todo su tiempo y empleaba todas sus fuerzas cuidando a su única hija.

Pues comería los chiles. Eran demasiado ricos para dejarlos. Pero, por Dios, Lourdes no iba a convencerla para que dejara la expedición. Patricia había trabajado demasiado duro y durante demasiado tiempo para conseguirla. Ella sabía lo que le había costado, y sabía lo que le iba a costar si fracasaba.

Pero no fracasaría. Nadie le iba a quitar tan importante oportunidad.

CAPÍTULO 1

Espantoso trimestre que le esperaba, pensó Daniel Rivera, limpiando el sudor que perlaba su frente. Inclinó la cabeza hacia adelante para estudiar la hoja de cálculo que centelleaba en la pantalla de la computadora. Quizás alguna otra combinación de cifras funcionara mejor.

Apretó sus labios contra los dientes y tecleó una nueva fórmula en el programa. Tocó la tecla de cálculo y estudió el parpadeo de la pantalla al producir otro cuadro devastador. Los impuestos, los préstamos, las deudas y gastos de mantenimiento se reunían en franca conspiración para mantener a Aventuras Desérticas Rivera en números peligrosamente rojos.

Daniel apagó la computadora, murmurando de mala gana palabras de agradecimiento al tal Dr. Martínez. Hubo pocos clientes durante el mes de julio en el desierto de Texas, y este tipo Martínez estaba a punto de salvarle el pellejo financiero. Tres semanas de ingresos urgentemente requeridos tal vez alcanzaran para cubrir el pagaré de las lanchas, el pago trimestral de los impuestos y las primas de seguro, así como la primera nómina del otoño.

Podría ser suficiente para mantener vivo su sueño un rato más.

Daniel estaba parado atrás de su pequeño escritorio mirando por la ventana. Esta región árida e inhóspita de Texas no se comparaba siquiera con Colorado, pero de momento le convenía. Era tierra dura y sedienta, tan exigente como un niño... o una mujer. Se había dedicado día y noche durante seis años para apenas sobrevivir en este lugar, y Daniel había gozado el esfuerzo, porque sólo así no le quedaba tiempo para recordar.

Dio un vistazo a las paredes del inmueble de adobe que albergaba Aventuras Desérticas Rivera. Carteles de la región de la Gran Curva adornaban las paredes, sus orillas dobladas y quemadas por el sol: Las Montañas del Chiso con sus cumbres inaccesibles; los colores horneados por el sol de la Barranca de Santa Elena; los álamos en plena flor; y el Solitario montando guardia sobre todo el panorama. Estas tierras duras y bellas a la vez apenas descansaban de las embestidas a que hace años fueron sujetas debido a la fiebre humana por los metales y minerales. Y ahora, pasadas apenas unas cuantas generaciones, las tierras volvían a recuperarse. No era justo profanarlas de nuevo.

Pero eso era exactamente lo que se proponía el Dr. Martínez. La secretaria del gobierno que había contratado los servicios de Daniel había explicado que el Dr. Martínez "estaba realizando un estudio preliminar geológico para determinar el potencial económico del Solitario." Y el Dr. Martínez quería un guía.

Un vejete becado, pensó amargamente Daniel, pero se detuvo. No había que juzgar, se decía con firmeza. Si Desérticas no llevaba a este individuo, lo llevaría otra compañía. Era dinero contante y sonante, y nada más. Martínez lo tenía, y Daniel lo necesitaba.

Daniel revisó el equipo que descansaba en el piso frente al mostrador y rápidamente hizo un inventario mental. Tiendas de campaña, estufa, bolsas de dormir, tanque de agua, cajas de comida y utensilios de cocina, camisetas y botas de trabajo, rifles y municiones, por si acaso se necesitaran. Todo estaba ahí, lo único que faltaba era el Dr. Martínez y su vehículo de campaña.

Tendrían que volver por lo menos una vez durante el viaje para abastecerse de agua y provisiones, pero eso era de esperarse. Acampar en el desierto, especialmente en verano, requería grandes esfuerzos.

Afuera, una camioneta verde llegó, dispersando una nube de polvo tras la cabina. Daniel se acercó a la puerta-mosquitero del frente del edificio y miró hacia afuera. Una mujer delgada se deslizó ágilmente del asiento, empujando sus gafas de aviador sobre la cabeza, para luego cerrar la portezuela de la camioneta con un ligero toque de su cadera.

¿Qué hacía una preciosidad como ella por aquí? Su aspecto despertaría celos en cualquier mujer, pero más aún en las mujeres duras y quemadas por el sol que abundaban en esta región de Texas. Pudo haber salido directamente de alguna página de aquellos elegantes catálogos de ropa para expedición de Bean o Bauer. Una camisa de color rosa brillante estaba atada cuidadosamente en un nudo a su cintura, y un sombrero nuevo de campaña le colgaba a la espalda por una tira de piel en el cuello. Sus shorts caqui, adornados con bolsas, cremalleras y cierres de Velcro, estaban planchados y limpios, igual que sus varias capas de gruesos calcetines de trabajo.

Las únicas prendas que indicaban que no se había perdido al dar la vuelta equivocadamente a cien millas del lugar eran las arañadas botas de excursionista y una brújula colgada de la trabilla del cinturón.

Pero algo en ella, algo en esa piel olivácea, esos altos pómulos, esas piernas inimaginablemente largas, esa cascada de cabello color azabache, le recordaba a...

Buscaba un nombre. Lo sacó del cajón de un archivero cerrado con llave en su mente, el cual cerró de nuevo con un golpe para no dejar que ningún otro recuerdo se escapara. Patricia. Patricia Vidal.

Imposible. Ni por equivocación. No había visto a Patricia en, ¿cuánto?, ¿quince años? No podía ser ella. Pero quienquiera que fuera esta muchacha, era estupendamente bella, y simplemente verla le aceleró el pulso. De repente Daniel lamentó la cita con el viejo Dr. Martínez, quien estaba por llegar en cualquier momento.

Daniel la observó con agrado mientras se acercaba. Caminaba con agilidad pero sin prisa, sus curvas discretas contoneándose sutilmente con cada paso. No titubeaba al caminar, y miró directamente por la puerta, meneando la mano en son de saludo.

—Busco a Daniel Rivera —llamó, y a Daniel se le secó la garganta. Otro recuerdo se escapó del archivero en su mente, y recordó esa voz. Era rasposa, tibia y seductora, con apenas una pizca de acento hispano.

El cencerro de la puerta sonó alegremente, interrumpiendo su pensamiento. La mujer entró al pequeño cuarto, sonrió, y extendió la mano.

—Hola —dijo—. Soy la doctora Martínez de Geología Económica. Creo que eres mi guía.

Está bien. Había pecado de sexista... había estado esperando a un geólogo hombre. Pero ése era el menor de sus problemas, de ser cierto lo que pensaba.

—¿Patricia? —dijo, recuperando la voz un momento más tarde—. ¿Patricia Vidal?

—Pues sí, antes me llamaba Patricia Vidal —contestó, y luego abrió los ojos, sorprendida—. ¡No! Daniel Rivera. Fantasma del pasado. Jamás pensé que pudiera tratarse de tu compañía —rió, con un timbre ligero, coqueto, y con asombro, como campanitas en una brisa primaveral.

Luego Patricia lo tomó de la mano y lo acercó hacia ella. Con la otra mano acarició su cara y con ligereza le dio un beso en cada mejilla. El segundo beso duró medio momentito más de lo necesario, antes de soltarlo. Retirando lentamente su mano, deslizó sus dedos a lo largo de los dedos de Daniel hasta que apenas sus yemas se tocaban.

La palma de ella se sentía suave y seca contra los dedos encallecidos de él, contra la sombra de barba en su mentón. Esas manos no estaban preparadas para el trabajo riguroso que estaban a punto de realizar, y de repente él se preguntó cuál sería el verdadero motivo de su viaje.

—Soy yo —dijo, logrando superar el corto circuito que el beso de ella había creado entre su cerebro y su voz.

—Por Dios, ¿cuánto hace que no nos vemos? Te fuiste a Colorado cuando yo tenía, ¿cuántos?, ¿diecisiete años? Jamás pensé que volvería a verte aquí en Texas.

—¿Y por eso jamás contestaste mis cartas?

Ella no hizo caso al comentario, y miró alrededor de la oficina.

Bueno, probablemente era mejor así. Él necesitaba la gran cantidad de dólares que el estado de Texas le pagaría por cuidarla a ella y a su campamento, y no valía la pena dejar resurgir una serie de sentimientos que había dado por muertos hacía años. Además, ya ella llevaba otro apellido, y eso significaba solamente una cosa.

Miró de reojo a la mano derecha de ella. No llevaba anillo, ni había huella siquiera donde pudo haber estado uno. Así que a lo mejor tenía marido y a lo mejor no. Pero de cualquier modo, no significaba nada para él. Su papel, el único papel que iba a desempeñar, era de guía.

—Daniel Rivera. No lo puedo creer —ella meneó la cabeza, y algunos mechones de cabello ondularon al desprenderse del broche de oro que los sujetaba.

Él se movía impacientemente para calmar la repentina e inoportuna tensión que sentía en el estómago. Patricia Vidal era intocable. Su relación había terminado hacía muchos años. Ahora era como cualquier otro cliente, y era bastante claro que ella no tenía mucha experiencia con este tipo de expedición. Era obvio que por eso lo habían contratado. Sería aconsejable tener eso en mente.

—¡Manos a la obra! —dijo, haciendo un ademán hacia el equipo que estaba amontonado en el cuarto. Volteó y alzó una mochila al hombro, y luego levantó dos tiendas de campaña de nailon con armazón de aluminio.

—No uso tienda de campaña —dijo Patricia.

—¿Piensas dormir en el suelo?

—¡Por supuesto que no! Traigo a Berta —ante su mirada de asombro, indicó con la mano hacia afuera—. Mi "cámper".

Daniel empujó la puerta con un poste de tienda de campaña y salió. Ahí vio lo que había estado escondido tras la nube de polvo cuando llegó Patricia. Berta era un antiguo, pero bien conservado "cámper" empotrado en la camioneta. Descansaba sobre la plataforma de la igualmente antigua camioneta de doble tracción de Patricia. Amarrados al techo del "cámper", alrededor de la unidad de aire acondicionado, había varios grandes contenedores de carga; un pequeño remolque para llevar el agua y traer las muestras de piedra estaba enganchado a la parte posterior de la camioneta.

Él le dio la vuelta a la camioneta, sin sorprenderse de encontrar un tanque auxiliar de gasolina, así como conexiones para electricidad, agua y desagüe, aparte de un gran tanque de gas propano. Por la ventanilla lateral notó las minipersianas y cortinas, que hacían juego con los cojines del banco que circundaba tres lados de la pequeña mesa. Daniel habría apostado una semana de sus valiosos ingresos que lo que no podía ver sería igual de lujoso.

—¿No es una maravilla? —preguntó Patricia, acercándose con una caja de comida seca y latería. Los dejó sobre el tope trasero de la camioneta y abrió la llave de la puerta trasera del "cámper"—. Yo pienso que trabajar en el desierto no quiere decir que hay que prescindir de las comodidades del hogar.

Una imagen insoportable del desierto, tachonado de casas, cables eléctricos y antenas parabólicas, cruzó por la mente de Daniel. Apretó fuertemente la mandíbula. Muérdete la lengua, Rivera, pensó. No es tu problema.

—No te agrada mucho todo esto, ¿verdad? —preguntó ella, indicando el interior, donde Daniel descubrió un refrigerador de tamaño mediano, una estufa con tres quemadores, y un horno de microondas. En un rincón había un gran generador y una puerta que daba paso a la regadera y al excusado químico—. Ándale, Daniel, di la verdad —su voz sonaba un tanto bromista.

—El Solitario no es exactamente un paseo en el campo —dijo él, tratando de mantener un tono neutral en la voz—. No hay conexiones por ahí, ni tampoco gasolineras.

—Y por supuesto, es sumamente decadente llevar tanta civilización al desierto —rió ella, haciendo eco en voz alta a los demás pensamientos de Daniel. Él la observó con curiosidad, sorprendido al ser descubierto tan fácilmente—. Estoy de acuerdo contigo —agregó ella, levantando el mentón para mirarlo directamente a los ojos—. Pero no he acampado al aire libre desde que salía con mi papá. Mis colegas me dicen la "geóloga del Holiday Inn". Caray, hasta insisto en llevar guía. Pero tienes que admitir que no es el modo normal de operaciones para un verdadero aventurero.

Ella lo miraba a través de pestañas aterciopeladas, y sus siguientes palabras fueron de disculpa fingida.

—Temo que se van a poner peor las cosas. Así que aguántate y sonríe, querido.

Lanzó la curiosamente íntima palabra "querido" como si fuera un reto, y Daniel asintió con la cabeza, sin atreverse a hablar. ¡Querido! ¿En qué estaba pensando ella? Había usado una vez antes esa palabra y lo había dicho con sentimiento, o así lo había creído él. ¿Para qué repetirlo ahora?

Obviamente, para confundirlo. Para hacerle olvidar la real y simple verdad: que geóloga o no, Patricia Vidal Martínez, al paso de los años, se había convertido en una auténtica y consentida princesa azteca de primera clase. Hasta tenía su propio palacio portátil. Y ahora había contratado a Daniel como valet personal.

Iban a ser tres semanas muy largas, pensó, fatigado antes de comenzar, e iba a tener que ganar cada centavo de su comisión.

Podía echarse para atrás. Se le ocurrió la idea de repente. Aun después de quince años de separación, Patricia todavía lograba inquietarlo. Y aunque en verdad necesitaba el dinero con desesperación, quizás no le conviniera estar tan ansioso de conseguirlo con este trabajo. Quizás pudiera conseguirlo de otra manera, con algún otro trabajo que no amenazara su tranquilidad emocional.

Consideró la posibilidad mientras alzaba el tanque de agua vacío al remolque, para luego conectar la manguera para llenarlo. Algo podía salir. Pero siendo realista, ¿saldría otro trabajo en pleno verano? No. Si renunciaba a este trabajo, era mejor colocar de una buena vez el letrero anunciando la clausura del negocio.

Le había caído de perlas este negocio, y sería insensato de su parte rechazarlo. Si para Patricia no era problema, entonces para él tampoco.

Simplemente controlaría sus recuerdos y reacciones, la trataría como a cualquier otro cliente. Sería amable y servicial. Y guardaría una distancia respetuosa.

Mientras se llenaba el tanque, Daniel empacó el equipo restante en el "cámper". Lo hacía de manera veloz y eficiente, tratando de no hacer caso a los comentarios constantes de Patricia respecto al equipo. Le festejó su elección de colores de mochilas, le criticó la cafetera de estaño, y rechazó sus utensilios de cocina porque duplicaban los suyos. Pero

Daniel insistió en llevar su olla de hierro y sus sartenes.

—Cuando se te acabe el gas propano, te arrepentirás de no poder cocinar sobre la fogata —la amonestó.

—Cuando se me acabe el gas propano, regresaremos al pueblo. Te dije, yo no hago campamentos rústicos —pero luego se encogió de hombros y empacó las sartenes en una alacena al nivel del piso al lado de un cajón surtido de cuchillos. Cerró las alacenas, asegurándolas, y cerró el "cámper" mientras Daniel cerraba la llave del agua para luego guardar la manguera.

—Falta sólo un detalle —dijo Daniel, entrando al edificio por última vez. Al salir, cerró con llave. Luego caminó a la camioneta y volteó el asiento delantero hacia adelante. Colocó los dos rifles en la rejilla en la parte de atrás de la cabina. Metió una caja de balas en el piso tras el asiento del pasajero.

—Están cargados. Están puestos los seguros, pero ten cuidado —dijo secamente.

—Así que estamos listos —dijo ella. Le aventó la llave del arranque a Daniel, abrió la portezuela del lado del pasajero, y subió a la camioneta—. Te cedo el honor de manejar.

Daniel se subió al asiento del conductor. La piel color beige estaba caliente por el sol, y todavía guardaba la forma donde había estado sentada Patricia unos momentos antes. Se acomodó, forzándose a no hacer caso de la fragancia limpia y excitante de Patricia que despedía la piel del asiento, caray, que permeaba toda la camioneta, dado que ella estaba a su lado. Metió el embrague y arrancó el motor. La vieja camioneta ronroneó al sacarla en reversa a la calle principal del pueblo. Se dirigió hacia el oeste.

Manejaron algunas millas en silencio antes de que hablara Patricia.

—Así que, ¿dónde has pasado los últimos quince años?

—Aquí y allá. Ya sabes, por todas partes.

—Y abriste tu propio negocio. Buen trabajo para los que pueden hacerlo.

—Duro trabajo lo describe mejor. Tú, en cambio, simplemente seguiste los pasos de tu papá.

—Pues, no podía seguir los pasos de mi mamá —contestó ella, riéndose—. Nadie puede mantener a una esposa desempleada en estos tiempos, si es que existe alguna mujer hoy en día que quisiera dedicar su vida entera al cuidado de la casa.

—Pero la geología normalmente requiere trabajo de campo. ¿Cómo escogiste esa carrera si odias esa parte?

—No es que odie el trabajo de campo. Es que me gusta... tener ayuda —ella estiró la mano para darle unas palmadas en la rodilla—. En verdad es un gran gusto volver a verte, Daniel.

La sensación de su mano en la rodilla le electrizó toda la pierna, hasta la boca del estómago. ¿Cómo podía ser ella tan descuidadamente indiferente ante el efecto que tenía sobre él? A lo mejor siempre había sido igual, y él había simplemente bloqueado esos recuerdos.

—¿Entonces por qué tú y por qué ahora? En pleno verano, nada menos.

—Ya me tocaba —parecía casi petulante—. Conozco esta área mejor que nadie en la Agencia. Era la región de investigación de mi papá y mía también. He estado viniendo desde los diez años de edad. Hasta escribí mi tesis sobre la Gran Curva.

Daniel apretó los párpados. El sol estaba casi directamente sobre ellos ahora, quemando la tierra con su
luz brillante. Sobre el horizonte podía ver las
cumbres de las montañas.

—Entonces, realmente no necesitas guía.

—No, nada más acompañante. Alguien para llevar
y traer las cosas —dijo ella vivamente. Pero él detectó
algo falso en su contestación, un destello de alegría
fingida y una delicada exageración de su acento,
como si estuviera omitiendo algo—. Todos los estu-
diantes que normalmente nos acompañan estaban en
clases durante el verano, esperando la gloria de una
gran expedición cartográfica durante el otoño.

—Con mejores condiciones climáticas.

—También eso. Mientras tanto, pasaremos tres
semanas enteras juntos bajo el sol de verano. ¡Jamás
logramos hacer eso en la adolescencia! —sonrió, una
sonrisa pícara que parecía bromear solo a medias—.
¿Debería estar asustada?

—No sé. ¿Estás casada todavía? —. Si se trataba de
jugar, entonces los dos podían hacerlo, pensaba
Daniel, aunque el juego de Patricia era infinitamente
más desenvuelto y ensayado. Pero él podía competir
con ella.

—No. ¿Y tú?

—No.

—Nunca, ¿o no de momento? —persistió ella.

—Nunca.

—Vaya, vaya —dijo ella lentamente, y parecía un
gato a punto de disfrutar de un plato de crema—. Por
lo visto de alguna manera te impacté.

—Pues sí —al menos tenía que asentir. Pero hasta
ahí nada más.

Ya empezaban a aparecer las montañas y mesetas
rojas y cafés del Solitario sobre el horizonte. Pararon

para comer, y Patricia se disculpó para alejarse a unos cientos de metros de donde se estacionaron para "sus necesidades".

Juntaron la basura y subieron de nuevo a la camioneta para continuar el viaje. El camino se deterioraba conforme se alejaban del mundo civilizado, y Daniel cambió de velocidad para proceder con mayor precaución. Aun así, una hora después se vio en la necesidad de virar fuertemente para evitar aplastar a una gruesa serpiente que atravesaba palmo a palmo el estrecho camino.

—¿Qué pasó? —exclamó Patricia. Brincó en su asiento cuando Daniel viró bruscamente para compensar el estrecho ángulo de manejo. Él sacó la camioneta un par de metros del camino, y luego corrigió rápidamente la dirección para volver el vehículo y el remolque de nuevo al camino con un salto como para romper huesos. Frenó y observó al animal terminar de deslizarse por el camino de terracería.

—¿Estás tratando de matarnos antes de llegar? —preguntó Patricia.

—No. Simplemente no me gusta matar nada de no ser necesario —engranó de nuevo la velocidad y volvió a emprender camino. Luego agregó, porque no resistía la tentación por mucho que se arrepintiera después—. No como algunas personas que conozco.

—Yo no pienso matar nada —dijo ella bruscamente—. Yo busco minerales.

—Los cuales resultarán en contratos de explotación de minerales, desarrollos, minas y devastación ecológica. Matas las cosas, Patricia. La única diferencia es que no lo haces directamente.

—Detente un momento —dijo ella, con furia en la voz—. Tengo una misión legítima. Si no te gusta, podemos regresar de inmediato, y buscaré a quien le guste. Pero no me insultes ni a mí ni al estado de Texas. No estamos matando nada.

¿Por qué había abierto la boca con el propósito de provocarla? Necesitaba este trabajo; era lo que lo iba a mantener vivo. Si es que sobrevivía a la estancia con Patricia.

—Discúlpame —se retractó—. No importa mi opinión. A mí me pagan por ser guía.

—Más te vale —ella se acomodó contra el respaldo del asiento y miró por la ventana. Cuando volvió a hablar, su voz se había suavizado—. Sabes, tú tienes cuentas por pagar y también el estado. Y los contratos para explotar minerales ayudan a pagar las cuentas. Paga cosas como la atención médica y la educación, cosas importantes.

Él no contestó. No tenía caso.

—Nada más recuerda quién te paga y haz tu trabajo.

Tres semanas, pensaba él. Puedo hacer lo que sea durante tres semanas. Hasta soportar a Patricia Vidal.

Una hora más tarde llegaron a su base de operaciones, habiendo viajado en silencio durante las últimas treinta millas. Patricia abrió la portezuela del lado del pasajero y se deslizó hacia el suelo. El olor distintivo de creosota le irritaba la nariz, recordándole los veranos que había pasado en el lugar con su padre, y luego como estudiante. Este lugar no cambiaba: las espinas puntiagudas del quiote, la omnipresente lechuguilla con sus delgadas espinas resbaladizas, los cactus con flores amarillas, ocultando a los insectos y reptiles que saldrían por la noche a comer.

Ella vio el llano, limpio de arbustos, a su alrededor: un buen lugar para su campamento. Ya habían llegado y ya no podía posponer mucho más su decisión de contarle su secreto a Daniel.

Dios, ¡si fuera cualquier otro menos él! En el nombre de Dios, ¿cómo había localizado su secretaria a Daniel Rivera para contratarlo como guía? Al momento de reconocerlo, debería haber dado media vuelta para regresar a Austin.

No. Ella podía hacer cualquier cosa. Ya lo había hecho. Esto no era importante, en comparación.

Ándale, Martínez, se dijo firmemente. Daniel tiene que saber. Por eso está aquí. No hay manera de echarse para atrás. Llegamos hasta aquí y vamos a hacer nuestros trabajos.

Y, ¡caray!, quizás la verdad— o parte de la verdad, se corrigió— pudiera ayudar a ahuyentar la mirada sombría que había visto en los ojos de Daniel.

Lo diría de manera sencilla y directa. Se trataba de un simple hecho de la vida, igual que su cabello color azabache, o la cara recia y bronceada de Daniel.

Daniel desató el remolque del agua para colocarlo al lado norte del campamento, y luego abrió la puerta del "cámper" para desempacar el equipo. Patricia acudió a ayudarlo, poniendo cajas de provisiones en el suelo mientras Daniel armaba su tienda de campana. Mientras él se ocupaba en esas tareas, su consciencia no cesaba de azuzarla: ¡díselo ya!

Esta expedición en sí se trataba de nuevos comienzos, de reclamar lo que por derecho le pertenecía. Demasiada gente había intentado protegerla durante demasiado tiempo, comenzando por sus padres, después sus consejeros en la universidad y luego sus jefes en la Agencia. Ya estaba fastidiada.

Se había jugado el todo por el todo para conseguir que le dieran esta oportunidad, y no estaba dispuesta a fracasar. Su jefe, Matt Ross, todavía no estaba conforme. Había alegado que las expediciones solitarias no eran para ella. Ella era demasiado valiosa para la Agencia como para arriesgarla en el desierto.

"Pero no suficientemente valiosa para promoverme sin expediciones," había replicado secamente. Tuvo que usar todo su legendario encanto— y una amenaza selecta— para convencer a Matt. Aun así, él había insistido en que llevara un guía, y mira nada más quien le tocó de guía: el guapísimo Daniel Rivera, de un metro noventa cms. y delgado, e igual de encantador que hacía quince años. El tipo de hombre que todavía le hacía hervir las entrañas.

Bueno, sensual o no, él tenía que cumplir con el trabajo. Y ella le debía una explicación de por qué lo había contratado.

Enderezó los hombros y marchó hacia el "cámper"; ascendió los dos escalones metálicos y cerró la puerta tras ella. Miró a Daniel durante un momento, recordando los buenos tiempos, a la edad de diecisiete años. La diversión, sus planes, sus amigos y sueños, todo lo que se había destruido cuando...

Estaba parado a un lado, reorganizando los utensilios de cocina y las provisiones. Luego se estiró para alcanzar un gabinete elevado, buscando torpemente una olla. Ésta cayó sobre la barra con gran estruendo, seguida por el contenido de una caja de cartón que ella había metido entre las tapaderas de las ollas.

Daniel veía los objetos con mirada de incredulidad. Patricia sentía un nudo en la garganta. Dios, pensó ella. Era demasiado tarde. Se había descubierto su secreto, desparramado por toda la barra, y a Daniel no le agradaba en lo más mínimo.

CAPÍTULO 2

Una cantidad de jeringas estériles desechables estaba desparramada por toda la barra. Daniel abrió una, corrió los dedos sobre el tubo, y quebró la aguja al quitar la capa de plástico. Volteó para enfrentarla, y esta vez no pudo enmascarar la desaprobación, mejor dicho, el disgusto, en su mirada.

—¿Qué demonios es esto? —exigió respuesta, y atravesó el "cámper" con dos pasos. Estaba a escasos centímetros de ella, dominando el apretujado espacio. La ira le brotaba de cada poro, y su calor cubrió a Patricia como una ola.

—Todos tenemos nuestros vicios —ella rió para mostrarle que bromeaba, tratando de impedir que Daniel sacara sus propias conclusiones de lo ocurrido, pero él no le hizo caso. La miró airadamente.

Ella intentó de nuevo.

—Daniel, no es lo que piensas. Es que tengo...

—Adicción a la droga inyectada.

Agitó la jeringa quebrada en sus narices. Patricia le empujó la mano, intentando tranquilizarlo para explicar, pero él la apartó bruscamente. Alzando la jeringa a nivel de sus ojos una vez más, la agitó. Su cara estaba dura y tensa, y su voz era una mezcla de suavidad y furia.

—Eres una bomba de tiempo, y ¿sabes qué? No hay suficiente dinero en el mundo entero para que te aguante ya sabiendo la verdad.

—¿La verdad? ¡No reconocerías la verdad aun si te mordiera! —Patricia trató de darle la vuelta, pero él no se quitaba del camino, impidiendo su paso al interior del "cámper".

—Yo veo la verdad, ahí mismo sobre la barra —sacó toscamente la llave del vehículo del bolsillo del pantalón, la tomó por la muñeca y la jaló hacia la puerta—. Súbete a la camioneta. Vamos a regresar. Ahora mismo.

—No tan rápido, querido —hablaba con tranquilidad al intentar alcanzar la llave, pero él la alzó fuera de su alcance. Sin embargo, su movimiento hizo que él le soltara la muñeca, y ella logró pasar rápidamente hacia el diminuto refrigerador. Abrió la puerta y sacó una pequeña ampolleta. Envolviéndola en su mano, sintió la forma gélida, dura y familiar, y tragó en seco.

Tenía que mantener la calma, pues Daniel estaba suficientemente enojado por los dos. Ella reflexionó sobre las distintas y extrañas reacciones de la gente. Y ella había empeorado la situación al posponer tanto este momento.

Ya era hora de controlar la situación, porque Daniel la amenazaba con cancelar su expedición, su segunda oportunidad. Y no lo podía permitir, de ninguna manera.

—Oye, Daniel, ¡ahí te va! —ella dio la vuelta y le aventó la ampolleta. Con la gracia de un beisbolista de liga mayor, Daniel se estiró y la atrapó con una sola mano. Volteó la ampolleta y leyó la etiqueta que Patricia conocía de memoria.

Era su fiel compañera, la droga que le salvaba la vida: "Insulina Porcina Pura. Para Inyección Solamente".

—Eres diabética —dijo Daniel, cuya cara se suavizó al reconocer la verdad.

—¡Felicidades! Tú ganas —. El sol de la tarde brillaba por la ventana, medio cegándola. Cerró los ojos un momento para recobrar las fuerzas y usar su encanto. Abrió los ojos y le regaló su característica sonrisa picaresca y coqueta—. ¿Y cuál es tu premio? ¡Esto! Un viaje con todo incluido de tres semanas al Solitario. Conmigo.

—Ni de chiste. Vamos a regresar. Es demasiado peligroso.

—Estoy muy bien controlada —. Ella mantuvo un tono neutro al moverse del rayo de luz, recuperó la ampolleta de insulina de la mano de Daniel, y la regresó al refrigerador—. Hay muy poco riesgo cuando sabes controlarlo, que es lo que hago yo.

—Pues yo no se de eso —dijo él fríamente—. Está en juego mi reputación, mi negocio en todo caso, pero para ti se trata de tu *vida*. ¿Estás dispuesta a sacrificarla si sucede algo?

—Cuento contigo para ayudarme —respondió ella con toda calma.

—Ya entiendo. No soy un guía. Ni siquiera un burro de carga. Soy tu maldito enfermero.

A ella le dolieron mucho sus palabras, porque, en verdad, tenía razón. Si no fuera por su diabetes, estaría sola. Pero no había de otra. El destino le había jugado chueco, y lidiaba con lo mismo todos los días. Y nadie la iba a sacar de la jugada.

Patricia tragó en seco, inclinó el mentón, y lo miró directamente a los ojos. La cara de él estaba contorsionada con el intento de intimidarla, pero ella se forzó a contestarle con calma.

—Llámale como quieras. Pero el estado de Texas te paga un excelente salario para que me ayudes a hacer mi trabajo. Y dado que todo se basa en eso, no nos iremos hasta que yo lo decida.

Daniel frunció el ceño y sacudió la cabeza.

—Eres una carga en el desierto. Si algo sale mal, soy yo quien tendré que pagar las consecuencias.

Ella levantó el mentón un poco más.

—Y yo perderé más que tú. Pero no sucederá, porque me sé cuidar. Y te enseñaré algunos trucos que debes saber, por si acaso.

Lo acompañó a la puerta del "cámper".

—Ahora, termina de montar el campamento y yo prepararé la cena. Espero que te guste el picadillo de lata.

Patricia sonrió y lo despidió con un gesto de la mano; luego cerró la puerta tras él con firmeza. Se apoyó contra la puerta y suspiró. La sincronización lo era todo en la vida, pensó irónicamente, y hoy la suya había sido desastrosa. Así que por supuesto Daniel se había imaginado lo peor. No había tenido idea de la verdad.

La verdad era que estaba algo expuesta ahí en medio de la nada. Pero por eso había contratado a Daniel. Porque estaba cansada de tomar el segundo lugar, detrás de sus colegas que sabían menos que ella, detrás de los anglosajones que constantemente conseguían ascensos y aumentos de sueldo cuando ella era quien hacía el trabajo real de la Agencia. Ya le tocaba a ella.

Esta vez, no se vería limitada por lo que pensaban los demás que debía ser o hacer. Ya no habría limitaciones. Ya no. Jamás.

Un chirrido de estática proveniente del baño la asustó, y Patricia brincó. ¡Qué día! Hasta había olvidado que Matt había insistido en que se comunicara todos los días por radio. Abrió la puerta del pequeño baño y se sentó sobre el asiento del excusado.

—Ya, ya, quieto —regañó al radio de onda corta. Se tomó su tiempo para sintonizar la frecuencia correcta, oprimiendo botones y moviendo discos muy despreocupadamente. No tenía prisa alguna de hablar con su jefe. En ese momento no tenía ganas de lidiar con las dudas de Matt Ross respecto a su expedición; la actitud de Daniel era suficiente molestia. Pero le convenía tranquilizar a Matt, porque él podía cancelarle la expedición si pensaba que las cosas no marchaban bien. Y bien que lo haría... con o sin Ley de Protección a Estadounidenses Minusválidos.

La voz de Matt vibraba al aire.

—¿Patricia? ¿Estás ahí? ¿Cómo van las cosas?

—Hola, Matt —dijo con alegría forzada—. Todo va bien. Estamos aquí, sin retraso alguno.

—No según yo. Deberías haberte comunicado hace una hora. ¿Qué problema hay?

—Ningún problema —mintió ella—, nada más se nos pasó el tiempo montando el campamento. Discúlpanos si te preocupamos.

—¿Qué te parece el guía...? Se apellida Rivera, ¿no? ¿Está de acuerdo con todo? Sabes que yo le quería informar antes...

—Está bien —lo interrumpió Patricia para desviar la plática hacia otros temas—. Y me tocaba a mí decírselo. Pero creo que esperaba a un hombre. Por lo menos me pareció que estaba sorprendido al verme.

Otro chirrido de estática interrumpió las próximas palabras de Matt, pero era el mismo cantar de siempre.

—Hemos hablado muchas veces de esto, Matt —ella rió con ligereza, pero se le notaba algo molesta—. A la Agencia no le conviene una demanda por discriminación. Tú cumpliste con tu trabajo al contratarme un guía. Ahora déjame cumplir con el mío.

—Pero el Sr. Rivera —protestó Matt—. Si él...

—Todo está bien. Él comprende la situación —Patricia contestó con firmeza.

—Déjame hablar con él —insistió Matt—. Quiero cerciorarme de que está de acuerdo con todo esto, y de que puede ayudarte de ser necesario.

Ella aspiró fuertemente.

—Definitivamente no —rehusó, cuidadosamente metiendo un dejo de diversión—. No voy a dejar que me restes autoridad la primera noche del viaje.

—¡No te resto autoridad! —él exclamó—. Es que no me gusta la situación, eso es todo. Si hay algún problema, quiero que regreses. ¿Me entiendes bien, Patricia?

—Perfectamente —jugueteó con una palanca e hizo una mueca de dolor cuando logró que estallara otro chirrido de estática por las ondas cortas—. Matt, apenas te escucho. Te llamaré mañana, ¿está bien? Cambio y fuera.

Patricia dio por terminada la transmisión y estiró el cuello para relajar la tensión en los músculos de los hombros. La tensión les hace daño a los diabéticos; le podía elevar como cohete su nivel de glucosa en la sangre a pesar de sus mejores esfuerzos para controlarlo. Trató de recobrar la calma, cerrando los ojos para visualizar una expedición sin incidente alguno. Se repetía a sí misma que todo estaba arreglado, bajo control. Iba a enseñarle a Daniel lo que él tenía que saber, y todo saldría bien.

Tenía que estar bien. De eso dependía su futuro.

Totalmente loca, pensaba Daniel furioso mientras abría su bolsa de dormir al acomodarse en su tienda de campaña para pasar la noche. No estaba dispuesto a dormir todo apretujado en el "cámper". Él prefería el aire libre, especialmente cuando tenía cosas importantes en que pensar. Como hoy.

Patricia era calculadora. Tenía respuestas preparadas para todo, explicando todo con frivolidades, insistiendo que su "estado" estaba bajo control. Ella le había enseñado su monitor de glucosa, así como su provisión de pastillas 'Salvavidas' de emergencia y hasta un tubo de crema de chocolate. Había dicho que serviría en el remoto caso de una reacción nocturna, "por si no la podía despertar alguna mañana." Lo había dicho con insólita calma, como si hablara de un simple dolor de cabeza.

He ahí, ella había dicho tranquilamente, todo lo que necesitaba saber del asunto. Ella conocía su propio cuerpo. Un poco de azúcar era todo lo que necesitaba de repente, y de hecho, no muy seguido. En cuanto a la glucosa elevada—un coma diabético—, decía que tardaba mucho en desarrollarse. Seguramente no iba a suceder en un viaje corto de tres semanas.

Ella hablaba con mucha confianza, pero él ya estaba haciendo memoria. No había pensado en eso en muchos años, pero ahora recordaba bien. La señora Vidal era diabética, y ahora también Patricia padecía la misma afección. Y lo quería convencer de que no tenía importancia.

Pues él no era tan ingenuo, y no se iba a dejar engañar ante una situación que no podía terminar bien. Porque por mucho que necesitara el dinero que el estado de Texas estaba dispuesto a derrochar, Patricia Vidal Martínez era una bomba de tiempo que le iba a explotar en la cara. En toda la extensión de la palabra.

No estaba dispuesto a dejar que Patricia destruyera el negocio en que él había invertido el sudor de su frente y lágrimas de sangre. Daniel terminó de abrir su bolsa de dormir y se desvistió para dormir, quedándose en calzoncillos. Buscaría otra manera de salvar su negocio, y Patricia tendría que buscar a alguien tan loco como ella para hacerle de enfermero.

Durmió inquieto, y despertaba a cada rato por los ladridos de una manada de coyotes en la distancia. Aullaban a la luna en el cielo, proclamando su dominio. Una vez pensó que había oído el chasquido de la chapa de la puerta del "cámper", pero lo apartó de su mente pensando que lo había soñado. Patricia tenía baño en el "cámper", y no tenía motivo alguno para salir.

Dando las cuatro de la madrugada, Daniel había dormido todo lo que iba a dormir. Los rayos de luz del amanecer ya se filtraban bajo su tienda de campaña, y se levantó. Juntó las manos bajo la llave del tanque de agua, llenando sus palmas con el líquido, y agachó la cabeza. El agua le hacía arder los ojos, todavía soñolientos. Luego bebió el agua restante.

Empezó a empacar su equipo para el viaje de regreso por la mañana. Desarmó la tienda de campaña y amontonó las cajas, que no había desempacado siquiera, para después pasarlas al "cámper". Echaría de menos el dinero, pero no le quedaba otro remedio. Escoltar a un cliente con una enfermedad crónica era como jugar a la ruleta rusa con cinco recámaras cargadas. Uno de ellos definitivamente iba a salir lastimado.

Ya había amanecido totalmente cuando salió Patricia del "cámper", cerrando la puerta con llave tras de ella. Estaba vestida para el campo: un conjunto de shorts de excursión con camiseta corta verde olivo y rompevientos de nailon, un sombrero de sarga de ala ancha bajo el cual colgaba su cabello recogido en cola de caballo, y sus botas de excursión. Su cara brillaba por la crema protectora del sol, bajo las gafas que llevaba.

Ella sacó dos grandes botellas para agua de su vieja mochila y las llenó del tanque. Guardándolas de nuevo, ajustó los anchos tirantes de la mochila y apretó el cinturón para acomodarla. Volteó hacia una serie de riscos hacia el este.

—¿A dónde crees que vas? —preguntó Daniel.

—A trabajar —dijo—. Tenemos mucho que hacer.

—Vamos a regresar, ¿te acuerdas? —sacó las llaves de la camioneta del bolsillo de su pantalón de mezclilla, y las agitó en frente de ella—. Vamos a empacar todo para irnos.

—Estás equivocado. Dijiste que tú ibas a regresar. Yo nunca accedí a nada por el estilo. ¡Buena suerte!

Luego agregó:

—Puedes caminar, pero está bastante lejos sin coche.

—Tengo coche. El tuyo.

—Pues sí y no.

Acomodó bien la mochila que cargaba en los hombros y emprendió camino hacia el sol. Después de caminar unos ciento cincuenta metros, volteó para lanzar un comentario de despedida.

—Tú tienes la llave del arranque del coche, Daniel, pero yo tengo la tapa del distribuidor. No llegarás muy lejos, aunque pudieras racionalizar el cometer el delito de robo. ¡Adiós!

Agitó la mano en son de despedida y desapareció al pasar al otro lado de la loma.

Daniel se le quedó mirando, pasmado. ¡En el nombre de Dios! ¡Lo tenía secuestrado! Ese ruido que había escuchado en la noche tuvo que haber sido Patricia, levantada no para atender un llamado de la naturaleza, sino para sabotear la única manera que tenían para salir del Solitario.

¿Cuándo se había convertido Patricia en absoluta imbécil? Estaba tan ocupada corriendo riesgos— con él, con su reputación, ¡demonios!, hasta con su propia vida— que no escuchaba razones. Tendría que llevarla, a rastras de ser necesario, al campamento para poder volver a instalar la maldita tapa del distribuidor. Sólo entonces podrían salir de ahí.

Llenó una pequeña botella con agua y se la puso al cinto. Se puso una gorra con el logotipo de Aventuras Desérticas Rivera.

Faltaba una sola cosa... protección.

Daniel se acercó a la camioneta y empujó la llave en la chapa de la puerta. No entró. El vehículo era de los viejos de General Motors, y tenía sistema doble de llaves: una para el motor de arranque y otra para las chapas. La ventanilla estaba abierta unos cuantos centímetros, pero no lo suficiente para alcanzar ni el arma ni la manija, y había dejado todos sus ganchos en el mundo civilizado.

Susurró unas cuantas blasfemias, maldiciendo la insensatez de Patricia y los problemas financieros que lo habían forzado a aceptar esta expedición. Miró hacia el este. Patricia había desaparecido hacia el horizonte. Tenía que empezar ahora, aunque fuera sin arma, si esperaba regresar esas nalguitas tan bonitas al pueblo el día de hoy.

El desierto zumbaba con actividad matinal. Lagartijas e insectos atravesaban su camino en busca del desayuno antes de que el sol comenzara a quemar. Las criaturas nocturnas corrían a sus guaridas para descansar hasta refugiarse de nuevo en la oscuridad de la noche. El sol, apenas saliente, prometía un día sofocante.

Patricia avanzaba rápidamente. Cuando la alcanzó treinta minutos más tarde, Daniel estaba sudando profusamente. Su camiseta de manga larga estaba empapada, y sus ojos le ardían con el escozor de la sal.

—Estás loca —la saludó—. Cien por ciento, loca de remate.

—Gracias por acompañarme —dijo ella, sin aminorar su marcha—. También te dan las gracias los abogados y contadores de la Agencia. Ya no tendrán que preocuparse por incumplimiento de contrato.

—Mi contrato no indica que tenía que escoltar a una... —buscaba la palabra correcta, y al no encontrarla, terminó bruscamente la frase—. Una inválida.

—¿Parezco inválida? —ella se detuvo un segundo, posó seductoramente, y luego asumió una postura más normal—. ¿Y bien?

Daniel se detuvo, molesto por su frivolidad.

—Tu enfermedad afecta directamente la manera en que cumplo con mi trabajo. Deberían haberme dado la oportunidad de rehusar basado en los hechos.

—Daniel, querido, estamos viviendo en los noventa. No puedes discriminar si quieres tener un negocio. Si lo haces, alguien puede demandarte.

—¿Cómo? —preguntó, incrédulo.

—¿La ley? —lo engatusó con voz de seda—. ¿La Ley de Protección a Estadounidenses Minusválidos? La diabetes no es más que una afección más contra la cual no puedes discriminar. Mi jefe no puede discriminarme y tampoco lo puedes hacer tú.

—No estamos en Austin —replicó él—. Y no son los humanos quienes ponen las reglas en el desierto. Lo hace la naturaleza, y ella se desayuna enfermos.

—Mírame. No estoy enferma.

Ahí sí que tenía razón ella. Ciertamente lucía muy saludable. Mejor que a los diecisiete años, pues ahora rebosaba una belleza dulce y madura. Ella le permitió observarla otro momento, luego volteó y continuó caminando hacia el este.

Las apariencias engañan, se recordó a sí mismo, siguiéndola. La verdad es que la expedición era peligrosa.

Poco tiempo después, Patricia se detuvo y, sombreando los ojos con la mano, observó el terreno ante ellos. Satisfecha, asintió con la cabeza, bajó la mochila que cargaba en los hombros, y la abrió. Sacó una gran manta de plástico y colocó sus útiles ordenadamente sobre ella: mazos para piedra y bolsas para muestras, mapas y tablas sujetapapeles, enseres de dibujo, una mochila extra, cámara y básculas de precisión.

—Y ahora te diré el plan —dijo, arrugando la nariz con picardía—. Si tú cumples con tu trabajo de ahora en adelante, yo no diré nada respecto a tu comportamiento hasta este momento. ¿Trato hecho?

Ella activó la alarma de su reloj de pulsera, haciendo que sonara con tres chillidos agudos.

—No —el monosílabo cayó como un golpe entre ellos—. Es peligroso y yo me retiro. Fin de la historia. Dame la tapa del distribuidor y vámonos.

Patricia no contestó, sino que alzó la brújula y echó un vistazo, luego otro y uno más. Tomando su cuaderno, apuntó sus cálculos, y luego bosquejó el panorama con largos trazos de lápiz.

Revisó y volvió a revisar las lecturas de sus instrumentos, metiendo datos en un pequeño aparato de localización global. Escribía con la velocidad de un rayo, humedeciendo la punta del lápiz con su lengua, moviéndose con una gracia ligeramente tensa. Entonces, al volver a la rutina antes tan familiar, se relajó. La pequeña pizca de temor que la había invadido al enfrentarse a su jefe para convencerlo de que la dejara realizar esta expedición por fin estaba pasando al olvido. Esto era divertido. Muy divertido. Y si Daniel la ayudara un poco, sería hasta fácil.

Él todavía estaba enfurruñado, sentado en una roca a unos metros de ella, cerca de donde ella había colocado sus utensilios.

—Ya es hora de ganarte tu sueldo —le dijo ella. Metió la punta de su bota bajo otro mazo, lo aventó al aire, y lo atrapó—. ¿Sabes usar esto?

Ella le cerró la mano de él sobre el mango, y cerró su pequeña mano sobre la de Daniel. Un rayo de electricidad corrió desde sus manos hasta el corazón de Patricia. Estalló en una llamarada que quedó atrapada en su centro. Quedó pasmada al darse cuenta de que Daniel todavía tenía poder sobre ella.

Estuvo a punto de perder el equilibrio ante tan asombrosa realidad, pero se recuperó antes de que Daniel se diera cuenta. Se limitó a enseñarle como usar el mazo. Guió la mano de Daniel hacia abajo para quebrantar el borde de la piedra donde estaba sentado. Sintió un golpe electrizante que corrió a lo largo del brazo de él hacia el suyo al caer al suelo un pedazo de roca del tamaño de un puño.

—¿Sentiste eso? Así es como se toma una muestra —recogió la piedra, calculando su peso, y se la pasó a Daniel—. Esto es lo que quiero de aquel afloramiento, la piedra color gris. Más o menos una docena de muestras a intervalos regulares. Márcalas A-1, A-2, etcétera; luego empácalas.

—Dije que no.

—Daniel, amor, juega limpio. O tendré que ponerme... brusca.

—¿Me amenazas?

—Prefiero considerarlo una promesa —sonrió, humedeciéndose los labios—. Te prometo que si no mejora tu actitud, te voy a entregar a los abogados de la Agencia. Me quejaré ante la Cámara de Comercio y te enredaré en maniobras legales y malas referencias hasta que Aventuras Desérticas Rivera no sea sino un mal recuerdo. Haz tu trabajo, y tu negocio sigue a flote —sonrió de nuevo, como una mamá indulgente—. Así que, ¿qué prefieres?

Daniel se quedó inmóvil. Por donde viera, estaba atrapado. Patricia tenía todas las de ganar, por lo menos de momento. Sin decir otra palabra, enganchó el mazo a su cinturón, recogió el plumón marcador y un manojo de bolsas de muestra, y se encaminó hacia el afloramiento indicado.

Al llegar, sacó el mazo y quebrantó las muestras que Patricia había exigido. Hacía mucho que no efectuaba ese tipo de trabajo; era una parte de su ser que había enterrado después del accidente. Pero aquí, con el mazo en la mano, no podía más que recordar.

Golpeó fuertemente el afloramiento, levantando una lluvia de pedruscos, pero ninguno del tamaño adecuado. Pegó de nuevo, esta vez alcanzando a golpear la punta de su dedo pulgar con la cara del mazo. Tiró el mazo y apretó los dientes. Bonito trato. El fantasma de su pasado por un lado, y la realidad de Patricia al otro lado de la loma. ¿Qué había hecho para merecer tal castigo?

Sonrió amargamente. El dolor le haría bien. En penitencia por su pasado.

Rescató el mazo y se dedicó al trabajo. Después de otros cuantos intentos, recordó como aplicar la presión adecuada al ángulo preciso. Trabajó duramente para juntar las muestras de Patricia, tan tenaz como la muerte. Apartó de su mente todo pensamiento y toda emoción, esforzándose para terminar de juntar las muestras antes del calor de mediodía.

En la distancia, Patricia estaba sentada dibujando detalles del área en su mapa. Él se secó la frente con la camiseta, recogió las bolsas de muestras, y caminó hacia ella.

—Qué rápido —comentó ella al sacar las muestras de sus bolsas para examinarlas. Anotó detalles respecto a cada una en su cuaderno de trabajo. Luego armó la báscula sobre la roca donde había estado sentada. Tomando la primera muestra, pulverizó una esquina y la pesó.

—Estoy buscando indicios de metales pesados, nada más —explicó mientras apuntaba en el cuaderno—. Es para eso que estoy aquí, después de todo.

—Pues sí —. Pero agregó, a pesar de sí mismo—. ¿También haces pruebas de ionización por fuego?

Patricia alzó la vista para mirarlo, con gesto de asombro que luego se convirtió en comprensión.

—Pero, por supuesto. Tú te ibas a la Escuela de Minas cuando... —ella no terminó—. ¿Te graduaste?

—Sí.

—¡Qué bueno! Trae la antorcha de mi mochila. Y aquí tienes un cuaderno para los resultados.

Él pasó el resto de la mañana analizando muestras. Llegada la hora de comer tenía mucha hambre, pero había dejado el campamento con tanta prisa que había olvidado traer comida. Cuando ya estaba resignado a pasar hambre, Patricia le dio una barra de cereal y una mezcla de frutas secas.

—Siempre traigo extra —dijo—. Hay que estar preparada, especialmente cuando me esfuerzo más que de costumbre.

—Si yo como esto, ¿te quedará suficiente? —dijo con un tono protector que él mismo reconoció. ¿De dónde había salido eso?

—Ay, Daniel, conque te importo —rió y sacó un rollo de Salvavidas del bolsillo—. Todavía tengo éstos. Son los dulces con el nombre más apropiado del mundo.

Daniel pasó el resto de la tarde siguiendo las órdenes de Patricia: que pusiera una cosa aquí, que llevara otra cosa allá, que cavara una zanja al lado de aquel afloramiento. Al final de la tarde, habían levantado un mapa del sitio suficientemente detallado como para que cualquier colega de Patricia pudiera volver a encontrarlo. Habían juntado tantas muestras, realizado tantas pruebas y recopilado tantos datos, que a cualquier estudiante de posgrado se le caería la baba. Daniel empacó las muestras en la mochila extra que había traído Patricia en la mañana. Ya empacada, pesaba por lo menos unos veinticinco kilos. Daniel se la echó a los hombros sin comentario.

—Eres bueno como mula de carga —dijo Patricia cuando llevaban la mitad del camino de regreso—.

Ojalá que hubieras estado conmigo cuando estaba preparando mi tesis.

—Y habría estado ahí si no me hubieras rechazado.

Las palabras quedaron entre ellos, como un reto. Quizás finalmente podría él obtener las respuestas que habían quedado pendientes. ¿Por qué había terminado ella con él hacía quince años?

—Bueno, entonces no sabía lo que hacía —. Lo dijo con ligereza, y luego sacó una pañoleta azul de su bolsillo y se limpió la frente. Volvió a guardarla y alisó el frente de sus shorts con la palma de la mano: un gesto íntimo e incitante.

—¿Y ahora? ¿Sabes lo que estás haciendo ahora?

—Dirigiendo un expedición de campo. Y aquí estás —rió como si estuviera satisfecha de haber evadido la pregunta real. Dio un par de pasos frente a él. Sus caderas se contonearon con gracia sobre el abrupto terreno, y Daniel se encontró respondiendo pese a sí mismo, sutilmente tensando todo el cuerpo.

Patricia siempre había podido desconcertarlo. Eso, aparentemente, no había cambiado ni pizca en quince años.

Penitencia, se recordó a sí mismo. Esto le haría bien.

Estaban sólo a pocos cientos de metros de su campamento cuando Daniel bajó la vista hacía el polvoriento sendero que habían estado siguiendo. Se detuvo repentinamente, absorbiendo la escena con una mirada.

—¡Patricia! —susurró cortante—. ¡Regresa!

Su voz debió ser autoritaria porque Patricia obedeció sin chistar. Ella se detuvo, miró a su derredor, y regresó junto a él calladamente.

—¿Qué pasa? —preguntó ella.

Él señaló los pedacitos de maleza y el rastro de huellas animales siguiendo la misma dirección que ellos.

—Pueden ser viejas. Pero es mejor prevenir que lamentar.

Se quitó la mochila de la espalda, la puso en el suelo y recogió un par de piedras. Las sopesó en las manos y asintió ante su peso.

—Servirán.

—¿Para qué? —preguntó nerviosa Patricia.

—Podríamos necesitar alguna clase de arma. Y no veo el rifle por ningún lado, ¿lo ves tú?

Patricia se sonrojó ligeramente, pero no dijo nada. Siguieron rumbo al campamento, cautelosamente, silenciosamente. O eso pensaron, hasta que oyeron un colérico aullido. En medio del campamento, frente al escrupulosamente arreglado equipo de Daniel, estaba un joven coyote macho. Era de un rubio rojizo, con una espesa cola que terminaba abruptamente, como si hubiera sido cortada con un cuchillo. Hacía guardia sobre los restos de una gran liebre, con ojos brillantes, listo para atacar a los intrusos.

Gruñó al verlos. Daniel estiró la mano para bloquear a Patricia, rápidamente evaluó la situación y apretó los dientes. No había una solución fácil. Tendrían que confiar en su cabeza y en su suerte.

Unos metros a su derecha, Berta brillaba en el sol vespertino. Como en muchos "cámpers", una angosta escalerilla en su parte posterior permitía el acceso al compartimiento de equipaje en el techo y a la unidad de aire acondicionado. El techo del "cámper" estaba suficientemente alto como para evitar que el coyote trepara tras ellos.

Daniel jugueteó un par de veces con las piedras que llevaba en las manos, estimando la fuerza con que tendría que arrojarlas para asustar, quizás lastimar, al animal que gruñía.

Patricia estaba inmóvil, lívida, respirando pesadamente.

—Cuando te diga, Patricia —él musitó con urgencia—. Te subes al techo del "cámper". Yo te sigo.

El animal, enojado, avanzó hacia ellos, mostrando los colmillos y gruñendo amenazadoramente. Un macho joven, Daniel pensó. Todavía no ha aprendido que debería evitar a la gente. Sacudió la cabeza, angustiado porque quizás tendría que herir a la bestia, que había entrado a donde no debía acercarse. El aroma de ellos debería haberlo mantenido alejado. Ahora él tendría que hacer lo que la naturaleza no había podido.

¡Qué desperdicio! Silenciosamente oró pidiendo perdón y arrojó la primera piedra.

—¡Ahora, Patricia! ¡Corre!

CAPÍTULO 3

Patricia corrió, mientras la adrenalina bullía por su cuerpo. Dio una amplia vuelta alrededor de la bestia que gruñía y mostraba sus feroces colmillos, y luego tropezó con una piedra. Evitó caerse y se dio más prisa para llegar al "cámper".

A sus espaldas, el animal gruñó y volteó furioso. Saltando, corrió tras ella.

—¡Más rápido! —gritó Daniel—. ¡Muévete!

Patricia prácticamente voló por la escalera, jalándose hacia arriba con una fuerza que aún ella misma desconocía. Se impulsó sobre el techo del "cámper", rasgando sus shorts y su rodilla al pasar velozmente sobre la unidad de aire acondicionado.

Vio la sangre brotando de su rodilla, masculló una grosería, y sacó la húmeda pañoleta de su bolsillo. Con destreza envolvió la rodilla para parar el sangrado. Abajo, el coyote marchaba de un lado al otro detrás de la camioneta mientras Daniel se acercaba lentamente. Traía en la mano la última piedra, apuntando al blanco móvil.

Si el animal volteaba para atacarlo, Daniel estaba perdido. Ella se movió hasta el otro extremo de la camioneta para distraer al animal. Quizás pudiera comprarle algunos segundos extras a Daniel.

BESOS EN EL DESIERTO 43

—Hola, amiguito —dijo suavemente cuando se acercó a ella el coyote. De reojo vio que Daniel se acercaba—. Estás muy lejos de casa. Deberías estar con tu manada.

El animal se paró en las patas traseras y ladró furioso. Daniel se acercó todavía más. La bestia se abalanzó contra el "cámper", pero era un animal pequeño, y la camioneta no se movió. Pero el coyote se lanzó de nuevo, y Patricia mantuvo el equilibrio agarrándose del borde metálico que corría a lo largo del techo de la camioneta.

—Estáte quieto, amiguito —dijo Patricia. Su voz salió más fuerte de lo que había esperado. Se puso de pie para que el coyote pudiera verla, y señaló hacia una loma lejana—. Vete a casa, chico, ¡a tu casa! ¡Ya! ¡Vete!

El animal dejó de lanzarse contra el vehículo y miró fijamente a Patricia. Parecía confundido, como si quisiera irse pero por algo no podía.

—¡Vete a casa! —repitió ella con firmeza.

Daniel estaba a escasos metros. Se detuvo para calcular la distancia y las probabilidades. Entonces se agachó, tomó la liebre con la mano desocupada y corrió hacia la escalera.

El animal giró y vio que desaparecían su cena y Daniel por la escalera. El coyote gruñó salvajemente, y esta vez le dio la vuelta a la camioneta y trató de treparse por el cofre. El metal caliente quemó sus patas, pero lo intentó de nuevo. Esta vez estuvo a punto de lograrlo.

—¿Estás loco? —lamentó Patricia al ver a Daniel colgándose de la orilla de la camioneta, agitando la ensangrentada liebre para que el coyote pudiera olfatearla. El animal dejó de intentar treparse al "cámper" y corrió hacia Daniel, pelando los dientes.

Daniel agitó la liebre una vez más y la aventó tan lejos del campamento como pudo. El coyote gruñó una vez más, y corrió tras su cena.

—Dios mío, ¡apenas nos salvamos!

—Aún no nos salvamos —dijo Daniel, sin dejar de observar al animal que desgarraba la liebre a menos de cien metros de la camioneta—. Necesitamos el rifle.

Patricia observó en silencio su tranquilidad durante la emergencia, y luego contestó la pregunta no hecha.

—En la cabina.

—Sí. Traté de sacarlo en la mañana. Debería haber quebrado la ventanilla.

La miró airadamente, y Patricia cerró los ojos. "No dejes que te acelere," se dijo en silencio, "mantén la calma."

Respiró hondo y pensó en brisas frescas, en Austin, en la seguridad... todo lo que de repente ya no tenía en este lugar. Inhaló profundamente de nuevo, ahora enfocada en el calor del desierto, en el trabajo que había luchado por conseguir, y en Daniel que estaba a su lado. Se dijo que ella podía lograr lo que fuera. No era demasiado. No era la gran cosa.

¿O lo era? Abrió los ojos y miró al coyote y luego a Daniel. Repentinamente se preguntó si no estaba abarcando demasiado. Había calculado que tendría que compensar el aislamiento y un poco más tensión que la normal... algunos piquetes de mosco, el sol, quizás una que otra serpiente. Eso lo podía manejar. Pero no había contado con un animal que la quisiera como cena.

Y no había contado con Daniel Rivera.

¿Y si no podía con el paquete? ¿Y qué tal si mamá y Matt y todos los demás que trataban de protegerla tenían razón?

Se equivocan, se dijo a sí misma. Tembló, y sintió un breve escalofrío correr por todo lo largo de su espalda. Ella podía con todo; tenía que poder. Había hecho trabajo de campo antes, aunque entonces fuera acompañada por su padre. Esta vez lo lograría también.

Daniel la observaba, con mirada de interrogación. Ella enderezó los hombros y levantó la cara para mirarlo directamente a los ojos.

—No lo entiendo —dijo ella—, los coyotes normalmente no se acercan a los humanos. Nos evitan. ¿Qué hace éste aquí?

Daniel se encogió de hombros.

—No tenía miedo, lo cual me indica que ya ha tenido trato con humanos.

—Puede ser, pero robarte su cena no te ganó su estimación.

—Pero abandonó el campamento, ¿no?

—Hasta que acabe de comer su aperitivo y decida regresar por el platillo principal.

—Por eso tenemos que sacar el rifle.

Él pasó por la cubierta del "cámper" y bajó al techo de la cabina. Extendió la mano hacia ella.

—Ándale. Ese animal todavía está demasiado cerca como para bajarnos a abrir la puerta. Dame la llave, y lo haré desde aquí.

Ella zafó el llavero de la trabilla del cinturón y se lo entregó sin decir palabra.

Él lo aceptó, todavía enojado, y ella se sorprendió al sentir las secas, gélidas yemas de sus dedos. Pensó una vez más que él definitivamente conservaba la calma ante el peligro.

Le agradaba que uno de los dos lo hiciera. ¿Cómo pudo haber sido tan tonta de largarse tan de prisa en la mañana sin protección alguna?

Con las manos sobre las caderas, él analizó la situación, mirando por la orilla de la camioneta hacia la ventanilla. Descendió del techo de la cabina, indicándole con la cabeza que lo siguiera. Patricia lo siguió con pasos cuidadosos.

—Voy a deslizarme sobre la orilla para abrir la portezuela —le informó—. Deténme los pies y manténme firme.

Se acostó boca abajo sobre el techo caliente de la cabina, pero como el coyote, no se quejó del candente metal. Patricia se arrodilló a su lado, lo sujetó por los tobillos y lo mantuvo firme. Colgándose sobre la orilla, él metió la llave en la chapa de la portezuela, le dio la vuelta, y abrió la puerta. Se deslizó aún más, introduciendo la cabeza y la mitad del torso a la cabina.

Patricia observaba mientras Daniel se estiraba para alcanzar el rifle en el estante en la ventana trasera. Bajo su camiseta, ella podía vislumbrar el subir y bajar de sus músculos cuando se movía. Su ancha espalda se angostaba hasta llegar a sus delgadas caderas y piernas musculosas y fuertes, adornadas con vellos tan salvajes y oscuros que a Patricia le recordaban al coyote que estaba a escasos cien metros de ahí. Él era atractivo, de un modo indómito, con sus propios secretos que ocultar.

Extraño, pensó ella, nunca había pensado en Daniel como alguien con secretos.

—Ya lo tengo —dijo él secamente, interrumpiendo sus pensamientos—. Te lo voy a pasar. No lo dejes caer. Y no dejes que yo me caiga.

Ella no tenía manera de sostener a Daniel y agarrar el rifle al mismo tiempo, a menos que... Patricia se aventó sobre el cuerpo de Daniel, la parte anterior de sus piernas sujetando la parte posterior de las de él, sus senos presionando contra la espalda de Daniel. Aun en estas circunstancias, se sentía como un avance íntimo.

El techo de la cabina irradiaba un calor peligrosamente abrasador. Pero no más peligroso que los pensamientos de Patricia al extender su cuerpo sobre el de Daniel para alcanzar el rifle. Le gustó la sensación de su cuerpo; le gustó demasiado. Era fuerte y duro. Músculos para su suavidad femenina.

De repente recordó a un Daniel mucho más joven, abrazándola, acariciando su cabello, su cara, su boca. Se dejó llevar por ese pensamiento durante un momento, recordando la sensación de ser amada por Daniel. Había sido impetuoso, alocado, excitante, hasta que...

Se recordó a sí misma que no debía pensar en eso. Esta vez se trataba de trabajo. Ni siquiera estarían en este aprieto si ella hubiera usado el cerebro en la mañana en lugar de largarse del campamento como una idiota.

Daniel deslizó el rifle entre las manos para sacarlo por la portezuela hacia ella. Ella lo agarró y empezó a ponerse de pie.

—¡Espera a que esté afuera! —dijo él bruscamente, y Patricia se mantuvo firme, casi sin respirar. Cada centímetro de su cuerpo estaba pendiente de él. A pesar de sí misma, memorizó la forma de su cuerpo bajo el de ella, la sensación de sus piernas contra las de ella, la fuerza de su espalda mientras se impulsaba hacia la seguridad.

Seguridad para él, ¿pero ella qué?

—Está bien, ya levántate —él ladró, levantándose tan bruscamente que la hizo perder el equilibrio y rodar a un lado. Daniel no se fijó siquiera. Tomó el rifle y se trepó al techo del "cámper". Arrodillándose, se llevó el rifle al hombro, quitó el seguro, apuntó, y disparó.

El disparo retumbó, llenando el aire seco y caluroso con el acre olor de la pólvora. Patricia se puso de pie, sofocada, esperando ver el colapso del animal por la fuerza de la bala. Sin embargo, el coyote brincó y giró. Con un último ladrido de furia, huyó hacia el desierto con su liebre a medio comer.

—Un coyote inteligente —susurró Daniel, volviendo a poner el seguro—. De haber tenido que usar otra bala, estaría muerto.

—¿No tiraste a matar? —preguntó Patricia, incrédula—. ¿Y qué tal si no atinas la segunda vez?

—Nunca fallo.

La lúgubre certeza en la voz de él provocó otro escalofrío a lo largo de la columna de Patricia. Fue acompañado por el golpe seco del rifle contra el techo al bajarlo Daniel y recostarlo para masajearse el hombro.

—¿Calambre? —preguntó ella.

Él asintió con la cabeza, moviendo en círculos el brazo y el hombro.

Era lo menos que podía hacer, se dijo a sí misma, trepándose junto a él, tocando su hombro y su cuello. Suavemente buscó hasta localizar el nudo en sus músculos y con destreza lo masajeó hasta aflojarlo.

Por su propia cuenta, su cuerpo volvió a reaccionar al tocar el cuerpo de Daniel. La inundó un calor que no provenía del desierto, formando un charco caliente en su estómago. Al sobar a Daniel, sus manos se calentaban. El calor debería haberla relajado; en cambio, respiraba más rápidamente, más consciente de todo lo que los rodeaba. Daniel hacía que sus sentidos se sintieran gloriosamente vivos.

A pesar de las varias capas de ropa que los separaban, ella se sentía desnuda al lado de Daniel. Era una sensación agradable e inquietante a la vez. No podía negar que todavía él la atraía mucho. Siempre había sido atractivo, en el sentido más básico de su masculinidad: era alto, fuerte, hasta macho. Y aunque eso normalmente no la atraía, algo en su manera de enfrentar la situación justo ahora la atrajo mucho.

Hasta que escuchó sus palabras.

—Espero que estés satisfecha. Los dos pudimos haber salido lastimados. ¿Sabes lo estúpido que fue salir por la mañana sin un arma?

—Sí —contestó cortante, dejando caer sus manos de los hombros de Daniel para alejarse de él como si su presencia la quemara. Se evaporó la indefinible reacción química entre ellos—. No volverá a suceder, porque te voy a dejar en paz para hacer tu trabajo.

—Me parece excelente —habló tajante, apenas encubriendo el enojo en su voz. Recogió el rifle y se lo cruzó a la espalda por el tirante.

Balanceándose sobre la orilla metálica al borde del techo de Berta, Daniel brincó al suelo y volvió a cargar el rifle.

Quizás fuera mejor regresar, pensó mientras Daniel examinaba el perímetro del campamento. Podría estar cometiendo un gran error al quedarse con él, mayor aún que el de forzar la mano de su jefe para que la dejara realizar esta expedición. Tenía que haber mujeres guías, sin las complicaciones que traía Daniel.

Pero Matt jamás comprendería por qué le fueron inaceptables los servicios de Daniel, y ella quedaría en ridículo. Sin terminar su trabajo. Sin la experiencia que necesitaba. Sin la promoción que merecía.

No, simplemente tendría que sobreponerse a su nerviosismo alrededor de Daniel y usar su encanto. Hasta la fecha, jamás le había costado trabajo desequilibrar a un hombre y mantenerlo a raya, si se lo proponía.

Cuidadosamente, Patricia bajó por la estrecha escalera metálica. Aún le sangraba la rodilla, y estaba totalmente rendida tanto física como emocionalmente.

Daniel escudriñaba la maleza, buscando pistas que indicaran alguna razón para explicar la visita inesperada del coyote. Con el cañón del rifle descubrió algo. Arrodillándose, lo recogió. El objeto era pequeño y metálico y brillaba en la luz de la tarde. Daniel dejó escapar un silbido.

—No estamos solos —anunció, alzando varios casquillos de bala de escopeta.

Patricia se acercó y examinó los casquillos. Por su olor, notó que habían sido disparados recientemente.

—¿Cazadores? —preguntó—. ¿A medio verano en el desierto? ¿Por qué?

Daniel se encogió de hombros.

—¿Quién sabe? Tal vez se trata de cazadores furtivos. Quizás buscan lo mismo que tú, pero no cuentan con un "cámper" de lujo y provisiones; así que decidieron buscar carne fresca para merendar —se levantó, volteó hacia ella, y la enfrentó—. Deberíamos regresar.

La oferta era tentadora; sin embargo, ella enderezó la espalda con decisión.

—No. El coyote fue un suceso aislado. Lo controlamos... bueno, tú lo controlaste. Y muy bien, a decir verdad. Y eso fue mucho más difícil que darme unos cuantos Salvavidas. Así que, ¿por qué no olvidas todo el asunto y me traes mis muestras?

Ella caminó a la camioneta donde todavía colgaban sus llaves de la chapa. Las retiró y fue a abrir la puerta del "cámper". Parada en el escalón, volteó y dijo con ligereza:

—Si te preocupa dormir al aire libre, todavía hay vacantes aquí en la posada.

Daniel la vio desaparecer tras la puerta. Todavía preocupado, caminó los aproximadamente cincuenta metros hasta el lugar donde habían abandonado sus mochilas. Se echó la suya a los hombros, cargó la de Patricia, y lentamente regresó.

Tenía sentido lo que ella decía. No debería dormir al aire libre hasta mudarse a su próximo campamento. El coyote debería evitar su olor, pero era obvio que no temía a los humanos, y podía regresar, o enviarles un amigo igual de loco.

Daniel estaba mucho más preocupado por los casquillos de bala. No quería encontrarse con gente armada que no recogía sus desperdicios. Abundaban los cuentos de forajidos que en otros tiempos usaron estas montañas como escondite de la ley. Los mismos rumores corrían respecto al género moderno de forajidos: inmigrantes ilegales, narcotraficantes, contrabandistas y coyotes que traficaban con carga humana.

¿Qué opciones tenía? Ninguna realmente, salvo que estuviera dispuesto a secuestrar a Patricia a punta de pistola. Y como ella había dicho con absoluta firmeza, ese proceder traería consigo su propia serie de problemas bastante desagradables. No había solución fácil.

Ella había conservado la calma unos momentos antes, lo cual indicaba que tenía algo de sentido común. Había obedecido sin alegar. No inventó pretextos. No se desplomó cuando había pasado el peligro. Hasta lo había ayudado con el calambre en los músculos de su hombro.

Y eso en sí representaba otro problema. La sensación de sus manos sobre él lo había transportado, sólo por un instante, pero el tiempo suficiente para recordar ciertas calurosas noches de verano y la sensación de Patricia al tocar su piel, tímida y tentativamente. Esta vez había sido experimentada, más desenvuelta, hábil, y controlada. De no haberse aferrado él a su enojo, ella ya lo tendría bajo su hechizo.

Sin duda alguna, Patricia todavía era muy deseable. Pero no era para él. Había demasiados recuerdos entre ellos, y demasiadas preguntas sin respuestas. Patricia Vidal no le había traído sino problemas. Patricia Martínez prometía exactamente lo mismo, envuelto en un paquete todavía más glorioso y testarudo.

Le gruñía el estómago, y Daniel se dio cuenta de que tenía hambre y sed. La barra de cereal y mezcla de fruta seca apenas lo habían mantenido con fuerzas para seguir, y estaba muerto de hambre después del enfrentamiento con el coyote. Dejó las mochilas al lado de la puerta del "cámper" y tocó una vez antes de entrar.

No veía a Patricia por ningún lado, pero escuchaba su voz desde el armario a su derecha.

—Estamos muy bien —decía ella—. Sacamos unas buenas muestras, y cavamos un par de zanjas —hizo una pausa—. Sí, es bueno. Sabe lo que hace. Y fuerte, que es lo más importante —soltó una risita—. Matt, hazme un favor. Consulta con Fauna y Recreo para ver quiénes tienen permisos para entrar al desierto. Hay alguien más aquí, y necesitan sacar su basura. Atrae animales, y todo eso.

¿También un teléfono celular? ¿Qué otras sorpresas tendría guardadas Patricia?

—Te llamo mañana. Cambio y fuera —pasó un momento y Patricia abrió la puerta del pequeño baño. Pasó por el umbral y se detuvo, su paso a la cocina impedido por Daniel. Por encima de su hombro, él vio la caja de metal, el micrófono, y la cantidad de palancas que conformaban el radio de onda corta.

Aparentemente un gesto de sorpresa cruzó por su cara, porque Patricia habló con sarcasmo.

—¿Quizás esperabas un teléfono portátil? Como si hubiera torres celulares en estas partes. Nosotros usamos equipo anticuado. Pero lleva los mensajes.

—¿Llamas todos los días?

—Por supuesto —avanzó furtivamente hacia la cocineta—. Y si las cosas se ponen realmente terribles, *tú* puedes llamar pidiendo auxilio.

—Enséñame.

Ella volteó, y dio un paso atrás en dirección a él.

—Está bien —respondió. Regresó al pequeño baño.

Jaló unas palancas, explicó cuáles frecuencias se usaban para contactar a la Agencia y a otros servicios de emergencia.

Daniel estaba parado en el umbral de la puerta, su cuerpo dominando el pequeño espacio.

—Y ahora, explícame por qué no me dijiste nada de esto ayer. Saber del radio me habría tranquilizado mucho en cuanto a lo tuyo y a esta situación.

Ella se encogió de hombros, intentando mostrar indiferencia. Las emociones de Daniel podían dominar todo el campamento, y más aún tan reducido espacio. Ella tenía que mantener un ambiente ligero y tranquilo.

—Se me olvidó decirte, supongo. Pasaron muchas cosas, y estabas muy enojado.

—¿Enojado? —alzó la voz, incrédulo—. Estaba mucho más allá del enojo. Tú me pusiste a mí y a ti misma en peligro. Todavía estamos en peligro, pero el radio nos mejora el panorama.

—Pues ahora lo sabes —sonrió ligeramente, saliendo del baño, y pasó por debajo del brazo de él—. Así que no hay ningún problema.

Había muchos problemas, pensó Daniel más tarde, al subirse a su "cama" encima de la combinación de banco y mesa de la cocineta. Era demasiado chica para él, pero Patricia se había negado a prestarle su cama sobre la cabina de la camioneta, y tampoco quiso compartirla. El suelo habría sido más cómodo, pero los aullidos de los coyotes le aseguraban que estaba mejor adentro del "cámper".

Durante toda la noche Patricia había actuado como si no hubiera pasado nada, trabajando con su computadora portátil y tomando agua. Aparentemente se había quedado dormida tan pronto como descansó la cabeza sobre su almohada, porque hacía más de dos horas que él había estado escuchando su respiración rítmica.

Pero Daniel no lograba conciliar el sueño. Los sucesos del día le habían despertado demasiados recuerdos conflictivos, recuerdos que había guardado en un cajón hacía muchos años y que ya nunca sacaba.

Todo empezó con Patricia. La había olvidado hacía ya muchos años, después de que ella lo rechazó a él y al amor entre ellos. Todavía ignoraba lo que había pasado, pero no importaba. Estaba curado de ella. Por lo menos lo había estado hasta que la volvió a ver y se dio cuenta de lo endiabladamente atractiva y deseable que aún era.

Y luego estaba el trabajo que habían realizado durante el día. No había practicado pruebas de campo en por lo menos seis años, y el hacerlas le había encantado. Le fascinaba la precisión de las pruebas, las respuestas en blanco y negro. En eso no había duplicidad, ni dudas. O servía la solución o no servía. Algo era o no era. No como la vida.

Pensó de repente en lo mucho que puede cambiar en un solo día. De haber seguido sus instintos, todavía tendría problemas económicos, pero no tendría a Patricia Vidal Martínez jugando con su cabeza, haciéndolo pensar en cosas que realmente no le importaban.

Ordenó a su cerebro calmarse. Tenía que limitarse al trabajo. Y su trabajo era manejar el campamento de Patricia con toda seguridad, ayudándola a completar su trabajo, sin comentario alguno. Podía protegerla tanto a ella como a su salud, pero nada más.

Pero a pesar de todo, lo inundaron los recuerdos: la despedida amorosa y apasionada de Patricia cuando él partió para la universidad. Después de dos escasos meses, ella había regresado sus cartas, y se negaba a contestar sus llamadas telefónicas. Durante las vacaciones de medio semestre, había regresado de Colorado de aventón para ver lo que había pasado. Los padres de ella le dijeron que Patricia no lo quería ver, y no pudo hacer más. Patricia estaba rodeada por muros de piedra, y él no los pudo penetrar.

Así que él construyó sus propios muros. Trabajó como desesperado y terminó la carrera en tres cortos años. Lo contrataron en Minas Consolidadas y le fue bien. Hasta el accidente.

Luego, de alguna manera logró regresar a Texas, a este pedazo de tierra dura. Y de alguna manera había logrado tener algo que parecía vida, con deberes y rutinas. Había funcionado bien durante seis años. Hasta ayer, cuando había reaparecido Patricia para sacarlo de su mundo rutinario, tentándolo a hacer algo que había jurado no volver a hacer.

Se revolcó inquieto en la cama, reacomodó la sábana, y finalmente se sentó. Abrió las minipersianas y miró la luna que subía en el cielo nocturno.

En la distancia, los coyotes volvieron a ladrar, y sus ecos se esparcieron por las mesetas. Otros aullidos contestaban en dirección opuesta, y se llenó la noche con el sonido de los reclamos animales. Daniel se acomodó en la cama a escuchar el concierto de medianoche y se dejó inundar por los recuerdos.

—A que les diste un buen susto, ¿verdad? —el hombre de apellido Ramírez era grande, rústico y delgado; un hombre cruel con los hombres. Sin embargo, se encariñaba con los animales. Aventó un pedazo de carne cruda hacia el joven coyote que yacía atado por una cadena al lado de la fogata.

Tiró la carne un poco lejos del animal. Éste gruñó agradecido antes de ir a rescatar el bocado. Jaló la cadena en toda su extensión para alcanzar la carne, y los eslabones tintinearon suavemente. La fogata se reflejaba en su piel mientras el coyote despedazaba la carne con sus filosos colmillos. Luego se volvió a echar para comer.

—Te apuesto que para mañana se habrán ido, ¿verdad? —Ramírez agregó con malicia en su voz.

Si no se iban pronto, iba a haber bronca. Su socio iba a regresar, y una de las cosas que Ramírez había aprendido muy bien al trabajar con Prescott durante los últimos tres años era que o hacía lo que este decía o le iba muy mal.

—Quiero que se larguen —había dicho al irse con su nueva mujer, Rosa, y la malcriada hijita de esta—. Los quiero fuera de aquí o muertos. Me da igual.

Ramírez había asentido con la cabeza, y se puso a planear el sabotaje de la pareja acampada cerca de ahí, contra el viento. Cumpliría con las órdenes del jefe, como siempre.

El coyote se paró, y la cadena tintineó de nuevo. Abrió las mandíbulas y aulló, irguiendo su corta cola, y uniéndose al coro de sus hermanos y hermanas. Ramírez se sentó, observando la fogata, tramando.

CAPÍTULO 4

Al día siguiente por la mañana, Patricia se quedó en cama mientras Daniel se ocupaba en la parte baja, abriendo gabinetes y murmurando molesto acerca del café.

—Está en el refrigerador —le indicó ella—. Concentrado de café. Parece cochambre industrial, pero sabe rico.

Oyó cuando él abrió el refrigerador.

—Ya lo encontré.

—¿Me preparas uno para mí también? —preguntó, levantándose para vestirse. Había llevado sus artículos de tocador así como su ropa a su cama elevada la noche anterior; tenía que ver con su orgullo personal que nadie la viera antes de estar totalmente vestida. No permitía que el público consumidor disfrutara nada menos que el paquete completo.

Se cepilló el cabello y lo hizo una trenza gruesa. Se abrochó el sostén abajo de su camisón, serpenteó para ponérselo y luego se quitó la prenda de noche. Abrió un tubo de crema protectora contra el sol, y extendió la crema sobre sus piernas, brazos, cuello y cara. Luego se puso el uniforme de costumbre: camiseta con la insignia de la Universidad de Texas, shorts con bolsillos y calcetines gruesos. Colocándose una gorra de béisbol en la cabeza, bajó al suelo.

—¿Dónde está ese café? —preguntó.

Daniel colocó el equipo que cargaba al lado de la puerta y tomó la olla que estaba sobre la estufa. Le sirvió una taza de café. Deteniéndose un momento, agregó dos cucharadas de leche en polvo y una de azúcar artificial.

—Te acordaste —dijo ella, con un nota de broma en la voz—. Siempre me ha gustado lácteo y dulce.

—Deberías haber sido francesa —replicó—. Yo, en cambio, lo tomo como Dios manda.

—Fuchi. Negro —tembló delicadamente y tomó un sorbo de su café. Abrió los ojos y tragó.

—¡Dios mío! ¿Es puro concentrado? —exclamó.

Daniel tomó el suyo.

—A mí me gusta cargado. Sabor de alto poder en la mañana.

—Bueno —dijo Patricia débilmente, y tiró como la mitad del suyo a la olla, agregando un poco de agua caliente a su taza—. Así está mejor.

—¿Quieres comer algo?

—Empieza tú si quieres. Tengo que hacer algunas cosas primero.

Mientras Daniel sacaba las barras de cereal y cajas de jugo de los gabinetes, Patricia juntó sus instrumentos de prueba. Le había enseñado todo a Daniel la noche que habían llegado, pero necesitaba enseñarle todo el proceso.

Mantuvo un aire despreocupado. Casi nunca hacía esto frente a nadie; a través de los años había descubierto que tenía un efecto extraño en la gente, que los ponía nerviosos, pegajosos y sobreprotectores. Suficiente tenía con esas reacciones en casa, con los médicos y con su jefe. No le hacía falta vivirlo también con los amigos.

Ni con su guía tampoco. Si Daniel se convertía mucho en su guardián, tendría que aclararle las cosas. Pero por lo pronto...

Leyó las cifras del monitor. Un poco altas, pero nada de cuidado en vista de las fuertes emociones del día anterior. Hoy sería mejor.

Preparó su medicina, limpió su hombro con el algodón con alcohol, y se inyectó. Tirando la jeringa al contenedor especial, dijo:

—Ahora sí te acepto esa barra de cereal.

—¿Es lo único que tienes que hacer? —preguntó Daniel.

—¿Acaso quieres más? —preguntó en son de broma.

Él negó con la cabeza y le dio una barra de cereal.

—No te molesta, ¿verdad?

Ella se encogió de hombros y se preparó un vaso de leche en polvo.

—La práctica hace al maestro. He practicado durante muchos años.

—¿Cuántos?

He ahí una pregunta que no pensaba contestar. Daniel se daría cuenta que dos más dos suman cuatro, y, ¡zas...!

—Años y años —contestó, dando vueltas en la cocina para empacar la comida—. Empaca eso, Daniel, mientras me pongo las botas para irnos.

Después de pasar rápidamente al baño, salió del "cámper".

—Ya estoy lista.

Daniel estaba listo también. Escopeta en mano, sombrero de ala ancha aplastando el cabello sobre sus oídos, shorts ajustados a las caderas, un pañuelo de vaquero al cuello, se veía sensual. Masculino. Demasiado deseable.

Ese pensamiento la paró en seco. Daniel y ella compartían un pasado que incluía un adiós muy doloroso. Pero los dos habían seguido con sus vidas, y no serviría de nada volver a recordar todo ese viejo dolor, ni el secreto que jamás le había contado. Por deseable que fuera, Daniel era fruto prohibido para ella. Podía ser encantadora, coqueta, pero a fin de cuentas tendría que alejarse de él. No podía dejar que se le acercara demasiado.

Decidió que la mejor defensa sería una buena ofensiva. Tendría que seguir jugando con sus emociones para que él no pudiera jugar con las de ella.

—Ándale, querido —dijo alegremente, encaminándose en una dirección diferente a la del día anterior—. Cuéntame un cuento para pasar el rato. ¿Cómo terminaste de nuevo en Texas de guía?

Él titubeó.

—Tuve que hacer algo cuando... renuncié a mi trabajo.

—¿Qué es lo que hacías?

—Trabajo de minas. Geología. Ingeniería.

—¿No te gustaba? Pero si eres tan bueno para eso —parecía sorprendida.

—Al final, no.

—Ah. ¿Y cuántos años llevas como guía?

—Seis años —dijo él, agregando en broma—, deberías haber revisado mis credenciales antes de llegar hasta aquí.

—Alguien lo hizo. Nada más estamos platicando —lo regañó, satisfecha por haber logrado perturbarlo—. Es lo que hacen las personas cuando pasan juntas largas horas, ¿o lo has olvidado?

—No recuerdo que la plática fuera parte importante de la relación entre nosotros.

—Punto a tu favor —admitió lentamente, y de repente se dio cuenta que también estaba perturbada. Sin querer, le invadió una imagen de sí misma mucho más joven, una chica que no se cansaba de los besos de Daniel Rivera. En esos tiempos apenas descansaban para respirar.

Respiró hondo. El aire caliente la quemó casi tanto como el recuerdo.

—Sin embargo, recuerdo muchas otras cosas —dijo Daniel suavemente—. Las noches en el lago durante el verano. Lo dulce que lucías con el reflejo de la luna en tu cabello. Lo bien que sabías.

—Ya basta de recuerdos —ella alzó la mano para callarlo, luchando para mantener el equilibrio—. Tenemos mucho que hacer, y jamás vamos a empezar si pasamos toda la mañana jugando a los recuerditos.

—Tarde o temprano, Patricia —murmuró—. Tarde o temprano.

Tarde, pensó ella, mucho más tarde.

Caminaron otra media hora en silencio, con Daniel adelante. Examinaba el camino ante ellos, buscando cualquier señal de peligro. Estaban en un valle rodeado de afloramientos que podrían ocultar vetas de minerales, esperando ser liberadas por picos y palas, o dinamita y taladros.

Daniel hizo una pausa para reacomodar su mochila cuando, viendo de reojo, notó un destello de algo que brillaba desde una loma hacia el oeste.

—¡Patricia! —dijo de repente—. ¿Viste eso?

—¿Qué cosa?

—Allá. Bajito, justo donde está el sol —Daniel señaló—. Como si la luz se reflejara sobre algo metálico.

Patricia miró hacia donde señalaba el dedo de Daniel. Unos segundos después hubo una serie de destellos cortos, luego nada. Nadie salió de la formación rocosa, y no vieron más destellos. El sol subía más en el cielo, quemando la tierra dura y caliente del Solitario. Observaron otro minuto, y Patricia sacudió la cabeza.

—Ya se fue —dijo—, y de todos modos no vamos hacia allá.

Daniel gruñó.

—A mí no me gusta. Podría ser cualquier cosa: excursionistas, cazadores furtivos, coyotes transportando ilegales...

—Sí —reconoció ella—, pero tienes un arma. Eso debiera emparejar las cosas.

Volvieron a caminar. De repente Daniel se sintió inquieto, y esto no tenía nada que ver con Patricia. Normalmente le agradaba el interminable desierto tejano, pero ahora le parecía presagio de algo inexplicable. No le gustaron aquellos destellos en clave, y él estaba seguro de que era una clave. Había muchos sitios en donde esconderse por estos rumbos, y la gente que se escondía en el desierto durante el verano mataría por mantener sus secretos ocultos.

Tendría que estar muy pendiente de todo, y no dejarse llevar por Patricia. Una mente clara es lo que necesitaba para cuidar a los dos... y para salvar su negocio.

Por fin llegaron al afloramiento elegido y empezaron su trabajo. Al parecer, a Patricia le encantaba darle órdenes a Daniel con su voz rítmica y guasona, pero ella realmente sabía lo que hacía. Estaba a gusto en el desierto, cómoda con la tierra y sus frutos.

Mientras él sacaba más muestras, ella caminaba por el sitio. Examinaba las rocas y la manera en que se daban en las formaciones. Les hablaba suavemente mientras dibujaba, calculando cronologías e historias de como habían sido originadas, totalmente absorta en lo que hacía. Era obvio que amaba su trabajo.

¿Y Daniel? Su anterior inquietud se desvanecía, y empezaba a gozar el trabajo. Había jurado no volver a hacer este tipo de trabajo hacía seis años, pero la verdad es que tenía que confesarlo: le gustaba andar buscando pistas con el mazo en la mano.

Golpeó de nuevo con el mazo cerca de la base del afloramiento y quebró un gran pedazo de piedra. Calculó su peso en la mano, y luego lo volteó para examinarlo.

¿Qué era eso? Una pequeña veta reflejó el sol. Sacó una lupa de geólogo de una cadena que colgaba en su cuello y examinó la veta con el lente de aumento. Era metálica, definitivamente metálica.

—Patricia —llamó—, ¡ven a ver esto!

Le pasó la roca, y ella sacó su propia lupa, la ajustó y examinó la intrusión.

—Interesante —dijo pensativa—. Probablemente anómala. Realmente no es el ámbito más propicio. Pero de todos modos marcaremos el lugar y le haremos las pruebas.

Mientras Patricia hizo un mapa del sitio, Daniel rascó la veta sobre un plato de porcelana, notando tiras de un gris verdoso. Luego machacó la esquina donde estaba la veta.

—Listo para pesar el mineral.

Patricia se arrodilló a su lado y observó mientras él tiraba la piedra molida sobre la báscula de campo. Era cierto, la muestra era pesada, y su gravedad era igualmente alta. Daniel sonrió, animándose a pesar de sí mismo. Patricia se limitó a reírse.

—Es divertido, ¿verdad? —dijo ella—. Es bien emocionante cuando encuentras algo. Aquellos escasos momentos cuando todo es posible...

—Vamos a quemarlo —. Habló con entusiasmo, como si fueran niños de nuevo, y Patricia sonrió al pasarle el quemador.

Su mano tocó la palma de la de ella cuando lo tomó, y la sensación de esa mano la quemaba como si ya estuviera prendido el quemador. Sus miradas se unieron durante un largo momento, y Patricia se sintió repentinamente expuesta, caliente, y peligrosamente cerca de algo para lo cual no estaba preparada.

—Este... la prueba —dijo, finalmente.

Daniel preparó la muestra, colocando una pequeña parte de la misma sobre un plato de carbón. Encendió el quemador y colocó la muestra en la parte más caliente de la flama.

La pequeña flama de gas propano despidió colores brillantes conforme se quemaban los minerales de muestra.

Algunos le eran familiares, pero los más interesantes eran los colores verdes y azules. ¿Calaverita? ¿Una telúrida aquí en medio del desierto? Controlando sus emociones, Patricia anotó los colores en su bitácora; los datos serían importantes para la próxima expedición.

—Igual que en Arroyo Torcido, Colorado —Daniel dijo, satisfecho—. Hice trabajos de campo ahí. Conozco una telúrida cuando la veo.

—No te emociones demasiado todavía —amonestó ella.

Pero cuando él apagó el quemador, ella vio el pedacito de metal dorado entre los restos de la muestra.

—Eso es —dijo en voz baja, tomándolo entre sus dedos pulgar e índice, sintiendo el último calor que despedía. Estaba todavía suave, fundido, el elemento puro que queda después de eliminar los otros minerales. Lo frotó entre los dedos, y luego lo mordió, deformándolo ligeramente.

—¿Quién lo iba a pensar? —dijo ella en voz baja—. Hay oro en estas montañas.

—Déjame ver.

Colocó el pedacito de mineral en la palma abierta de Daniel, y él la encerró en su puño. Al abrirlo de nuevo, vio que la pepita de oro seguía ahí. Oro. Eterno. Inmutable. Miró fijamente la pepita, y luego a Patricia.

Ella lo miraba también, sus ojos abiertos ampliamente, maravillada por la emoción de su descubrimiento. En ese momento, algo cambió entre ellos, algo que cambiaba la balanza, abriendo el panorama a nuevas posibilidades.

—Gracias, Daniel —dijo Patricia, con ternura.

Lo alcanzó y le dio un tierno beso en la mejilla. Lo hizo solamente con el propósito de agradecerle el descubrimiento, por compartirlo con ella, por el momento, pero al momento en que sus labios tocaron su piel, el beso tomó otro significado.

Daniel movió la cabeza, tomó la cara de ella entre sus manos, y presionó sus labios firmemente contra los de ella. El beso duró un segundo, dos, tres, pero pareció eterno. El cielo giraba alrededor de ellos, mareados por la emoción. Era una locura, pero la dejó sofocada, excitada, sus entrañas fundiéndose como la pequeña pepita de oro.

Daniel se sentía muy a gusto. Otra vez.

Él se apartó aproximadamente medio segundo antes de que ella hubiera accedido a lo que le pidiera.

—De nada —gruñó.

Perturbada completamente, Patricia se tocó la boca, sin poder creer que Daniel realmente la había besado. Pero era cierto que lo había hecho, y eso cambiaba todo para ella.

¿Qué iba a hacer?

—Tú bien sabes —dijo bruscamente Daniel— que el oro se da en todas partes.

—En cantidades diminutas —asintió ella, todavía un poco sofocada.

—A lo mejor no significa nada.

Ella asintió con la cabeza, por fin controlando su respiración.

—Ni siquiera es probable encontrarlo por aquí —dijo ella, repitiendo el comentario que había hecho antes. Y al decirlo, recobró su objetividad perdida. Oro, definitivamente, pero no comercialmente viable. Nada fuera de lo normal. Pero...

Sonrió pícara.

—¿Y a poco no fue divertido?

Daniel le devolvió la sonrisa.

—Sí, todo fue divertido.

Lo empujó, divertida.

—Ya, ¡ponte a trabajar! No te estamos pagando una fortuna para que te la pases de holgazán.

Él se levantó, extendió la mano, y la ayudó a levantarse.

—Y ahora, ¿qué sigue?

—Más de lo mismo. Ubicación, muestras y pruebas. Quiero cubrir todo el territorio posible, para que el equipo de campo pueda enfocar sus esfuerzos en la geología más prometedora durante el otoño.

Caminó hasta el otro extremo del afloramiento y continuó su inspección. Daniel esperó otro momento, estirándose.

—Patricia, tengo hambre —la llamó—. Voy a comer. ¿Te preparo algo?

Ella observó que el sol estaba directamente encima. Y de repente se sintió un poco inestable, lo que significaba o que tenía que comer o que Daniel la había perturbado demasiado. Otra vez.

—Claro que sí —dijo—. No me había dado cuenta de que era tan tarde.

Daniel sacó el almuerzo, y comieron: tortas de crema de cacahuate, zanahorias, frutas secas, nueces y bastante agua. Mientras comían, Patricia analizaba a su compañero. Daniel había sido bueno, mejor que bueno, sacando muestras y realizando las pruebas, pensaba. ¿Por qué habría abandonado su carrera?

—Eres excelente con el trabajo de campo —dijo bruscamente—. No deberías haber abandonado tu carrera.

Él se detuvo, al igual que la mano con que llevaba un pedazo de fruta a la boca.

—Tenía mis razones —replicó.

Ella esperó la explicación, pero era claro que él no iba a continuar si no le daba un empujón.

—¿Qué es lo que pasó? —le preguntó.

Él sacudió la cabeza.

—Un accidente. No me gusta hablar de eso.

—¿Y tú te sentiste responsable? Daniel, ¡qué terrible para ti!

Ella tomó can ternura la mano de él entre las suyas y se dio cuenta de que él temblaba. Recuerdos, pensaba ella. Te pueden medio matar. Bien que lo sabía ella.

—Se terminó y sobreviví —él apretó la mano de ella—. De haber seguido, me habría perdido todo esto.

—¿Y qué es todo esto? —se le salió la pregunta antes de poder impedirlo.

Él se encogió de hombros.

—Lo que nosotros queramos. Aquí, ahora. Tú y yo. Otra vez.

Y luego la tomó entre sus brazos, presionando su boca contra la de ella, abrazándola tan fuerte que no quedaba espacio alguno entre ellos. Estaban acalorados, manchados de sudor y de sal, y no importaba. Lo único que importaba era Daniel, y que ella volvía a estar en sus brazos.

Ella gimió, con placer mezclado con deseo sin alivio. Daniel no había olvidado su técnica; siempre había podido excitarla con una simple palabra, una mirada o una sola caricia. Él abrió el broche del pasador que le sujetaba el cabello, y con las manos le desató la trenza, dejando caer libremente la cascada de cabello por su espalda. Levantó unos gruesos mechones de cabello, que despedían un olor a lila, hacia sus mejillas.

La acostó sobre la lona, besándola una y otra vez, en su mejilla, su cuello, su cabello. Estaba caliente, como el aire, como el beso del desierto que le había dado. Se quedaron juntos sobre la lona un buen rato, respirando fuertemente, con la pierna de Daniel sujetando la de ella, imaginando las posibilidades.

—¿Daniel? —musitó ella sin ganas—. Tenemos que trabajar.

Él se impulsó para apoyarse sobre un codo y la miró.

—Prefiero jugar.

Ella estiró la mano para pellizcarle la nariz, escapándose de sus brazos.

—Más tarde.

—Te voy a tomar la palabra, ¿eh?

—Aquí te va el trato —explicó ella—. Los días son míos. Tú empacas, tú cargas, tú haces pruebas, tú haces todo lo que te ordeno. En las noches puedes... sugerir cosas. ¿Te parece justo?

Daniel se paró de un brinco.

—¡A trabajar, mujer! Mientras más rápido terminemos, más pronto podremos divertirnos.

Con prisa, Daniel empacó las sobras de la comida en su mochila. Recogiendo su mazo, se encaminó al afloramiento en que había estado trabajando, dejando a Patricia asombrada de sí misma.

¿Realmente había dicho lo que pensaba que había dicho? Por Dios, ¿estaba realmente dejando entrar a Daniel en su vida de nuevo? Tenía que estar loca.

Tendría que estar loca si no lo hacía. Había vivido demasiado tiempo sin que nadie la besara así, demasiado tiempo sin querer devolver un beso. Y era Daniel.

Aquí y ahora. Es lo que él había dicho, y es lo que ella tenía que recordar. Sin preguntas, sin expectativas. Nada más el presente, tres gloriosas semanas. Sería más que suficiente. Tenía que serlo.

CAPÍTULO 5

Pasaron el resto del día trabajando. Arduamente. Ya recobrado el equilibrio, Patricia tomó el mando, dando órdenes como si fuera un general infatigable. Su fiel teniente, Daniel, las recibía y las acataba con inteligencia. Pero había un brillo de complacencia en sus ojos y un tono abiertamente sugestivo en su voz.

—Ya que vas a estar ocupada en otras cosas durante las noches —comentó él— deberías traer la computadora y meter los datos conforme vayan saliendo. Apuntar con lápiz y papel toma demasiado tiempo. No quiero perder tiempo hoy en la noche... ni ninguna otra noche.

El brillante sol rojo estaba bajo en el cielo cuando Patricia decidió dar por concluidas las labores del día.

—Podemos revisar ese afloramiento mañana. Quizás encontremos más indicios que constaten nuestro descubrimiento de hoy —dijo—. Y de cualquier modo, tenemos más que suficientes datos para la tesis de alguien. Algún estudiante de posgrado me los agradecerá.

—Yo te agradeceré que te des prisa —dijo Daniel firmemente—, porque ya me toca la noche.

—¡He creado un monstruo! —pero se apresuró a empacar el equipo y las muestras del día. Había más que el día anterior, y Patricia misma cargó una parte.

—¿Estás haciendo mi trabajo? —preguntó él, bromeando.

—Tú has estado haciendo el mío. Y bastante bien, debo confesar. Deberías considerar la posibilidad de regresar a tu carrera.

Él negó con la cabeza.

—No.

Se quedó quieta un momento, observando su cara de reojo. Estaba impávido, inescrutable. Ella le alcanzó la mano. Su contacto fue tierno, tan delicado como el polvo bajo sus pies, y ella no lo soltó hasta llegar al campamento.

Al llegar, Daniel habló.

—Necesitas comer, ¿verdad? ¿Para recobrar fuerzas para las actividades de la noche?

—Bueno, podríamos dejar las mochilas y quitarnos las botas primero —dijo, deshaciéndose de la pesada mochila para acercarse a él. Recorrió su mejilla con un dedo, sintiendo el rasguño de la incipiente barba de Daniel—. Y quizás podemos hacer otras cosas interesantes.

—Pero primero la comida —insistió él—. No quiero que tengas ninguna reacción que no haya provocado yo.

—Eso es un poco presuntuoso —dejó caer su dedo, después se relajó, sonriendo—. Está bien, sería bueno comer. Pero vamos a hacer de la cena... una ocasión memorable.

Patricia transmitió su informe por el radio de onda corta mientras Daniel calentaba el agua para preparar la cena. Cuando salió de la combinación de baño con cuarto de radio, él le colocó una flor de cactus en el cabello y le besó la cabeza.

—Gracias —dijo ella, tocando la flor.

—¿Alguna noticia de los excursionistas en el desierto? —preguntó él.

—Todavía no. Dice Matt que quizás mañana. ¿Qué hay de cenar?

—Pollo con tallarines deshidratados. Más zanahorias. Chícharos.

—¿Y de postre? —preguntó ella, traviesa.

—Ya verás.

Daniel prácticamente inhaló su comida, pero Patricia comió muy lentamente, observándolo, usando la lengua para limpiar el caldo de pollo de sus labios, en franca sugestión de otros trucos que podía realizar con ella.

Porque en verdad, es lo que tenía que hacer. Esta noche, la próxima y la siguiente... hasta que regresaran al mundo civilizado y fueran a una farmacia. Porque lo único a que no podía arriesgarse era a un embarazo.

Muchas diabéticas tenían hijos. Su madre tuvo. Pero ella no se podía arriesgar. Ni una vez más. Casi había muerto cuando estuvo con Raúl, y aun antes...

No podía pensar en eso. Tendría que hacer entender a Daniel que, con un poco de imaginación, había muchas alternativas que los satisfarían a los dos. El sexo podía esperar hasta que tuvieran protección.

Pero lo deseaba. No había deseado tanto a un hombre desde, pues desde Raúl, y Raúl jamás pudo compararse con Daniel. Nadie se le comparaba. Ya lo comprendía.

—Patricia, me estás volviendo loco —murmuró Daniel—. ¿Aún no estás lista para el postre?

Ella mordió una zanahoria, rodándola en la boca antes de masticarla y tragarla. Guiñándole el ojo, se lamió el dedo.

—Casi lista. Pero quiero darme un regaderazo primero —le sonrió dulcemente.

—¿Regaderazo? —se quejó Daniel—. ¿Y desde cuándo vuelves a dar órdenes?

—Puse la bolsa de la regadera afuera bajo el sol hoy por la mañana. El agua debe estar bien calientita. Podrías venir... a observar.

Se deslizó del asiento, pasó rápidamente por el baño para sacar una cortina de baño circular, jabón y una toalla, y salió del "cámper". Cuando la alcanzó Daniel, ya había colgado la cortina desde el borde del techo y estaba ajustando la bolsa negra que contenía dos galones de agua adentro de la cortina. Un delgado tubo con una regadera salía por un lado de la bolsa.

—No mires —dijo coqueteándole, pero sus acciones desmentían sus palabras.

Montó todo un espectáculo para Daniel, tratando de despertar en él el deseo por ella, mientras la pasión llenaba su cuerpo. Lentamente se desabrochó el cinturón, se bajó la cremallera de los shorts, ondulando las caderas para quitárselos. Cruzó los brazos y agarró la camiseta, se la quitó con una ligera maniobra, y la dejó caer a sus pies. Dio un paso tras la cortina, con las sandalias todavía puestas. Su sostén y su pantaleta volaron por encima de la cortina un momento después.

A la luz del atardecer, él podía vislumbrar su silueta a través de la delgada cortina blanca de nailon. Patricia tenía curvas en todos los lugares apropiados, y sus senos se inclinaban suavemente. El agua goteaba sobre ella, y luego él la escuchó murmurando:

—Aaaaah.

—Espérame —pidió Daniel. Se quitó sus shorts y su camisa, y caminó a donde estaba ella—. No uses toda el agua —la amonestó, abriendo la cortina para acompañarla.

—Un poco impaciente, ¿no crees? —susurró ella con voz arrulladora, cerrando la llave del agua. Le pasó el jabón, giró para darle la espalda, y le dijo:

—Entonces, ayúdame.

Le pasó el jabón por su largo, elegante cuello, bajando por su espalda hasta la curva de sus caderas, lavando la mugre salada del día. Era innegable, Patricia era hermosa, delgada y suave. Era gloriosa, y Daniel no pudo evitar excitarse.

—Patricia, Patricia —murmuró, y sus palabras se perdían en su deseo.

Enganchó un brazo alrededor de su cuello y la jaló contra él. Su piel mojó la de él, y su cabeza descansó en la hendidura de su cuello. Él le enjabonó suavemente sus brazos y su estómago, siguiendo hasta sus muslos. Hizo una pausa al encontrar un punto duro en su muslo, y otro en su abdomen, tocando los dos sitios con su pulgar.

Por un instante, Patricia se puso tiesa entre sus brazos.

—¿Todas esas inyecciones? —le preguntó él en voz baja.

—Así vivo.

—Es un precio bajo, mi amor —murmuró—. Eres hermosa a pesar de lo que sea.

Frotó el jabón entre sus manos, enjabonándolas, y pasó las manos sobre la cabeza de Patricia, atrás de sus oídos, sobre sus senos y estómago, y finalmente, entre sus muslos. La tranquilizó, haciéndola descansar de nuevo contra él.

Le gustaba la sensación de tomar su seno con la palma de su mano. Él era dureza para su suavidad, y podía sentir la creciente ansiedad de ella. Su propio peso palpitaba atrás de ella, y ella se apretó contra él. Era demasiado tarde para detenerse. Como si alguno de los dos quisiera detenerse.

Pasando junto a él, ella se volteó para quedar frente a él.

—Ahora me toca a mí —musitó, quitándole el jabón. Abrió la llave del agua y movió el rociador para mojar la cara y el cabello de Daniel. Lavó su pecho cubierto de vellos obscuros y luego enjabonó su espalda y sus piernas. Finalmente le puso las manos a cada lado de su parte más excitada.

—Limpiecito —suspiró. Alcanzó la regadera y dijo:

—Rápido. No queda mucha agua.

—Al demonio con el agua —murmuró él—. Te necesito.

—Yo también. Pero primero... el agua.

Alzó la mano y abrió la llave de la bolsa. El agua estaba todavía tibia, y cayó sobre los dos como un amante, enjuagando el jabón para dejar sólo el deseo puro y caliente.

Daniel la tomó entre sus brazos, sus cuerpos resbalando juntos. Empezó por besarle la boca, y cuando la había dejado sofocada por sus besos, siguió besando su cuello, sus hombros, sus senos y su estómago... en toda su extensión, hasta llegar a sus partes secretas. Ella se arqueó contra su boca, gimiendo profundamente con deseo insatisfecho.

La hizo gozar durante unos momentos, luego se puso de pie y la sujetó contra el "cámper". Se movió para buscar alivio dentro de ella, pero ella se le esfumó de los brazos.

—No, Daniel, —dijo en voz baja—. Es peligroso.

La miró, incrédulo.

—¿Quieres un certificado médico?

—No, Daniel. No es por eso. Es que no puedo quedar embarazada. Tenemos que ser un poco, pues, inventivos hasta tener protección.

—¿Protección? —preguntó con voz gruesa.

—Tú sabes, condones, espuma, ¿ese tipo de cosas? Es muy peligroso para una diabética quedar embarazada. Por lo menos para mí lo es. Casi me muero la última vez.

—¿Tienes un hijo? —seguía aún más incrédulo.

Ella negó con la cabeza.

—Quisiera. Entonces todo habría valido la pena. Pero perdí al bebé. Y también a mi marido.

Trazó un círculo alrededor del pezón de Daniel con su uña, descansando la cabeza sobre su hombro.

—No te preocupes, Daniel. Ya no me duele. Pero...

—Pero nada —se apartó de ella. Recogiendo la toalla que ella había sacado, se cubrió con ella—. Esto cambia todo.

—¿Qué quieres decir? Nada más tenemos que probar algo un poco diferente.

—No. No te voy a arriesgar. Si no hay protección, no hay sexo.

—No seas ridículo.

Ella se presionó contra él de nuevo, frotando sus senos contra su pecho, metiendo la mano bajo la toalla.

—Hay muchas maneras de gozar.

Lo tomó en la mano, notándolo dolorosamente pesado. Qué bueno, pensaba, todavía la deseaba. Le quitó la toalla, se arrodilló, y lo cubrió con la boca.

Daniel gimió. Ella lo besó íntimamente, profundamente, como una mujer debe besar a un hombre. A su hombre.

Daniel gimió otra vez, tratando de separarse, pero ella no lo dejaba. ¿Cuál era su problema? ¿Sería tan anticuado en su forma de ser que nada más sabía una sola manera de hacer el amor? De ser así, entonces había mucho que enseñarle.

Continuó haciéndolo gozar, frotando y saboreando, inhalando los fuertes olores del desierto, de Daniel y del jabón. Disfrutaba la sensación de Daniel, todo dureza cubierta con suave piel, expandiendo su boca. Ella se movió con un ritmo que igualaba el de él, aumentando su excitación hasta que él gimió por tercera vez con la fuerza de su clímax.

Ella se levantó, moviéndose contra él sugestivamente, y murmuró:

—¿No fue agradable? Conozco algunos otros trucos y apuesto a que podremos inventar algunos nuevos sobre la marcha. Vamos adentro, Daniel.

Un momento después, Daniel abrió los ojos, y la apartó con un empujón. Buscando su ropa, agarró sus shorts y se los puso sin ropa interior. La cremallera sonó como disparo al cerrarse, como una bala de pistola con silenciador.

—¿Daniel? —preguntó Patricia—. No necesitas eso para dormir conmigo.

—No —dijo él bruscamente—. Si estuvieras a mi lado, sería demasiado frustrante. Voy a dormir al aire libre hoy.

—¡No seas ridículo! —ahora estaba molesta—. Tuvimos que sacar a un coyote anoche. Necesitas dormir adentro.

—Dormiré con el rifle.

—Yo soy mucho más amistosa — se contoneó de nuevo contra él, metiendo un dedo bajo el cinturón de sus shorts.

—Patricia, ¡por favor! Estoy tratando de protegerte. No quieres quedar embarazada. Así que cálmate hasta que podamos hacerlo bien.

—¿Bien? ¿Y qué tuvo de malo lo que acabamos de hacer?

—Nada. Todo —. Le apartó la mano de su cintura y dio un paso afuera de la cortina de baño. Le aventó la toalla—. Vístete y vete para adentro. Te veré en la mañana.

—Espérate un momento —le ordenó—. ¿Me estás rechazando?

—Sí. Estás jugando con fuego. Si no quieres quedar embarazada, no hagas nada hasta que tengas protección. Es por tu propio bien, Patricia.

—Creo que yo mejor que nadie puedo decidir lo mejor para mí, Daniel. Y tu actitud no lo es —ahora sí estaba enojada—. No necesito tu condescendencia, ni tu paternalismo, ni tu proteccionismo. Nada más quiero importarte. Yo. Como mujer.

—Después —su tono de voz se suavizó un poco—, en cuanto pueda protegerte.

Todavía tenía la toalla en las manos. Sacudiéndola, envolvió el cuerpo de Patricia y la llevó al "cámper".

—Súbete —le dijo, empujándola hacia su cama y regresando a la puerta—. Nos vemos en la mañana.

—Daniel —gimió, con lágrimas de furia y frustración brotando de sus ojos. ¿Y quién era él para tratarla así? ¿Protegerla de qué? ¡Como si no pudiera cuidarse sola!

¿Dónde estaba aquella imaginación, esa visión, o lo que fuera que le había ayudado a descubrir el oro en la tarde, llenando el vacío de quince años? De repente ya eran amigos otra vez, amigos de verdad, casi amantes. Y él tuvo que salir con esta... esta insensatez protectora.

No necesitaba de guardianes, necesitaba un amante. Uno con imaginación. Uno como había pensado que podía ser Daniel. Porque ahora su verdadero problema era la frustración, con un profundo dolor que palpitaba en todo su cuerpo ardiente, insatisfecho. Y nada, aparte de las manos y boca de Daniel, podía darle satisfacción.

Una lágrima caliente e irritante se deslizó por su mejilla. ¿Por qué tuvo que tomar Daniel las cosas tan a pecho? Ella sabía cuidarse. Comprendía que la maternidad no era parte de su futuro, aunque siempre había deseado tener hijos. Sin embargo, estaba dispuesta y preparada para prevenir el embarazo.

Pero Daniel no lo estaba. No sin anticonceptivos. ¡Al demonio con él!

Gimoteó, frustrada y enojada. Entonces apagó la luz y se acurrucó en la cama, rezando para poder dormir sin soñar y para aliviarse de la promesa incumplida de la noche.

Patricia y Daniel echaron chispas de frustración y deseo los próximos cuatro días. Patricia le informó a Daniel con toda claridad que estaba enojada y desilusionada con él, y luego empezó a jugarle sucio. Pasaba todas las horas del día en franca coquetería. Usaba los "halters" más breves y sus shorts más cortos. Lo rozaba al pasar a cada oportunidad para que él tuviera que olerla y tocarla. Lo cortejaba sin rodeos, abiertamente sazonando sus pláticas con insinuaciones, doble sentido y francas seducciones.

El cuerpo de Daniel no acababa de entender que ella era fruto prohibido. Pasaba de una reacción dolorosa a otra.

Eso parecía darle gusto a Patricia.

—Si yo ando frustrada, entonces tienes que andar igual —diría ella una y otra vez, luego de ofrecer el mutuo alivio a la frustración.

Pero él no podía. No confiaba en sí mismo, ni en ella. Por un descontrol apasionado... no le gustaban las posibilidades que podrían resultar.

La frustración constante los hacía trabajar al punto de colapso. Al llegar la noche, quedarían dormidos minutos después de la cena, Patricia en el "cámper", y Daniel al aire libre. Él había insistido en ello, aún cuando llovía. Patricia meneaba la cabeza, llamándole tonto por hacerlo.

La frustración los afectó en otros aspectos, también. Los niveles de glucosa de Patricia aumentaban constantemente, y había tenido que ajustar sus medicamentos, así que estaba tomando una dosis mayor que la usual. Ella se lo explicaba a sí misma como un riesgo normal de un trabajo distinto, el calor, y demasiado ejercicio. Y Daniel.

Ella pensaba que a la larga no importaría, pero Daniel lo había notado y se había puesto aún más protector. La fastidiaba con las horas de comer, las porciones que se servía y el tipo de comida que ingería. Era casi tan tedioso como su madre, y ya se arrepentía de haberle explicado las cosas con tanto detalle.

Y para colmo de males, habían descubierto más indicios de los excursionistas misteriosos: basura que no les pertenecía tirada alrededor de su campamento, un neumático desinflado que pudo o no haber sido mala suerte, una fuga en el tanque de agua que les había costado varios galones del preciado líquido. Daniel había estado insistiendo en que siguieran al próximo sitio de campamento durante varios días, pero ella estaba decidida a terminar el trabajo en este sitio antes de irse.

Durante la noche del sexto día en el desierto, Patricia apagó la luz arriba de su cama y trató de acomodarse. Estuvo revolcándose en la cama durante lo que parecieron horas. Estaba rendida de cansancio, pero la frustración de dormir sola cuando quería sentir a Daniel cerca de ella era casi insoportable.

Tres días más y se les acabaría el agua y la comida, y tendrían que regresar al pueblo a conseguir provisiones. Pasarían por la farmacia, dormirían una noche en el pueblo, y podrían regresar con todo arreglado entre ellos. Entonces podrían trabajar de verdad, concentrados, sin la tensión entre ellos. ¡Y sus noches! Sonrió al pensarlo.

¿Y si...? La idea le pegó como un rayo. ¿Por qué no regresaban antes? Era jefa de la expedición; no tenía que rendir cuentas a nadie. Y casi habían terminado los mapas del lugar de todos modos.

Debería haber pensado en eso antes. No entendía por qué se había apegado tanto a una agenda ridícula.

Mañana. Regresarían mañana. E iría a decirle a Daniel en ese preciso momento, y quizás le robaría uno que otro beso. Se bajó de la cama, se puso las botas, y salió por la puerta del "cámper".

Muy pronto la frustración pasaría al olvido.

Muy cerca de ahí, el hombre de apellido Prescott estaba casi tan frustrado como Patricia. Enfocó sus gemelos sobre el campamento y gruñó al ver que se apagaba la última luz.

—Pensé que te había dicho que te deshicieras de ellos.

—Sí, jefe. Pero no se asustan. Mañana...

Prescott dio la vuelta hacia Ramírez y masculló:

—No quiero pretextos, Paco. No te pago por pretextos.

Miró alrededor, notando el joven coyote acostado cerca de las brasas de su pequeña fogata. Arrancando la pistola de su cinturón, disparó una sola bala a través de la cabeza del animal.

—¡Jefe! —protestó Ramírez, corriendo en auxilio del animal. Pero la puntería de Prescott había sido mortal. El coyote cayó muerto entre estertores.

—Ahora a ver como te las arreglas, Paco, o serás el próximo.

Ramírez pasó la mano por la piel del animal con verdadero pesar, pero no dijo nada más. La experiencia le había enseñado que no debía enojar a Prescott cuando este andaba de mal humor. El hombre era despiadado, y Ramírez podía terminar tan muerto como el coyote.

Mientras acariciaba la piel del animal, formuló un plan en su mente. Un buen plan. Un plan que ahuyentaría a esa gente del gobierno para siempre.

—Gracias— le susurró al coyote—. Muchas gracias.

CAPÍTULO 6

—¿Quién anda ahí? —la voz de Daniel retumbó en el silencio de la noche. Agarró una lámpara y su rifle y salió disparado de su tienda de campaña, dirigiendo la luz hacia el sitio de donde provino el ruido.

—Soy yo —dijo Patricia en voz baja—, no dispares.

—No, yo oí otra cosa.

Buscó alrededor de ellos con la luz de la lámpara, pero fue demasiado tarde. Un camión se alejaba guiado por la luz de la luna, sin prender los faros, con su motor andando casi en silencio. Ya estaba demasiado lejos para discernir el número de placa.

—¿Alguien estaba aquí?—Patricia preguntó bruscamente, con tono de enojo en la voz.

—Así parece. Quien haya sido, fue muy callado. Apenas me di cuenta.

—¿Qué querría?

—No sé. Pero quizás haya dejado alguna pista.

Regresó a la tienda de campaña para ponerse las botas, luego de sacudirlas.

—Voy por una linterna —avisó Patricia—.

—Tú quédate adentro —él le ordenó—. Yo te aviso si encuentro algo.

—Claro que no —replicó ella—. Esta es una expedición del gobierno. Si alguien anda husmeando, quiero saberlo. No se puede simplemente interferir con los proyectos gubernamentales.

Cuando ella salió, linterna en mano, Daniel ya estaba explorando los alrededores.

—¿Encontraste algo?

—Todavía no —bufó Daniel.

—Esto no tiene sentido. ¿Para qué vendría alguien manejando hasta acá a media noche? Tenemos que buscar más a fondo.

Ella se alejó de él para rodear el campamento por su cuenta, echando la luz de la linterna sobre la maleza y abajo del tanque de agua. Varios de los matorrales estaban rotos.

—Por ahí entró —dijo, alumbrando el suelo.

Daniel siguió el camino de luz, vio una huella ligera de un pie, y echó la luz de su lámpara en esa dirección. Entonces lo vio. Debajo del "cámper" había una bola de piel rubia-rojiza.

—No te acerques —le advirtió. Le quitó el seguro al rifle y se acercó un poco más, enfocando tanto la luz como el rifle sobre el obsequio que había dejado el visitante.

Por Dios, era ese estúpido coyote con la cola cortada. Pero ahora parecía...

Daniel empujó al animal con el cañón del rifle. No se movió. Ni siquiera gimió. Acercó más la luz, y descubrió el agujero ensangrentado en su cabeza.

—Por fin te dieron —murmuró—, y te dieron a quemarropa.

Patricia corrió a su lado.

—¿Qué es? —entonces lo vio —.¡Madre de Dios! ¿Está muerto?

—Sí.

Daniel jaló el cadáver del animal de debajo de la camioneta.

—Voy a moverlo. Lo último que queremos es un coyote muerto en pleno campamento.

—¡Espérate! ¿Qué es esto?

Él dejó de arrastrar al animal, y Patricia se arrodilló al lado de éste. Había un papel clavado salvajemente al cuero del animal. Leyeron juntos el mensaje escrito en negras letras de molde: "Lárguense o serán los próximos."

Guardaron silencio, digiriendo las palabras. Luego Patricia susurró:

— La bronca es con nosotros. Pero, ¿por qué?

—He ahí la pregunta principal —dijo él, quitando el mensaje del cuero del animal y entregándoselo a Patricia—. Pon esto en un lugar seguro. La policía estatal necesita verlo.

De nuevo empezó a arrastrar el cuerpo del animal, y Patricia lo siguió, iluminando un sendero a unos cien metros de ahí. Antes del amanecer, el coyote sería un banquete para la mitad de las criaturas del desierto.

Regresaron lentamente.

—¿De qué crees que se trata, Daniel? —preguntó Patricia—. Es una amenaza insignificante. El estado no se deja intimidar con ese tipo de cosas.

—No es necesario que se intimide el estado. Basta con intimidarte a ti.

—¿Crees que es personal?

—Este tipo nos quiere ahuyentar con amenazas. Es bastante claro ahora que los otros incidentes no fueron simples accidentes. Nada más no les hiciste caso.

—De acuerdo... ¿pero por qué?

—Hay algo que no quieren que encontremos. Su escondite. Su ruta de contrabando. ¿Quién sabe?

Patricia meneó la cabeza.

—Soy científica. No me interesan sus...

Daniel la interrumpió con impaciencia.

—Tenemos que regresar. Hoy. Tenemos reportar esto, y la policía estatal... o alguien... necesita registrar toda el área antes de que nadie regrese. Si no, alguien va a salir lastimado.

Ella asintió lentamente con la cabeza.

—Tienes razón. Es lo que te iba a decir cuando salí, de todas maneras. Decidí que deberíamos regresar hoy. Hemos casi terminado, nada más queda aquel afloramiento por ver. Podemos levantar el campamento ahora, y verlo a primera luz. Terminaremos antes de mediodía y podemos estar de regreso en el mundo civilizado antes del anochecer.

—No. No más explorar. Vamos a regresar a primera luz.

—No seas ridículo. Nadie va a intentar nada a plena luz del día. Además, ya habremos terminado con esta región. Así podemos regresar a un sitio totalmente nuevo, sin latosos alrededor.

Ella le alcanzó la mano. Sintió pequeñas descargas eléctricas recorrerle el brazo, y respiró hondo.

—Nada más tú y yo, Daniel. No es mala idea— susurró.

—Para nada —dijo él, con voz ronca—. Pero no ahora. No hasta la noche.

—¿Me lo prometes? —ronroneó ella, acercándose más a él.

Él dio un paso hacia atrás.

—Ahora no, Patricia —repitió—. Dios, ¿cómo quieres que te cuide si no quieres ni tratar de cuidarte tú misma?

Ella le apartó la mano.

—Eres un idiota. No necesito que me cuides. Necesito que me quieras. Primero soy mujer. Pero no puedes recordar eso, ¿verdad?

—Lo recuerdo, Patricia —dijo, fatigado—. No me dejas olvidarlo. Pero lo que tratas de olvidar constantemente es que padeces una enfermedad crónica. Lo olvidas, y luego abarcas demasiado.

—¿Y tú qué sabes de eso?

— Para empezar, esta expedición no te hace ningún bien. Tus niveles están mucho más elevados que lo normal, pero sigues y sigues esforzándote. Estás cansada. Has hecho caso omiso de todas las indicaciones de que alguien intenta sabotearnos. Estás tan ocupada tratando de ser normal que no te cuidas. Así que sí, por supuesto que necesitas quienes te cuiden.

—¡Ya basta!

—Tengo muchísimo más que decir.

—Pero yo no lo quiero escuchar. Aliviánate, Daniel. Podríamos estar comenzando algo muy bonito aquí. Pero tienes que respetar mis cosas. Yo estoy a cargo de mi propia vida, no tú.

Ella se marchó al "cámper' y abrió la puerta.

—Empieza a empacar y nos veremos al amanecer.

Pequeña idiota testaruda, pensó él, pateando la tierra con su bota. Estaba corriendo riesgos increíbles con su vida, con su salud. Desde el principio lo había hecho. ¿Qué hubiera pasado de haber ella tenido una reacción en la camioneta viniendo del pueblo? Él no habría sabido manejarlo. Y ahora, con sus niveles de glucosa en aumento, tampoco sabía que hacer.

Y a pesar de todo eso, Patricia seguía coqueteándole y tentándolo. Ella sabía perfectamente que tenían que esperar, para no dejar cabida a un embarazo. Eran sólo unos días, pero ella se portaba como si fuera una eternidad, como si él la estuviera rechazando. Y él nada más trataba de protegerla. Era simple sentido común.

Y para colmo de males, este imbécil estaba tratando de ahuyentarlos del lugar, y Patricia quería seguir explorando otro medio día...

Pateó el suelo de nuevo. ¿Quién habría pensado que pudiera pasar tanto en seis escasos días? Había estado esperando salvar su negocio. En lugar de eso, solamente problemas y frustraciones había conseguido, y las viejas preguntas aún seguían sin respuesta.

Pues, hoy en la noche todo aquello cambiaría. Le haría el amor a Patricia como él quería, con protección, completamente, como un hombre. Y quizás exigiría algunas respuestas, también.

Recogió un par de sillas de campaña y las dobló, colocándolas al lado de la puerta del "cámper". Luego empezó a empacar y a guardar todo su propio equipo: tienda de campaña, bolsa de dormir, colchón inflable. Estaría listo para cargar el vehículo en aproximadamente una hora. Entonces podrían desayunar para emprender el camino de regreso al amanecer.

Patricia salió cuando el cielo apenas mostraba un poco de luz color de rosa, con una taza de café en la mano.

—Para ti. Bien cargado.

Él aceptó la taza.

—Gracias —dijo con voz de sorpresa.

—Quiero disculparme contigo por... lo de hace rato. Yo sé que estás cumpliendo con tu trabajo. Pero es que me molesta mucho que me digan lo que tengo que hacer o dejar de hacer. Soy perfectamente normal con la excepción de esta cosita metabólica.

—No es una cosita, Patricia. Te podría matar.

—Siempre hay algo que nos puede matar. Lo que cuenta es la manera en que vivimos.

—Pero te arriesgas cuando no debes.

—Otra vez esa palabra. Debes. No cabe en mi vocabulario —ella hizo una pausa, y repentinamente agregó—: Quiero que me enseñes a usar el rifle.

—Patricia, ¿estás loca? ¿Alguna vez has disparado uno? —exigió él.

—Quiero saber como quitar el seguro y como apuntar y recargar. Por si acaso.

—¡Te lastimarás sola antes de darle a los malos! — Daniel meneó la cabeza pero la mirada de Patricia mostraba su franca determinación. Él levantó las manos, rindiéndose—. Tú ordenas.

Abrió de nuevo las sillas de campaña y le indicó a ella con la mano que se sentara, mientras sacaba unas balas del asiento trasero de la camioneta.

Se arrodilló al lado de ella y le colocó el rifle contra el hombro.

—Patea muy fuerte cuando disparas, así que prepárate.

Tocar a Patricia era como tocar fuego... quemante y peligroso. A distancia lograba controlarse, pero de cerca... Ya sentía el comienzo del deseo en lo más profundo de su ser, la piel de todo el cuerpo se le erizaba. No sabía como demonios iba a sobrevivir el viaje de seis horas al pueblo.

—Ahora, párate, apunta por estas miras, y jala el gatillo. Fuerte.

El disparo resonó ensordecedor en el aire del amanecer. La culata del rifle pateó como él había pronosticado, pegando fuertemente al hombro de Patricia. Ella hizo un gesto de dolor.

—Aquí está el seguro —movió la palanca—. Ponlo tú.

Patricia lo puso y lo quitó varias veces, jalando el gatillo para saber como se sentía con seguro también.

—¿Y para cargarlo? —insistió.

Daniel le enseñó, y ella disparó varias veces hacia unos cactus, desgarrando la rama de uno.

—Está bien —dijo ella, poniendo el seguro y colocando el rifle en el suelo—. Vamos a meter tu equipo y nos vamos.

Movió el hombro en forma circular dos veces, y luego recogió la bolsa de dormir de Daniel y la aventó al interior del "cámper'. Él trajo lo demás, subieron algunas muestras más al techo, y Patricia aseguró los picaportes de los cajones y gabinetes mientras Daniel acercaba el vehículo hacia el tanque de agua.

—Yo manejo —dijo Patricia cuando Daniel había terminado de enganchar el remolque. Se subió al asiento del conductor, dejando sus mochilas cargadas atrás del asiento, y engranó la velocidad del vehículo.

—¿Todavía demostrando que puedes hacerlo todo? —el sonó fatigado al sentarse al lado de ella—. Ya basta, ¿no?

El día ya estaba insoportablemente caluroso, pero unas nubes de tormenta sobre el horizonte prometían algo de alivio. Ella tendría que trabajar rápidamente, o podrían arriesgarse a inundaciones repentinas o algo peor.

En unos veinte minutos llegaron al afloramiento. Patricia bajó de la camioneta, colocó su equipo sobre una lona, y empezó a tomar notas en su bitácora, ocasionalmente ladrando órdenes a Daniel.

Pasaron la hora siguiente trabajando. En el cielo seguían juntándose las nubes de lluvia, cubriendo la tierra de un púrpura grisáceo. En la distancia se oían los truenos, y los insectos zumbaban frenéticos.

—¿Escuchaste eso? —preguntó Daniel

—Insectos. Truenos —contestó ella, concentrada en un pedazo de piedra que no parecía ser de ese afloramiento.

—No. Un ruido agudo. A lo mejor no fue nada.

Ella bajó su cuaderno y su mazo, e inclinó la cabeza, escuchando cuidadosamente. Durante unos momentos no oyó nada, excepto los ruidos naturales de por ahí. Pero luego hubo otro ruido, que no era un insecto. Era una voz de mujer, débil y dispareja. Patricia no podía descifrar las palabras, solamente el tono desesperado de la voz.

—Tienes razón —dijo Patricia—. Hay algo al otro lado de esa loma. ¡Vamos!

—No tan rápido —dijo Daniel—. Puede ser una emboscada. No sabemos si alguien nos ha seguido.

—Puede ser real —alegó ella—. Alguien puede estar perdido o herido. Tenemos armas y mazos. Vamos.

Dejaron caer sus herramientas, cada uno recogió un rifle, y Daniel agarró una mochila con botellas de agua.

Subieron la loma y miraron hacia abajo. Al otro extremo de la pequeña meseta vieron una diminuta figura hecha bola. La voz venía de ella.

El primer impulso de Patricia era de correr hacia la mujer, pero se detuvo. Cuidadosamente, Daniel y ella examinaron el terreno, buscando indicios de otras personas que pudieran estar ahí. Nada... ni maleza aplastada, ni arbustos tras de los cuales pudiera esconderse alguien. Nada más la mujer, que tenía un aspecto miserable.

Caminaron de lado para bajar la loma, con pasos ligeros pero aún así moviendo piedras al caminar.

Cascadas de pedruscos los seguían. Daniel tenía su rifle listo, por si acaso se necesitara.

Al llegar a la meseta, miraron hacia todos lados nuevamente, pero no había indicios de otra gente. Se acercaron a la mujer.

La mujer, que parecía centroamericana, yacía en el suelo, vestía blusa y falda sucias y rasgadas, y un rebozo mugroso sobre los hombros. Su cabello negro estaba despeinado y sucio, y sus oscuros ojos brillaban afiebrados. Aparentaba unos cincuenta años, pero probablemente no contaba con más de treinta. La vida dura envejece a la gente antes de tiempo.

—¿Cómo te llamas? —preguntó Patricia tiernamente, arrodillándose al lado de la mujer—. ¿Qué pasó?

—¡Mi hija! —murmuró la mujer—. Se cayó.

—¿Su hija? ¿Se cayó? ¿Dónde? ¿Cómo te llamas? —repitió Patricia—. ¿Qué pasó?

—¡Mi hija! —volvió a murmurar.

Luego se apoderó de ella un ataque de tos, sofocándola. Duró mucho tiempo, hasta que por fin cerró los ojos y se quedó quieta.

—Daniel, dame agua —pidió Patricia—. Está terriblemente deshidratada.

Él destapó una botella de agua y vertió un poco en la boca de la mujer. Le sobó la garganta para cuidar que no se atragantara, pero el agua simplemente se escurría por los lados de su boca.

Daniel le alzó la muñeca, y buscó su pulso. Nada. Meneó la cabeza.

—Está muerta.

—Se ve horrible —dijo Patricia.

La piel alrededor de su boca estaba agrietada y seca, como si hubiera estado mucho tiempo en el desierto. Su cuerpo estaba caliente, su piel muy quemada. No traía zapatos, y sus pies estaban hinchados e infectados.

—¿Cómo habrá llegado hasta aquí? —Patricia pensaba en voz alta.

—Coyotes —dijo Daniel bruscamente—. La especie humana, los que traen inmigrantes ilegales a los Estados Unidos y los dejan para morir solos si se atreven a enfermarse.

—Quien haya hecho esto debería pasar la eternidad quemándose en el infierno.

—Eso sería demasiado bueno para ellos —gruñó Daniel.

—¿Crees que hablaba en serio? ¿De lo de su hija?

—Sólo hay una manera de saberlo —él se puso de pie y le indicó con la mano a Patricia que lo siguiera.

Cubrieron la cara de la mujer con su mugroso rebozo, y Patricia la persignó. Luego ella y Daniel comenzaron a buscar alguna profundidad en el cual pudiera haberse caído una niña.

Habían buscado durante unos quince minutos cuando oyeron un lánguido ruido. Se miraron y fueron reservadamente en dirección al ruido. Patricia estaba furiosa. Una niña. Expuesta y abandonada para morir. ¿Qué estaba pensando la madre, por no decir nada de los malditos coyotes? El infierno era demasiado bueno para todos ellos.

—Si se trata de una emboscada —murmuró a Daniel—, entonces se han esmerado demasiado.

—Estoy casi deseando que sea una emboscada. No hay jurado en el mundo que me condenaría por matar a esta escoria humana.

—Si es que algún día encontrara alguien los cadáveres, y lo dudo mucho.

—Me imagino que es precisamente lo que pensaban los coyotes también.

—¡Mami! —oyeron la voz claramente esta vez, definitivamente la voz de una niña. Giraron otra vez hacia la izquierda.

—¡Mira! —dijo Patricia—. ¿Ves esa planta? Está aplastada.

—Sí.

En tres pasos Daniel estaba ahí, y sacó el arbusto por las raíces. Tras el arbusto estaba la destartalada entrada de un viejo tiro de mina.

Daniel silbó suavemente.

—Probablemente una vieja mina de mercurio. Ya están agotadas, pero se ve que no limpiaron ni taparon ésta.

Patricia asintió con la cabeza y se arrodilló al lado del tiro.

—¡Oye! ¿Cómo te llamas?

La niña lloró débilmente.

—¿Dónde está mami?

—Todo está bien, mi cielo —arrulló Patricia—, te vamos a sacar de ahí.

Volteó hacia Daniel.

—¿Qué traes en la mochila? —preguntó.

Él la tiró al suelo y buscó en ella. Un rollo de papel sanitario, un poncho impermeable, lápices y plumas, más agua, aspirinas, y una cuerda amarilla. Y en el fondo había una linterna.

Patricia agarró la linterna y alumbró el tiro. Era casi recto, unos siete metros, con tiros horizontales tapados con tablas por tres lados. La niña estaba sentada en el centro, llorando débilmente. Estaba chiquita, de unos dos o tres años, y cubierta de mugre.

Patricia sacudió la cabeza, aturdida.

—Y ahora, ¿qué hacemos, Daniel?

—Rescatar a la niña —Daniel desató la cuerda—. Tenemos unos seis metros de cuerda. Si usamos el rebozo, podemos hacer una camilla para subirla en ella. Pero tú tendrás que bajar. Yo no quepo, y de todos modos me vas a necesitar para anclarte.

Se puso de pie.

—Quédate aquí. Habla con ella. Yo voy por el rebozo.

Patricia arrulló a la niña, cantándole pedazos de canciones de cuna que recordaba de su propia infancia. Trataba de consolarla diciéndole que estaría bien, pero dudaba que una niña pudiera volver a estar bien después de presenciar tanta crueldad. Su madre estaba muerta, y probablemente su padre también. Y solo Dios sabía la condición física de la niña.

No comprendía que podría provocar a una familia a arriesgar a una niña en un viaje tan peligroso. Habían tenido la suerte de poder engendrar a una niña, malditos, ¿por qué no la habían protegido? ¿Por qué la habían expuesto al peligro y hasta a la muerte en la ruta de los coyotes? Aunque fueran pobres en su pueblo natal, tenían a su hija. ¿No era suficiente?

En fin, ¿qué sabía ella de esas cosas? Quizás cualquiera se arriesgaría, no sólo a sí misma, sino a su propia hija, para lograr una vida mejor. Ella jamás había conocido más que comodidad y buenos tratos. Madre mía, pensaba, de haber sido de un pueblo en el tercer mundo, probablemente ya estaría muerta por su diabetes.

Ya llegaba Daniel con el rebozo en la mano. Rápidamente, lo dobló para formar una especie de hamaca y lo ató con un fuerte nudo en el extremo de la cuerda.

—¿Ya ves como meter a la niña en esto? Luego yo la subiré a la superficie.

Patricia sacudió la cabeza para despejarla. De repente sintió algo de náusea, y tenía muchísima sed.

—Estás bien, ¿Patricia? —preguntó Daniel, frunciendo la nariz—. Te ves un tanto pálida.

—Tengo un poco de náusea.

—¿Necesitas comer algo?

Ella sacudió la cabeza.

—Quizás un poco más de insulina cuando regresemos. Y una siesta.

—¿Quieres que te la traiga ahora?

—Puedo esperar. Estaremos cuando mucho otra media hora aquí.

—Si estás segura —Daniel tenía sus dudas.

—Estoy segura —forzó la voz para parecer fuerte.

Después de tomar agua de la botella, envolvió la cuerda alrededor de sus muñecas y metió la linterna en una trabilla del cinturón.

—¡Ahora o nunca!

Daniel se sentó en una orilla del tiro, apoyando las piernas contra la otra orilla. Patricia se trepó entre sus piernas, y él empezó a bajarla por el túnel, bajando poco a poco la cuerda.

Una vez adentro del tiro, Patricia extendió las piernas todo lo que pudo. Su espalda tocó el otro lado del tiro.

—¡Daniel! —llamó—. Reserva tus fuerzas. Alcanzo a sostenerme para bajar apoyándome en los lados. Puedo usar la cuerda para equilibrio.

—¿Estás segura?

—¡Sí! Tú tienes que poder subirnos.

—Si te resbalas, todavía te puedo sostener.

Lentamente descendió, abajo, abajo, abajo. Los músculos de los muslos le quemaban con cada paso. Dios, todavía tenía sed, y ahora tenía muchas ganas de hacer pipí. Y todavía tenía mucha náusea.

¡Qué bonito!, pensó, finalmente reconociendo los primeros síntomas de un coma diabético. La combinación de toda esta tensión con sus altos niveles de glucosa estaba resultando en la reacción que menos había esperado en el desierto. Reacción a la insulina, quizás. Solía suceder. ¿Pero un coma? En su vida lo había esperado.

"Media hora más", se decía. "Te sientes mal, pero Daniel está contigo. La camioneta está cerca, con todo lo que necesitas. Puedes llamar al Dr. Stang en Austin tan pronto llegues al pueblo. Tú puedes con todo esto".

Dio otro paso, luego otro. Centímetro a centímetro, iba bajando. Había llegado al final de la cuerda y ahora usaba el rebozo para guiarse. Abajo de ella, escuchaba el lloriqueo de la niña. Su voz era más débil ahora, como si ella también estuviera llegando a su límite.

Llegó al final del rebozo. Patricia miró hacia abajo y se dio cuenta de que nada más le faltaba como un metro y medio para llegar al fondo.

—Muévate, mi cielo —le dijo a la niña—. Ponte en el rincón. ¡Daniel! —llamó hacia arriba—. Ya llegué. Voy a brincar. ¡Prepárate!

Luego brincó al fondo del tiro de mina. Cayó con un golpe, torciéndose el tobillo derecho. Se quedó un momento acostada en el suelo, gimiendo de dolor. Pasó los dedos sobre su tobillo, pero los huesos parecían estar en su lugar. Se paró y probó cuidadosamente el tobillo. Se dio cuenta de que se trataba de una simple torcedura y que podía apoyarse en él. Volteó a donde se encontraba la niña.

—Ven, bebé —dijo a la niña—. ¿Cómo te llamas?

—Carmen —dijo en voz baja—. ¿Dónde está mi mamá?

Patricia se limitó a abrazar a la niña. Dios, pensaba, ¿cómo le dices a una niñita abandonada en un tiro de mina que acaba de morir su madre? No era justo. Simplemente no era justo.

Así que no contestó la pregunta.

—Te voy a sacar de aquí. ¿Te gustaría eso?

Soltó a la niña de sus brazos y la miró. Como su madre, era delgada, y su ropa estaba en trizas y sucia. La piel de su rostro estaba agrietada. Pero no tenía la tos de su madre, y no parecía estar tan deshidratada.

—Toma —Patricia destapó la botella de agua y tomó a la niña en sus brazos otra vez, colocándole la botella en los labios—. Bebe un poco de agua.

La niña vació la botella mientras Patricia echaba un vistazo por el tiro. Los túneles que salían del tiro principal estaban tapados con tablas, pero había cortes recientes en las bases de algunos. Alguien había estado explorando, ¿pero quién?

No podía pensar en eso ahora. Especialmente con esos pequeños ojitos viéndola desde atrás de las tablas. Una renovada sensación de urgencia la envolvió. Tragó en seco y se paró, con la niña en sus brazos.

—Ahora sí, Daniel —llamó—, voy a colocarla en el rebozo.

Buscó la apertura en el rebozo y lo extendió con una mano. Con la otra mano subió a Carmen a sus hombros y la metió en la cunita. Extendió el rebozo por los lados para que soportara casi todo el cuerpecito de Carmen.

—Agárrate bien, preciosa. Daniel te va a sacar. —Apretó la mano de la niña—. Nos vemos en unos momentos.

—Listo, Daniel —llamó—. Súbela.

Parecía una eternidad para que el pequeño bulto subiera centímetro a centímetro, tapando la poquísima luz que quedaba tras las nubes. Patricia prendió la linterna otra vez y tembló al oír los chillidos por los túneles. Apúrate, Daniel, pensaba, esto es espeluznante.

La niña desapareció de su vista, y la luz tenue entró de nuevo al tiro.

—Ella está bien —gritó Daniel, y unos momentos después reapareció la cuerda.

De una buena vez, pensaba. Se agachó, y luego saltó para agarrar el rebozo, pateando y revolviéndose para subir hasta donde empezaba la cuerda.

—Estoy rendida y creo que me torcí el tobillo —le gritó a Daniel—. Tendrás que ayudarme.

—Yo te tengo.

El tobillo le punzaba de dolor, y los músculos de sus brazos le quemaban. Estaba mareada y cansada, tenía una tremendísima sed, aunque recién hubiera tomado más que suficiente.

Se ordenó no pensar. Simplemente hacer. Su mundo se redujo al tiro de mina, y se concentró, imaginándose ser una autómata, jalando, gruñendo, moviéndose hacia arriba y hacia arriba, con la ayuda de Daniel.

De vez en vez miraba por los lados del tiro. Sin fijarse mucho en ellas, veía nuevas hendiduras en los lados del tiro. Más que nada, se limitó a sostener la cuerda, mientras Daniel la jalaba centímetro a precioso centímetro. Al llegar a la superficie, ella podía escuchar los gruñidos de él, al acabarse sus fuerzas.

Daniel la agarró en cuanto llegó a la superficie, y Patricia columpió su cuerpo hacia arriba y para afuera para no volver a caerse. Se acostó sobre la orilla del tiro un momento para respirar. Cada músculo de su cuerpo le dolía, cada fibra de su ser. También se le nublaba la vista. Todos los síntomas, pensaba con gran fatiga.

Rodó hacia la izquierda, alejándose de la orilla del tiro, y buscó a Daniel.

—Gracias.

Él se arrodilló inmediatamente al lado de ella.

—Te ves muy mal, Patricia.

Ella asintió con la cabeza.

—Déjame descansar aquí un momento, y luego nos vamos. Necesito más medicina, y necesito descansar.

—Qué bueno que vamos a regresar hoy, después de todo.

—Sí. Con un poco de suerte, todos sobreviviremos.

Pero la madre de Carmen no sobreviviría. Ni su padre. Y Dios sabe cuántos pobres más se habían perdido en estas montañas.

Y en algún rincón del desierto estaban los coyotes que les había hecho esto. Ella rezaba que la policía estatal, el Servicio de Parques, Migración, y todas las demás agencias a donde iba a llamar en cuanto regresaran a la civilización los encontraran y los enjuiciaran. Era capaz de llamarlos por radio aun antes de salir de este lugar.

—¿Estás lista para regresar? —Daniel le preguntó a Patricia quince minutos después.

—Ya va a llegar esa tormenta, y la niña debe comer algo aparte de Salvavidas.

Ella asintió con la cabeza.

—¿Qué hacemos con su madre? —le preguntó en inglés—. No podemos llevar el cadáver.

—Lo único que podemos hacer es envolverla en tu poncho, cubrirla con piedras e informar a las autoridades.

—Supongo. También tenemos que decirle a ella —dijo ella, indicando a la niña con la mano.

Daniel alzó las manos.

—Yo no puedo.

Patricia suspiró y tomó a la niña entre sus brazos, abrazándola contra su pecho.

—Carmen, preciosa, tu mami estaba muy, muy enferma.

—¿Como mi papá? —dijo sencillamente—. Él murió.

Patricia asintió con la cabeza, y se le partía el corazón. ¿Cuánto había soportado a tan corta edad esta niña? No era justo.

—Como tu papi.

—Cuando se mueren las personas, no regresan. Van al cielo.

—Lo sé—dijo Patricia—. Meció a la niña sobre sus piernas un momento—. Mi papá se fue al cielo—continuó.

—Estuve muy triste cuando murió mi papá —dijo Carmen en voz baja—. Mamá y yo lloramos mucho.

—A veces ayuda llorar cuando estás triste.

—Luego tuvimos que ser fuertes. Eso dijo mi mamá.

—¿Tienes miedo ahora?

La niña asintió con la cabeza.

—Pero tú eres amable. ¿Cómo te llamas?

—Patricia.

La niña se acomodó contra el pecho de Patricia y descansó. Patricia miraba a Daniel, con ganas de llorar ante tanta injusticia. Él la miraba también, y en silencio formó con la boca las palabras "buen trabajo".

Ser fuertes, ser fuertes. Las palabras de Carmen hacían eco en la cabeza de Patricia mientras juntaban

su equipo para regresar. Seguía hinchándose su tobillo, y cojeaba al caminar, apoyándose en el brazo de
Daniel, quien cargaba a Carmen en sus hombros.

—Yo llevaré a Carmen a la camioneta, si tú juntas
nuestras cosas —le dijo Patricia a Daniel cuando
llegaron al afloramiento donde habían estado trabajando—. ¿Quieres un poco de crema de cacahuate,
preciosa? —le preguntó a Carmen.

—No puedes cargarla. Nada más faltan unos
cincuenta metros.

Caminaron juntos los últimos metros. Cuando
llegaron al "cámper", Patricia abrió la puerta. Y fue el
acabóse.

Un ardiente cañón de acero apuntaba a la cara de
Patricia. Otro se hundía en las costillas de Daniel.

—Un solo movimiento, y están muertos.

CAPÍTULO 7

"¡Maldición!" Pensó Daniel, los desgraciados no habían desperdiciado un solo momento.

Patricia alzó lentamente las manos. El primer hombre la jaló hacia el interior del "cámper" y le quitó el rifle que colgaba sobre su pecho.

—Aviéntalo —dijo el otro hombre, y Daniel aventó el rifle que cargaba a un lado. Nada de acometerlos como Supermán.

—Métete.

Lentamente, Daniel bajó a Carmen de sus hombros y la cargó sobre la cadera. Cuando ella vio a los hombres, se aferró a Daniel, llorando.

Él siguió a Patricia, y sus captores cerraron la puerta tras ellos. Uno era un hombre grande, moreno, con acento latino, y el otro portaba un sombrero vaquero y tenía un gesto cruel en la cara. Los dos cargaban armas semiautomáticas.

Daniel los observó. En una pelea limpia, podría derrotar a cualquiera de los dos. Ambos estaban sucios y apestaban por falta de agua y jabón; sus caras eran bronceadas y curtidas. Los dos estaban pasados de peso también. Pero, juntos y armados, tenían mucha ventaja sobre Patricia y él. Tendría que esperar el momento más propicio y aprovecharlo.

—Tranquilos, muchachos —dijo Daniel, tratando de mantener la voz calmada—. ¿Qué quieren?

—Tratamos de ser buenas gentes, dejándoles pequeñas advertencias —dijo el primero, el que tenía acento—. Deberían haber captado la indirecta.

—Así que ahora… —el otro hombre jaló un gatillo imaginario en su pistola.

—¿De qué se trata el asunto? —Daniel volvió a intentarlo. Trataba de mantener la calma y ganar un poco de tiempo.

—Hola, mamacita —dijo el primero, sus ojos devoraban a Patricia mientras le pellizcaba un seno—. Vamos a divertirnos mucho antes de que se acabe todo esto.

Patricia se apartó de él bruscamente, luego de escupirle a la cara.

—¡Insolente! —. El hombre golpeó fuertemente la cara de Patricia con la culata de su rifle, y ella se desplomó contra la pared con un débil gemido.

—Tú también, malcriada —le dijo el segundo a Carmen, levantando la cara de la niña del hombro de Daniel—. No has sido más que una lata, y ahora nos lo vas a pagar.

Carmen gritó. Daniel cerró el puño y le pegó al hombre en el estómago, perdiendo los estribos y olvidando que había decidido mantener la calma. Se le subió la presión, pero un segundo después yacía en el suelo al ser noqueado por un fuerte golpe en un riñón, con la mitad del cuerpecito de Carmen bajo el peso de su cuerpo. El forajido le dio otra patada en la espalda, para después pisotearlo salvajemente en el cuello.

—Amárralos, Paco —ordenó el segundo hombre.

—Sí, jefe.

—No, espera —pidió Patricia con voz débil. Puso las manos en alto y se levantó—. Tengo que traer algo.

Caminó al refrigerador y sacó una ampolleta de insulina. El segundo hombre se la arrebató de las manos.

—¿Qué es esto? —exigió saber, pegándole con su rifle.

Ella no contestó.

—¡Contéstale al jefe! —exigió el primero.

—Insulina —murmuró ella finalmente.

—Y la necesitas, ¿no? Pues ya no la necesitas —. Y el hombrón tomó la ampolleta y la rompió contra la barra. Abriendo la puerta del refrigerador, sacó las demás ampolletas y también las rompió.

Patricia gimoteó. No se resistió cuando Paco la jaló al suelo para amarrarle las manos y tobillos con cinta de ducto.

Horrorizado, Daniel observó lo sucedido. Sin la insulina, Patricia podía morir. Pero se corrigió: todos podían darse por muertos.

Pensó que lo mejor era seguir hablando, y tratar de averiguar qué querían estos tipos.

—¿Qué les hicimos nosotros? —preguntó, con su voz más áspera.

El hombre con el sombrero tejano se encogió de hombros.

—Estar en donde no debían, en el peor momento. No es nada personal. Simplemente están en nuestro coto de caza.

—¿Coto de caza? ¿Son cazadores furtivos o algo así? ¡Pero no hay nada por aquí! —protestó.

—No hay animales —Paco sonrió cruelmente, arrancando una tira de cinta de ducto para Daniel.

—Miren, estamos de salida, tal y como querían. Nos podemos ir ahora mismo.

—Demasiado tarde. Ya nos vieron.

—No es cierto —dijo Daniel, aunque de verdad estaba seguro de jamás olvidar sus mugrosas caras, barbas descuidadas y sonrisas crueles y amenazadoras. Paco lo amarró fuertemente y lo aventó al lado de Patricia. En pocos segundos perdió toda sensación en los dedos.

—La malcriada, también —Paco la envolvió en cinta de ducto también.

Si Daniel había estado sorprendido cuando aparecieron los forajidos, ahora estaba realmente asustado. Su corazón galopaba y él estaba sudando. Patricia se veía realmente enferma. Carmen lloraba cerca, aterrorizada.

Los dos hombres estaban registrando todo el "cámper" ahora, abriendo violentamente los cajones que ellos habían sellado cuidadosamente antes. Al encontrar un escondite de comida deshidratada, el jefe le comentó a su compañero:

—Oye, Paco, tenemos comida. Trae agua, y desengancha ese remolque. A donde van ellos no necesitan agua. Y nosotros sí.

—Sí, jefe.

Paco rehidrató la comida e incluso le sirvió primero a su jefe antes de comer la suya. La mezcla de aromas de la comida con el hedor de sus cuerpos era repugnante, y Patricia gimió.

Después de comer, husmearon de nuevo por el "cámper". Encontraron el radio en el baño e inmediatamente desconectaron los cables. Paco sacó algunos y el jefe otros, haciendo doblemente difícil reconectarlos, si es que la oportunidad de hacerlo fuera a presentarse alguna vez, lo cual se veía cada vez menos probable.

El jefe se arrodilló al lado de Patricia y le levantó la cara hacia la suya.

—Eres preciosa, mamacita. Disculpa lo del moretón; a veces Paco exagera —dijo. Recorrió su mejilla y su cuello con la mano, y finalmente manoseó sus senos—. Y yo también. Al llegar a donde vamos, me divertiré contigo antes de matarte.

Su aliento se sentía fétido y caliente sobre la cara de Patricia. El odio y el miedo le provocaron fuertes náuseas. Sus secuestradores eran asesinos brutales. No vacilarían ni un solo momento en lastimarlos a los tres. Era muy poco probable que Daniel y ella sobrevivieran, pero si lograba seguir concentrándose, podía ganar un poco de tiempo para crear una oportunidad.

—¿Por qué? —preguntó, luchando por mantener la calma. Su voz parecía tranquila, pero sus ojos mostraban su terror y su corazón palpitaba desenfrenadamente—. ¿Para qué matarnos? No les hemos hecho absolutamente nada.

—Nosotros no corremos riesgos. Pero no te preocupes, preciosa; será rápido, y parecerá un accidente. Después de divertirnos. Ramírez —su voz se volvió fría y formal—, ya nos vamos. No hagas nada estúpido.

—No, jefe.

El jefe salió del "cámper" y unos momentos después arrancó el motor de la camioneta. Emprendió camino a tumbos, y Patricia cayó contra Daniel. Un relámpago iluminó el cielo, seguido por un gran trueno unos segundos después. Carmen gritó.

—¿Qué hacemos? —murmuró Patricia.

—Esperar una oportunidad.

—¿Y Carmen?

—¿Carmen, qué? Primero tenemos que escapar nosotros mismos.

—¡Basta! —gritó Ramírez, golpeando el piso con la culata de su rifle—. ¡Nada de hablar!

Tenían que hacer algo, pensaba Patricia, pero no sabía qué hacer. No quería terminar su vida así, repentinamente, sin sentido. ¿Había superado todos los obstáculos de la vida nada más para morir de modo tan ridículo?

No. Siempre había sobrevivido, y tenía por qué sobrevivir esta vez también. Daniel había vuelto. Así que tenían que salir de esto con vida. ¿Pero cómo?

Tenía que ganar tiempo. Mientras más tiempo sigamos con vida, pensó, más posibilidades de que ellos cometan algún error.

Le pidió al cuerpo aguantar un poco más. Estaba temblorosa, ansiosa, y le dolía el estómago. Y sabía que se iba a poner peor. Respiró profundamente una y otra vez, tratando de relajarse un poco al dejar salir el temor con cada exhalación, para poder pensar.

Nada más le quedaba un arma: su personalidad. Y si alguna vez hubo un momento para hechizar a alguien con su encanto, el momento era éste. Su guardián—Paco Ramírez, ¿no?—podría ser influenciado por la dulzura y las artimañas femeninas. O por lo menos podría conseguirles una pequeñísima oportunidad desesperada.

—Ándale —arrulló Patricia, guiñándole el ojo a Ramírez—, algo tenemos que hacer para pasar el tiempo. Y hay demasiado traqueteo por el camino como para... pues tú sabes... —salieron las palabras con tono sugestivo.

—¡Patricia! —susurró Daniel—. ¿Qué estás haciendo?

—No le hagas caso—dijo ella suavemente, señalando a Daniel con la cabeza y concentrándose totalmente en Ramírez—. Quiero oír de tus propios labios por qué quieres matarme. Estaba aquí para dibujar mapas. No he visto nada.

Ramírez miró nerviosamente alrededor sin decir nada.

—¿Cómo te llamas, Ramírez? Te llamas Paco, ¿verdad?

Él titubeó y luego asintió con la cabeza.

—Paco. Paco —repitió, saboreando el sonido con sus labios. La camioneta pegó en un tope sólido y brincó. El jefe, pensó enojada, estaba manejando su camioneta demasiado rápido sobre el camino rústico de terracería, especialmente en la lluvia. Estaba manejando como loco. Por supuesto que sí. Estaba loco.

Las ollas y los cubiertos sonaban fuertemente en los gabinetes y cajones atrás de Daniel y ella.

—Dime, Paco, ¿por qué trabajas con el jefe? No te trata muy bien.

—Me trata perfectamente bien. Simplemente exige las cosas que quiere.

—Son coyotes, ¿no?

Ramírez asintió con la cabeza, agregando con petulancia:

—Pero también somos cateadores.

Patricia recordó de repente las hendiduras en los lados del tiro de mina de donde habían rescatado a Carmen, y recordó también la pequeña pepita de oro que habían encontrado Daniel y ella.

—Y por fin encontraron algo.

Él sonrió, sombrío y cruel.

—Sí. Y apenas estábamos viendo que es lo que íbamos a hacer después, cuando llegaron ustedes, buscando lo mismo. Ustedes iban a arruinar nuestra oportunidad de enriquecernos y retirarnos.

La camioneta brincó de nuevo, tirando a Patricia contra Daniel y contra unos cajones al nivel del piso. La cinta de ducto alrededor de las muñecas de ella se trabó con la jaladera del cajón, y se le ocurrió una idea. Había pocas probabilidades de lograrlo, pero era la única posibilidad que había.

—Manténlo hablando, Daniel —murmuró frenéticamente, metiéndose firmemente entre él y los gabinetes. Metió el dedo debajo del picaporte del cajón y lo alzó, arqueando la espalda hasta donde se atrevió para librarlo. Ahora, con el próximo brinco...

—Tú no crees que el jefe vaya a darte una parte, ¿verdad? —le preguntó Daniel a Ramírez.

Ramírez se veía perturbado, como si jamás se le hubiera ocurrido la idea.

—Tú vas a morir tan pronto como nosotros —continuó Daniel—. Él nos matará a todos y luego tu parte de la mina será suya también. Te apuesto que se trata de oro.

—¡Ya cállate! —exigió Ramírez—. ¡Simplemente cállate!

La camioneta brincó de nuevo, y el cajón de donde había quitado el picaporte Patricia se abrió, pegándole en la espalda. Era el cajón en donde guardaba pequeños utensilios de cocina... abrelatas, tenedores y cuchillos chicos.

Con gran prisa, metió las manos al cajón, esperando mantener las manos fuera de la vista del secuestrador. Rápidamente sacó un pequeño cuchillo afilado, y luego cerró el cajón con la espalda.

—¡Condenado cajón! —dijo con voz fuerte.

Tomó el cuchillo en una mano y cuidadosamente cortó, lenta y calladamente, para que la cinta no hiciera ningún ruido al separar ella las fibras. El tamborileo de la lluvia al caer en el techo del "cámper" también ayudaba a amortiguar el ruido.

Ella se mordió el labio al cortarse la piel, para evitar hacer una mueca. No quería delatarse. ¡Listo! Había cortado la cinta. Sus brazos luchaban por dejar esa posición tan incómoda estirados a su espalda, pero ella no se atrevió a moverse pese a su recuperada libertad. Tenía que parecer estar totalmente amarrada hasta el momento propicio.

—Tu jefe es un hombre peligroso —dijo Daniel—. No debes confiar en él. ¿Para qué te dejó aquí en el "cámper" si no piensa matarnos a todos? Dijo que iba a parecer un accidente, ¿te acuerdas? Todos vamos a morir juntos.

—¡Cállate! —gritó Ramírez de nuevo—. ¡No puedo pensar!

Daniel miró a Patricia, y ella le pasó el cuchillo. Él hizo una mueca al cortar su pulgar contra el filo, pero no dijo nada, limitándose a fruncir la nariz como si estuviera concentrado en la plática.

—¿Y que me cuentas de Carmen? —Patricia habló de nuevo—. Yo encontré a su madre también, pero ya estaba muerta. ¿Clientes tuyos?

¿Se veía atemorizado Ramírez?

—Nosotros no traemos ni a mujeres ni a niños —dijo éste bruscamente, y luego repitió—: ¡Dije que te callaras!

Esta vez rompió un pedazo de cinta de ducto e hizo la pantomima de pegarlo sobre la boca de Patricia.

—Yo creo que las trajiste. Yo creo que mataste a la madre y al padre de esta niñita con la misma saña con la que quieres matarnos a nosotros.

—¡Ya no digas más! —Ramírez golpeteó el piso con el rifle y se inclinó para poner la cinta sobre la boca de Patricia. Sacó otra tira de cinta y la pegó sobre la boca de Daniel. Escupiendo al piso cerca de sus pies, se levantó para ir al diminuto baño, llevando consigo su arma.

Patricia tenía las manos libres antes de que Ramírez terminara de cerrar la puerta tras él. Se arrancó la cinta de la boca, haciendo una mueca de dolor. Daniel, quien había logrado cortar las ataduras en sus propias muñecas, cortó la cinta que sujetaba sus tobillos, y luego liberó los de ella.

Patricia abrió otro gabinete y sacó un sartén de hierro forjado, y se lo pasó a Daniel.

—Eres más fuerte que yo —cuchicheó tranquilamente—. Reviéntale la cabeza a ese hijo de puta.

Agarró un cuchillo de carnicero para sí misma y murmuró:

—Jamás pensé que me diera tanto gusto traer todo esto en el viaje.

Tomaron posiciones a la puerta del baño. Patricia calculó que tendrían solamente una buena oportunidad para pegarle a Ramírez. Si fallaban, definitivamente podrían darse por muertos. Por lo menos tenían la ventaja de la sorpresa.

Daniel alzó el sartén sobre el hombro, listo para atacar. Patricia sujetó fuertemente el cuchillo, por si acaso se necesitara. Luego Daniel le hizo un gesto con la cabeza a Patricia, quien contó tres con los dedos y abrió la puerta.

—Hijo de...—pero Ramírez no logró pronunciar otra palabra. El sartén de hierro forjado hizo un ruido sordo al caer fuertemente sobre el cráneo de Ramírez. El hombre se desplomó en el suelo, pegando con el mentón en la tapa del excusado.

La sangre corría por todos lados, pero Patricia y Daniel no le prestaron atención. Daniel agarró a Ramírez por las axilas y lo arrastró al centro del cuarto. Maniató al coyote con cinta de ducto y luego lo amarró con una cuerda a la mesa, lejos de los utensilios de cocina.

—No tiene caso darle otra oportunidad —dijo severamente.

—Dios, Daniel —dijo Patricia, sus dientes castañeteando repentinamente. Luego sintió que le zumbaba la cabeza, y se desplomó en una silla, colocando la cabeza entre las piernas. El cuchillo cayó al piso ruidosamente.

—Todavía no, Patricia —dijo Daniel, pateando el cuchillo fuera del alcance de Ramírez—. Tienes que aguantarte un poco más.

La abrazó y le dio un beso en la frente.

—Aún no acabamos. Todavía tenemos que enfrentarnos con el jefe. Que sepamos nosotros, puede haber visto todo en el espejo retrovisor.

Patricia alzó la cabeza y respiró profundamente varias veces.

—Quizás haya dejado aunque sea una ampolleta.

Se puso a gatas y se acercó al refrigerador. Lo registró todo, pero no había más que vidrios rotos, y la preciada medicina estaba tirada por toda la barra y el piso. Se le nublaba la vista por las amargas lágrimas que brotaban de sus ojos.

Luego se enojó. ¿Qué derecho tenían? ¿Cómo se atrevían a interferir en su vida, atentar contra su salud? Si les daba un solo segundo más, podían lograr matarla, o simplemente apartarla suficientemente de la civilización para realmente hacerle daño. Pues no lo iba a permitir. Su vida no iba a ser parte de su juego.

Levantándose del suelo, volvió silenciosamente al baño y recogió el rifle de Ramírez. Se lo echó al hombro, buscando el seguro, pero ya estaba quitado. Se acercó furtivamente a la parte delantera del "cámper", parándose en pose de tirador, apuntó, y disparó.

La bala penetró la ventana trasera hacia la cabina, para salir por el parabrisas. El vidrio se estrelló y se despedazó; la mitad cayó al tablero y la mitad al cofre de la camioneta, de donde voló de nuevo hacia los asientos por la fuerza del aire.

El jefe miró hacia atrás salvajemente, su cara rebanada por trozos de vidrio. Patricia apuntó de nuevo, esta vez directamente a él.

Él no esperó la segunda bala. Abrió la portezuela del conductor y saltó de la camioneta, jalando el volante al tirarse, y el vehículo viró de la apenas perceptible vereda que había seguido. Él jefe rodó con el impacto al golpear la dura tierra, y luego Patricia gritó:

—¡Daniel, vamos directo contra unas rocas! ¡Vamos a chocar!

Daniel corrió hasta la parte trasera del "cámper", y abrió la puerta. Se agarró de un tubo de soporte de aluminio y se columpió al suelo. Cayó de rodillas, se enderezó de inmediato y corrió al lado del vehículo sin conductor.

La lluvia lo empapó; el aire estaba húmedo y sofocante. Pero siguió corriendo, tratando de agarrarse de la portezuela abierta para subirse. Corrió más y más rápido, recibiendo energías renovadas de algún lugar extraño, hasta que por fin logró alcanzar la manija de la portezuela para subirse a la cabina.

Había vidrios por todos lados, brillantes y filosos, mojados con la lluvia. Daniel se aferró al volante para alejar sus muslos del asiento para no cortarse con los trozos de vidrio. Hundió el pedal del embrague con el pie izquierdo, colocando el otro pie sobre el pedal del freno, y se afianzó para controlar el vehículo ante la inestabilidad y el suelo resbaloso por la lluvia. La máquina se sacudió deteniéndose a escasos dos metros de la formación rocosa que Patricia había visto, todavía sobre las ruedas.

Daniel apagó el motor, y se columpió para bajarse, otra vez tratando de evitar los trozos de vidrio. El jefe seguía corriendo, pero Daniel decidió dejarlo ir. El desierto era cruel para los poco preparados, y nadie merecía ese destino más que él.

Corrió a la parte trasera del "cámper', donde encontró a Patricia desplomada en el piso. Su piel despedía un olor ligeramente dulce, como de fruta.

—¡Patricia! —la tomó en sus brazos—. ¿Qué te pasa?

—Necesito insulina —dijo, abriendo los ojos y hablando lenta y calmadamente—. Mi nivel de glucosa está demasiado alto. Lo ha estado durante días, pero lo estaba controlando. Pero ahora no tengo insulina y me voy a enfermar. Me voy a poner realmente enferma si no regresamos pronto —tragó y descansó la cabeza contra su pecho—. Perdóname, Daniel. Tuviste razón desde el principio. Es peligroso estar en el desierto conmigo.

La cara de Daniel se ensombreció.

—No te me desmayes, Patricia. Te necesito como copiloto, o por lo menos dime dónde tienes el instrumento de localización global.

—Lo dejé —respiró—. Perdón. Tienes que encontrar la salida a la antigua.

—Está bien —dijo él sombríamente, frotándose las sienes. Le estallaba la cabeza—. Pero primero te voy a acostar en la cama.

La cargó en sus brazos, y le despejó unos mechones de cabello de su cara. Le parecía sorprendentemente ligera para su tamaño, como un pájaro, con huesos que parecían podérsele romper en sus manos.

—No —susurró—. No me dejes sola con él.

—Necesitas descansar.

—Lo sé —asintió con la cabeza—, pero contigo. Tengo todavía un rato antes de ponerme realmente mal —abrió de nuevo los ojos—. Tráete a Carmen. Habla con ella, dale confianza. Y luego maneja como si de ello dependiera mi vida. Porque es verdad.

CAPÍTULO 8

Primero lo primero, pensó Daniel sombríamente, bajando del "cámper" a la lluvia de nuevo. No podían viajar con vidrios rotos volando por todos lados.

Encontró una pequeña escoba abajo del asiento del conductor y comenzó a barrer los vidrios del tablero y del cofre, juntándolos en montoncitos a los dos lados de la camioneta. Los que estaban en los asientos estaban incrustados, o a punto de estarlo, así que tendrían que tapar los asientos. Su bolsa de dormir serviría.

Ahora, no cortar una llanta al salir sería ganancia.

Sin los vidrios, podrían concentrarse en lo más importante, que era descubrir dónde estaban. Sacó un gran mapa topográfico de la guantera. Gracias a Dios era de plástico... ningún papel habría durado en la lluvia. Al abrirlo, notó dónde Patricia había marcado su campamento. No podían estar lejos de ahí... quizás unos cincuenta kilómetros.

En cualquier dirección, se recordó a sí mismo.

Escudando los ojos de la lluvia, buscó algún detalle distintivo que le indicara dónde estaban... y más importante aún, el camino para regresar al campamento. Era difícil vislumbrarlo por la lluvia, pero podía haber un afloramiento hacia el oeste, y una loma solitaria a la derecha del afloramiento. Si estaba en lo correcto, debería poder encontrar su paradero en el mapa.

Examinó cuidadosamente el mapa, buscando pistas visibles hasta encontrar el lugar donde pensaba que estaban, y trazó el camino más lógico para regresar. Sabría muy pronto si estaba en lo correcto.

Regresó al "cámper'. Patricia se había levantado y había preparado un sandwich y un jugo para Carmen. Estaban platicando en voz baja, y Patricia acariciaba el cabello de la niña. Si no fuera tan desesperante la situación, habría sido un cuadro conmovedor.

Ramírez seguía inconsciente.

—En un momento nos vamos —. Daniel sacó su bolsa de dormir y volvió a salir. La extendió sobre los dos asientos, tapando los vidrios rotos que había dejado. Sacudió las dos piernas y murmuró una blasfemia al desalojar una diminuta astilla de vidrio. Aparentemente no había sido suficientemente cuidadoso.

En el "cámper", Carmen estaba sentada sobre las piernas de Patricia mientras ésta le daba pedacitos de sandwich y le cantaba canciones.

—Ya estamos listos —dijo. Primero levantó a Carmen en sus brazos, la envolvió con un poncho para la lluvia, y la llevó al asiento trasero de la camioneta. Una pulmonía era lo último que necesitaba después de estar sometida a las inclemencias del tiempo.

Regresó por Patricia. Ella ya se había puesto su ropa impermeable para la lluvia y quería caminar, pero él la cargó también.

—No hay tiempo para tu independencia —dijo con brusquedad. Ella parecía muy frágil y vulnerable, las dos cosas que odiaba ser. Pues, a él no le agradaba mucho tampoco. Y ella no había tenido toda la culpa. Sin embargo, los dejaba en una situación sumamente peligrosa.

Daniel la llevó al asiento del pasajero, abrochándole el cinturón de seguridad. Había sacado las gafas para el sol del "cámper", y le puso a ella las suyas.

—Te protegerán un poco del viento y de la lluvia.

Ella agitó la cabeza y gruñó:

—Yo adoraba esta camioneta. Nada más mírala ahora.

—Hiciste lo que tuviste que hacer, Patricia. Estamos a salvo y tenemos a uno de ellos en el "cámper".

Subió al asiento, arrancó el motor, y emprendió camino para salir de ahí. Manejaba casi tan rápido como lo había hecho el jefe. Era probable que Ramírez estaría golpeándose con el traqueteo del camino, pero bien que lo merecía.

La lluvia pegaba con fuerza a través del parabrisas quebrado, como pequeñas agujas que picaban su cara. A su lado, Patricia se veía fatigada y descompuesta, y Daniel casi se arrepentía de haber hecho caso a sus protestas cuando no quiso quedarse acostada. Por lo menos estaría seca en estos momentos. Gracias a Dios que Carmen se había quedado dormida.

Odiaba esta sensación de impotencia. Debería poder hacer algo, maldición, cualquier cosa, para ayudar a Patricia, para ayudar a los tres. Sin embargo, se sentía atrapado, desprevenido y totalmente fuera de control. Aceleró más, y el velocímetro subió hasta 80 kilómetros por hora, demasiado rápido para un camino de terracería en medio de una tormenta de lluvia. ¿Pero qué más podía hacer? Patricia estaba contando con él. Todos contaban con él.

—Daniel, tienes los nudillos blancos. Disminuye la velocidad. Aún no me muero.

Daniel la miró, y ella sonrió débilmente.

—Habla conmigo, Daniel —dijo en voz baja.

—¿Qué quieres que te diga? —preguntó bruscamente.

—Lo que sea. Platícame lo que hacías en Colorado. Dime por qué regresaste. Dime todo.

Que bien, pensó. Su vida entera, condensada para una Patricia agonizante. Se aferró más fuertemente al volante.

—Más despacio —repitió Patricia, y parecía más fuerte—. Todavía tenemos tiempo.

—¿Cuánto? —preguntó.

—Suficiente. Este... este episodio es serio, lo admito, pero sigo consciente. Ahora platícame de Colorado.

Él se acomodó en el asiento y dijo bruscamente:

—Fui a la universidad y te esperé. Nunca llegaste.

Ella apartó la vista y murmuró:

—Daniel, no pude.

—¿Por qué?

Ella se movió, incómoda en el asiento.

—Jamás te lo quise decir.

—Merezco una respuesta.

—Recuerdas aquella primera noche... ¿en el Lago de Verano?

Al instante se transportó ahí en su mente: quince años atrás, seis semanas antes de salir para la universidad y de jamás volver a ver a Patricia.

Patricia había llorado, diciendo cuánto lo iba a extrañar cuando se fuera y prometiendo ir con él después de graduarse esa próxima primavera. Él había jurado amarla para siempre, a exclusión de todas las demás.

Ella había susurrado:

—Pruébalo.

Los momentos que habían seguido estaban permanentemente grabados en su mente, aunque él no se había permitido el lujo de recordarlos durante los últimos quince años. Ni siquiera desde que Patricia había vuelto a aparecer en su vida. Pero ahora lo inundaron: la ternura de la exigencia de Patricia, la suavidad de su cuerpo, la ansiedad del deseo, la urgencia de su intimidad. Él había tenido dieciocho escasos años entonces, casi un niño, pero se sintió como todo un hombre aquella primera noche con Patricia.

Hubo muchas más noches como ésa durante ese verano. Habían sido insaciables, y habían creado los recuerdos de amor que les tendrían que durar durante el largo año escolar de separación. Habían hecho planes y promesas que de algún modo se habían destrozado alrededor de los dos.

Él había prometido no olvidarla. Y había cumplido la promesa. Hubo otras mujeres, hasta algunas relaciones serias, pero nadie había podido igualar a la joven que fue su primer amor aquella noche. Ella lo había marcado de por vida, y hasta este preciso momento, él no se había dado cuenta de ello.

—¿Te acuerdas?

—¿Cómo no voy a recordar?

—Quedé embarazada aquella noche. O alguna noche de esas.

Frenó de golpe.

—¿Qué? Tenemos un hijo?

Ella negó con la cabeza y él lentamente fue acelerando de nuevo.

—Fue por eso que jamás llegué a Colorado —susurró—. Perdí al niño a principios del embarazo, pero fue en esa época que se me declaró la diabetes. Mis padres se volvieron locos. Estaban aterrorizados porque su bebita había salido con su domingo siete, y ahora tenía la enfermedad de mamá. Ya les había demostrado que no sabía cuidarme sola, así que ellos decidieron todo por mí. Yo estaba en tan malas condiciones entonces que me dejé manipular por ellos.

—No suena a la Patricia que yo conozco. Nunca.

—Tenía diecisiete años y estaba enferma y me sentía sola. Mis padres vigilaban todo lo que hacía. Me dijeron que si volvía a verte o si volvía a mencionar tu nombre, me mandarían a México a vivir con mi tía, sin poder terminar la carrera. Estaban... pues muy enojados conmigo.

—¿Y tratabas de compensarles?

—En parte. Pero realmente estaba enferma. Tardaron casi un año en controlar mis niveles; estuve entrando y saliendo del hospital.

—¿Y te olvidaste de mí?

—Jamás te olvidé —protestó, alcanzando su mano, apretándola como si por su conducto recibiera vitalidad—. Pero no me permitieron verte, y dejaste de intentarlo después del primer año, cuando ya me dejaron salir un poco. Me imagino que te hartaste.

—Sí.

Ella suspiró tristemente.

—Así que fui a la universidad. Con mi papá, por supuesto. Estudiar geología no me ayudó, porque así él me podía vigilar constantemente.

—¿Cuándo conociste a Martínez?

—¿Raúl? Era amigo de la familia. Para entonces, mi padre había sufrido varios infartos, y quiso casarme, para dejarme bien cuidada. Pero como yo era mercancía dañada, buscó a alguien mayor de edad. Y para colmo, Raúl era médico, y conocía mi padecimiento. Pero no funcionó. Él buscaba una esposa a la antigua y quería hijos. Yo no le pude dar ninguna de las dos cosas —aspiró de repente, y Daniel no supo si lloraba o si era lluvia que caía sobre sus mejillas.

—Nos divorciamos, lo que, en cierto modo, me devolvió algo de independencia. Ya había cometido dos enormes errores, y ya no volví a dejar que nadie me dijera que hacer. Especialmente después del posgrado, me convertí en una mujer librepensadora.

—¿Y ahora? —preguntó Daniel.

Ella sonrió débilmente.

—¿Te he dejado tomar el mando, aunque has querido hacerlo? He pasado muchos años recuperando mi independencia. No la voy a ceder nunca.

—No es lo que quise decir.

—Lo sé —le apretó la mano—. Te toca a ti.

—No hay mucho que decir. Te he estado esperando desde la edad de dieciocho años. Pero no lo sabía.

—Pero, ¿por qué dejaste la profesión?

Daniel aceleró más y la camioneta respondió. Llovía menos ahora, y podía ver la orilla de las nubes más adelante. En unos cuantos kilómetros habrían dejado atrás la tormenta.

—Dime.

Una sombra nubló la cara de Daniel.

—No.

—¡Daniel! ¿Cómo puedo conocerte como eres ahora, si no sé todo lo que te ha pasado?

Él suspiró.

—No aceptas que te digan que no, ¿verdad?

—No respecto a esto.

—Después de la graduación estaba trabajando en Minas Consolidadas en Denver. Me fue bien los primeros años. Y luego una de mis minas tuvo problemas. Yo acababa de bajar, y parecía estructuralmente sólida. Pero una semana después, se derrumbó, y murieron quince personas.

Ella inhaló bruscamente, observando su cara.

—Trabajé un tiempo más. Tuve que seguir hasta que se completaran las investigaciones e informes. Todos salimos libres de responsabilidad civil, pero yo me sentía... pues moralmente responsable. Por falta de concentración, cometí otros errores menores.

—Finalmente renuncié, probablemente justo antes de que me corrieran —sonrió tristemente—. Salí de Colorado y anduve por el oeste un tiempo. Me contrataron como guía en un par de compañías de excursiones de aguas rápidas. Me fue bien.

—Eras parte del grupo. Si salían mal las cosas, sufrirías las mismas consecuencias que los demás.

—Puede ser.

—¿Cómo volviste a Texas?

Él se encogió de hombros.

—Tuve que salir adelante. Me gustaba la región de la Gran Curva, y no había muchas compañías de excursión, así que abrí Desérticas.

Se frotó el tabique de la nariz y maldijo la falta de parabrisas. Estaba mojado, remojado, e incómodo como el demonio. Demasiadas emociones, demasiadas revelaciones. En vista de su renovada honestidad, decidió decirle todo.

—No sé si podré seguir en el negocio mucho tiempo, a pesar de todo.

—¿Cómo?

—Me metí en deudas hace algunos años. Se suponía que este trabajo iba a salvar mi pellejo financiero. Y ahora... —quedó sin terminar la frase.

—Te pagarán, Daniel. Vamos a regresar, por si no lo sabías.

—Patricia, ¿estás loca? Estás a punto de morir, ¿y todavía estás hablando de regresar? ¿Qué demonios te pasa? Como que ya debes olvidarte de tonterías y hacer otra cosa. El desierto no es lugar para ti.

—Daniel Rivera, ¡me lo estás haciendo otra vez!

—¿Qué?

—Diciéndome lo que puedo o no puedo hacer. No te lo voy a permitir. Volveré a ser yo misma en unos cuantos días, y luego vamos a regresar. Faltan dos semanas en tu contrato, y quiero... satisfacción. En todos los sentidos de la palabra —había empezado a hablar enojada, pero al terminar de regañarlo, estaba riéndose.

—Patricia, ¿qué tan enferma estás? —preguntó, preocupado de nuevo. Estaba lívida, y despedía una aroma ligero a fruta que Daniel volvió a percibir ya que había dejado de llover.

—Bastante mal —sonrió débilmente—. Vamos a hacer un trato. Tú encárgate de manejar para llevarnos hasta el pueblo.

—Quizás. Y quizás tome el control de otras cosas también.

—Ni lo intentes —susurró, pero no estaba segura si él la había escuchado. Cerró los ojos y se durmió.

La capacidad de Patricia para abrirlo como si fuera un jitomate y luego dejarlo hundido en sus propias emociones era aterradora, pensó Daniel. Siempre había tenido ese poder sobre él.

Pero en estos momentos no podía pensar en eso. Tenía que llevarla a Terlingua, a la clínica. A Carmen y a ese desgraciado, también.

Una hora después, tuvo que parar la camioneta para usar el baño. Carmen y Patricia estaban todavía dormidas, así que simplemente fue al lado de la carretera. Pero ya que estaban parados de todos modos, había revisado al prisionero en el "cámper".

Ramírez había vuelto en sí.

—Bueno, Ramírez, cuéntame tu historia —exigió Daniel—. Platícame de la niña. ¿Eres responsable también por la muerte de sus papás?

—No, no, fue el jefe, Prescott —dijo Ramírez nervioso.

—Pero ayudaste —replicó Daniel—. Dime la verdad de las cosas.

Poco a poco, Ramírez dio la versión verídica. La madre de Carmen era Rosa, y Prescott y Ramírez habían pactado traer un grupo de hombres a los Estados Unidos, y se habían reunido con ellos en México. Provenían de toda América Central; Prescott y él no solían hacer preguntas.

Se suponía que el grupo consistiría en hombres exclusivamente. Pero esta mujer, Rosa, se había negado a dejar ir solo al marido. Ella y su hija habían venido con él desde su miserable pueblo en quién sabe qué país, y habían seguido al grupo hasta el punto donde no podían mandarlas de regreso.

Luego había muerto José. Era bastante común... la disentería, así como toda una serie de otras enfermedades, solían matar a muchos de sus clientes. Prescott le había ofrecido un trato a Rosa: ella podía tener el gusto de ser su mujer, y a cambio, él la cuidaría. Lograron pasar la frontera, y ella se había quedado con él durante un tiempo. Pero luego Prescott había salido con ella para luego regresar solo. La mujer y su hijita se habían escapado, y ellos no se molestaron siquiera en buscarlas. El desierto suele ayudar a deshacerse de ese tipo de problemas.

—La niña podrá identificarte —murmuró Daniel entre dientes, revisando que Ramírez estuviera bien amarrado—, y tú denunciarás a Prescott con tal de salvar tu asqueroso pellejo, así que quizás haya justicia en esta buena tierra.

Pero no para Carmen. Era huérfana y estaba sola, pobrecita. Y si él no se apuraba, no habría justicia para Patricia tampoco. Cerró la puerta del "cámper" con llave tras él y subió de nuevo a la camioneta. Y de ahí en adelante, manejó como si la vidas de todos dependieran de él.

Al llegar a Terlingua, la base de operaciones de Daniel, todavía tuvo que encontrar al Dr. Jiménez y hacerlo abrir la clínica, la cual encontró cerrada y a oscuras. Por fortuna, el doctor acudió inmediatamente.

—No he tenido semejante crisis desde mi residencia —dijo con entusiasmo—. Normalmente me tocan nada más las peleas de cantina e infecciones en los oídos.

El doctor siguió a Daniel en su coche, y al llegar a la clínica los esperaba su enfermera, quien había abierto las puertas y había preparado dos salas de examen.

—Quédate aquí —le indicó Jiménez—. Quiero revisarte también después de terminar con las pacientes críticas.

La espera le pareció una eternidad. De vez en cuando, la enfermera pasaba por la sala de espera informándole que todavía estaban trabajando.

Daniel consideró la posibilidad de ir a su casa para bañarse. ¿Pero cómo dejar a Patricia? Ella dependía de él, aunque a ella no le gustara. Y en cualquier momento el doctor podía salir para avisarle de su estado. Tenía que esperar, para estar seguro.

—Bueno —dijo el Dr. Jiménez, al entrar a la sala de espera después de varias horas.

Daniel dejó caer el viejo ejemplar de Deportes Ilustrados que había estado leyendo.

—¿Cómo están?

El Dr. Jiménez meneó la cabeza, quitándose los guantes.

—La buena noticia es que la niña va a sobrevivir. Es luchona. Tiene algunas infecciones, uno que otro parásito, pero viéndola bien, está en excelentes condiciones considerando lo que ha vivido.

—¿Y Patricia? —Daniel luchó para mantener la calma.

—La Dra. Martínez estaba grave, pero sí —el doctor asintió con la cabeza—, se recuperará bastante bien. Esta vez. Pero las crisis de este tipo pueden traer consecuencias a largo plazo a los diabéticos... los riñones, el sistema nervioso, la vista. No es recomendable que sucedan estos episodios.

—Pues no, pero no habíamos exactamente planeado que nos secuestraran a punta de pistola y que nos saquearan el lugar.

—Me supongo que no —dijo el médico secamente—. Tendrá que tomar las cosas con calma durante un rato. Igual ese tipo Ramírez. Vaya que si le diste un golpe que no olvidará pronto. Tiene doble fractura de cráneo y conmoción cerebral. Pero lo más probable es que también sobreviva.

—¿Lo están vigilando los policías?

—A los dos. Es el suceso del año. Migración debe llegar en un par de horas, y buscarán a Prescott. Se supone que van a rescatar el cadáver de la madre de Carmen también —le dio a Daniel una palmadita en la espalda, y éste se tensó—. Perdón. Vamos a revisarte. ¿Cómo te sientes?

—De la fregada.

Jiménez revisó a Daniel minuciosamente.

—No hay señales de conmoción cerebral ni heridas internas. A pesar de lo que acabas de vivir, estás en excelentes condiciones.

—Tengo la cabeza dura, me supongo.

—Indudablemente. A propósito, ¿quieres dormir aquí? Tenemos otra cama.

—Sí. Si despierta Patricia, me gustaría estar con ella.

—Ella estará bien, Daniel. Gracias a ti. Eres realmente un héroe. No estarían aquí si no fuera por ti.

Daniel hubiera querido sentirse como héroe. Pero sólo había hecho lo que tenía que hacer y, a pesar de sus esfuerzos, estaban en el hospital requiriendo atención.

Jiménez lo condujo al cuarto de Patricia. Abrió el armario y sacó un catre, un juego de sábanas y una bata estéril.

—Yo ya me retiro a casa —dijo Jiménez—. La enfermera pasará la noche aquí y los cuidará. Hay una regadera en el próximo cuarto si quieres bañarte. Nos veremos por la mañana.

Daniel preparó la cama y llevo la ropa estéril al baño. Al meterse bajo la regadera, dejó caer el agua caliente sobre su piel casi hasta el punto de quemarse. Se lavó, y luego dejó que el agua ardiente cayera sobre él para tratar de exprimirse el mal olor y el terror impregnado en él por los eventos del día.

Se vistió con la ropa estéril y aventó la suya en el armario. Luego se sentó sobre su cama para observar a Patricia. Había una lámpara de noche al lado de la cama de ella, y la luz iluminaba a Patricia de modo que ella se veía frágil, diferente. Le habían puesto un suero intravenoso y estaba conectada a un monitor, y el moretón que le dejó Ramírez en la cara al pegarle se había puesto feo y morado.

Tocó suavemente el moretón. Verla así lo hacía sentirse enojado y protector a la vez. No quería que le volviera a pasar nada semejante en su vida. Tenía que cuidarse más. Decidió que él iba a cuidarla más.

Pero no sabía como. Tendrían que ver los detalles después. Pero la había encontrado de nuevo, y estaba decidido a que ocupara un lugar en su vida.

Te amo, Patricia, pensó. Como siempre.

Ella se movió, su garganta emitió un suave gemido, y abrió los ojos.

—Hola —suspiró.

—Hola —dijo, su voz gruesa de repente.

—Me supongo que estoy viva.

Él asintió con la cabeza.

—Abrázame, Daniel. Por favor, abrázame.

Se acostó en la orilla de la cama y la tomó entre sus brazos, teniendo cuidado de no desconectar los alambres y tubos. Ella apoyó su cuerpo contra el de él, y él sintió su suave cuerpo cálido a través de la delgada bata hospitalaria de algodón, su corazón latiendo firme y regularmente.

—Casi te perdimos —dijo aturdido.

—Soy demasiado terca para morir —sonrió débilmente—. Discúlpame si te asusté.

—No quiero perderte otra vez.

—Yo tampoco —lo miró con sus grandes ojos oscuros, fatigados pero brillantes—. Bésame —murmuró, abriendo la boca un poco en son de invitación.

Él se inclinó para besar su boca, suave y tiernamente, como un amante. La abrazó con fuerza, besándole el cuello, la garganta y la sien, esquivando el moretón púrpura. No quería que ella volviera a ser lastimada nunca.

Él le quitó los mechones de cabello que estaban pegados a su frente, gozando la sensación de su suave piel bajo sus dedos. El simple tocarla lo excitaba, pero se controló. Habría tiempo, se dijo. Patricia estaría bien muy pronto, y volverían a estar juntos.

Ella temblaba debajo de él, como la cuerda de un arco después de tirar una flecha.

—Gracias —suspiró, cerrando los ojos. Luego sintió que su cuerpo se relajaba, y se durmió entre sus brazos.

Durmieron juntos hasta las ocho de la mañana, cuando los despertó la enfermera con el desayuno. Le ordenó a Daniel que saliera del cuarto mientras atendía a su paciente, y cuando éste regresó al cuarto, Patricia estaba sentada, peinada, y comiendo un huevo.

—¿Cómo te sientes? —preguntó.

—Mucho mejor, aunque me imagino que parezco muerta —tocó el moretón en su mejilla—. Feo, ¿no?

—Nada en ti es feo.

—¡Daniel!

—De veras. Estuviste increíble ayer..

—Y vamos a volver a hacerlo dentro de unos cuantos días.

—Patricia, no empieces. Espera las indicaciones del médico para ver cuánto tiempo necesitas descansar. No hagas esfuerzos. No estás bien.

Ella se tensó, respiró hondo, y cedió.

—Está bien. Esperaré.

Él cambió el tema.

—¿Alguna noticia de Carmen?

—La enfermera la va a traer al ratito. Necesita compañía.

Él tomó una rebanada de pan tostado y se la comió.

—¿Estarás bien un rato? Quiero ir a la casa a cambiarme y a hacer unas cosas.

—Sí, pero regresa pronto —bajó la voz en un susurro de conspiración—, y pasa por la farmacia. Deben de soltarme pronto de aquí. Y entonces te quiero para mí solita.

—Estás enferma.

—Estoy mejor. Lo único que tengo es frustración —sonrió, con un brillo sugestivo en los ojos—, pero no me va a durar mucho. Así que prepárate.

Él sonrió.

—Haré lo mejor que pueda. Nos vemos al rato —se inclinó y le dio un beso para despedirse. Su intención fue darle un beso ligero, pero ella tomó su cara entre las manos y lo besó salvajemente. Fue un beso insistente, hambriento, y ella profundizó el beso abriendo la boca un poco para que saboreara el huevo tibio y pan tostado con mantequilla en su aliento. Ella exploró su labio inferior con la lengua, introduciéndola en su boca, besándolo completa e íntimamente.

—Ya —ronroneó satisfecha—. No me olvides.

—Nunca —Daniel se paró y corrió del cuarto. La caminata a la casa iba a ser más dolorosa de lo que había esperado. Pero era un buen dolor, un dolor muy bueno.

—Buenos días, preciosa —dijo Patricia un poco más tarde, cuando la enfermera empujó la cama de Carmen a su cuarto.

—¿Quieres ayudarme a comer un poco de pan tostado? —ofreció, ya empezando a volver a la normalidad. Era milagroso el efecto que unas descargas de insulina y una noche de sueño tenían.

Carmen asintió penosamente y pasó a la cama de Patricia. Patricia la acomodó sobre las almohadas, arregló el tubo del suero, y rompió una esquina de pan tostado para la niña.

—¿Alguna vez has desayunado en cama?

—No —dijo solemnemente Carmen—, no tengo cama. Nada más una hamaca.

Masticó un momento, antes de preguntar:

—¿Dónde está mi mamá?

A Patricia le dolieron las palabras. Pasaría mucho tiempo antes de que la niña entendiera lo que había pasado con su familia. Tomó a la niña entre sus brazos y la abrazó fuertemente.

—Carmen —dijo—, ¿te acuerdas de lo que pasó ayer? ¿Cómo te encontramos en el tiro? Tu madre estaba muy, muy enferma, y murió.

La niña comió un bocado más de pan tostado y asintió con la cabeza.

—Como mi papá.

Patricia asintió, sintiendo que se le partía el alma. Pobre niña. Había tenido que vivir tantos momentos dolorosos en su corta vida. Simplemente no era justo.

—Exactamente como tu papi —dijo Patricia.

—Y tengo que ser valiente.

—Es lo que dijo tu mamá.

La niña miró a Patricia durante un largo momento.

—Juega conmigo —dijo al fin.

Patricia sonrió.

—Por supuesto. ¿Qué quieres jugar?

—A los caballitos.

—Está bien.

Patricia se quitó las cobijas, contenta de tener en que distraerse, y más contenta aún por tener fuerzas para jugar. Bajó sus piernas por la orilla de la cama y colocó a Carmen sobre sus rodillas, haciéndola saltar. Carmen gritó de gusto, instando a su cabalgadura a ir más rápido.

Saltaron hasta que las rodillas de Patricia no aguantaban más, y luego volvieron a la cama a jugar "abejita". Carmen gritaba de gusto cada vez que Patricia zumbaba como abeja y aterrizaba en Carmen para hacerle cosquillas. Más tarde le narró cuentos de vaqueras y princesas aztecas y una que otra bruja cruel.

El Dr. Jiménez llegó al terminar la mañana, encontrándolas bajo las cobijas jugando a las escondidas.

—¿Dónde están mis pacientes? —llamó—. ¿A dónde fueron?

Carmen soltó una risita cuando él quitó las cobijas.

—Aquí están.

Patricia se enderezó y se ruborizó.

—Ella necesitaba con quien jugar. Nos divertimos.

—Así que, ¿te sientes mejor? —tomó su expediente del pie de la cama y leyó los apuntes de la enfermera—. Han bajado mucho tus niveles de glucosa.

Ella sonrió, agradecida.

—Me siento como nueva. Muchas gracias.

—De nada. Probablemente habrías estado perfectamente bien de no ser por los coyotes que destruyeron tus medicamentos.

—A propósito, ¿dónde está? Me refiero a Ramírez —tembló con el recuerdo.

—Llegaron de Migración anoche y se lo llevaron preso. En estos momentos debe estar detenido en una celda por ahí.

—Que ahí se pudra —dio una palmadita a la cabeza de Carmen y la acercó a ella—. ¿Qué pasó con...

Jiménez se encogió de hombros.

—Alguien viene de parte de Servicios Sociales por la tarde. Nadie sabe de dónde viene, y no tiene parientes. Va a ser una bronca legal —hizo una anotación en su expediente—. Es probable que pueda transferirte a Austin mañana. No debes manejar todavía, pero puedo conseguir quien te lleve.

—¿Y Carmen qué?

—Se pondrá bien.

—Pero está solita. A lo mejor puedo quedarme hasta saber que va a pasar con ella.

—Por supuesto. Llamaré a tu médico para ver si hay otra cosa que quiere que hagamos. Estás fuera de peligro de todos modos. Nada más necesitas descansar unos días. Luego volteó hacia la niña.

—¿Y tú? ¿Cómo te sientes hoy?

La revisó completamente y meneó la cabeza.

—Los niños son tan resistentes —dijo—. No queda nada por hacer con excepción de que termine sus medicamentos y hacer que aumente unos kilos.

—Mientras tanto, sus padres... —dijo Patricia en voz baja.

—Sin duda por ellos goza de tan buena salud Carmen, considerando lo que vivió. Estoy seguro que le dieron todo lo que tenían a la niña: la mayor parte de la comida y el agua. Probablemente la cargaron la mayor parte del camino también. Una niña de este tamaño no pudo haber caminado cientos de kilómetros.

—¿Qué edad tiene?

—Por el tamaño parece de unos dos años, pero habla muy bien, así que le calculo unos tres.

—¿Qué le pasa a una criatura después de este tipo de trauma? —preguntó, su voz llena de preocupación. Carmen estaba jugando bajo las cobijas otra vez.

Él se encogió de hombros.

—Depende. No veo indicios de abuso real, que es lo que normalmente indica problemas en el futuro.

Patricia abrió los ojos con sorpresa.

—Pero esos desgraciados...

Jiménez meneó la cabeza.

—No hay pruebas. Por supuesto que la pérdida de sus papás permanece permanentemente en la memoria —continuó—, pero muchos niños se sobreponen de manera sorprendente. Yo diría que depende de lo que suceda a continuación: si la adoptan pronto o se queda con tutores temporales; si se queda en los Estados Unidos o la mandan a su país de origen. Si puede adaptarse a una nueva familia en un ambiente seguro, debe de salir perfectamente.

Patricia se mordía el labio pensativamente.

—Uno nunca piensa en estas cosas —murmuró.

—Es que no piensa uno en las mujeres y niños que traen los coyotes. Pero hay cosas más extrañas en este mundo. Mira, pasaré a verte por la tarde. Si te cansas de Carmen, acuéstala en su cama. Le hace falta una siesta, y a ti también.

Jiménez salió para terminar su rotación. Patricia pasó el resto de la mañana con la niña. La enfermera trajo un poco de papel y varios lápices de color, así que dibujaron e inventaron cuentos para cada dibujo. Patricia empezó a enseñarle palabras en inglés y canciones, notando que la niña aprendía con mucha facilidad, y las repetía como perico.

A mediodía, llegó de parte de Servicios Sociales una joven irritable. Ni siquiera intentó ser amable con Carmen, disparándole preguntas hasta que la niña dejó de hablar. Luego se dirigió a Patricia.

—¿En dónde la encontraste?

—En un tiro de mina en el Solitario —contestó bruscamente, molesta por el tono y actitud de la mujer.

La mujer sacudió la cabeza y masculló una grosería.

—¿Ningún adulto con ella?

—Había una mujer cerca, pero murió. Lo único que me dijo es que había caído su hija, y la fui a buscar —Patricia intentó usar un tono más suave—. La niña ha vivido un gran trauma. Podría tratar de ser amable.

La mujer miró a Patricia como si fuera extraterrestre.

—Me limito a tratar de sacar la información a la niña. Tendrá que vivir dentro del sistema durante un largo rato.

—Y eso, ¿qué significa?

—Tiene que ir con tutores temporales, y probablemente la van a cambiar de un lugar a otro hasta que Migración decida qué van a hacer con ella. Si es que deciden hacer algo, porque está muy chica. La pueden dejar con nosotros permanentemente —suspiró la mujer.

—¿Atrapada permanentemente sin familia? Patricia quedó pasmada.

—Lo mismo pasa con muchos niños. Adoptan a los bebés, pero no a los grandes. Y aparte, esta niña tiene complicaciones, está ilegalmente en el país, no sabemos de dónde viene, ni siquiera sabemos su apellido, y no tiene parientes... —frunció la nariz y meneó la cabeza—. Me chocan estos casos de ilegales.

Patricia miró fijamente a la mujer, horrorizada. Era impensable que esta niña tan valiente se quedara sin nadie para cuidarla, nadie para amarla. Abandonada a su suerte entre la burocracia de Servicios Sociales y los caprichos de tutores temporales. No era justo.

No era justo, pero era una de las cosas que Patricia podía remediar. La idea le llegó como rayo de luz, y se acomodó en su cama, dejando que la idea se desarrollara. Cambiaría su vida, ¿pero no era lo que siempre había deseado?

Lentamente volvió a sentarse, acomodándose el cabello, y se dirigió a la mujer:

—¿Me puedo quedar con ella?

La mujer alzó la cabeza y miró fijamente a Patricia.

—No hablas en serio.

—Hablo en serio. La niña me conoce y me tiene confianza. Hablo su idioma. ¿Por qué no quedarme con ella?

—Se ve que tienes problemas de abuso doméstico.

Patricia se tocó la cara.

—Un accidente —dijo tensamente—, pregúntale al médico si no me crees.

La mujer se encogió de hombros.

—Bueno, pero aún existe otro problema. No estás aprobada como madre temporal.

—Pero pueden aprobarme —Patricia trató de ocultar la emoción en su voz, permaneciendo calmada y profesional—. Soy estable, tengo un buen trabajo, tengo familia y tengo casa. Vivo en Austin, pero ahí hay trabajadores sociales también.

Se notaba que la mujer seguía con dudas.

—Bueno, me quitaría el problema, y eso me conviene. ¿Tienes abogado?

Patricia asintió con la cabeza, sus esperanzas en pleno aumento. ¡Dios!, una niña. Esta niña, que la necesitaba desesperadamente.

La mujer apuntó un número de teléfono en un papel.

—Si hablas en serio, aquí tienes el número de expediente de la niña. Llama a tu abogado para que vea con Servicios Sociales respecto a la custodia. Es caso raro que alguien quiera algún niño en especial, lo cual puede trabajar a tu favor.

—Carmen, preciosa —dijo Patricia suavemente—, ¿quieres venir a vivir conmigo durante un tiempo?

Carmen asintió con la cabeza.

—Me caes bien. Eres buena.

Patricia apretó los puños un momento, sin poder creer lo que estaba a punto de hacer. ¿Pero qué le quedaba? ¿Dejar a la niña con tutores temporales, para que rebotara de un lugar a otro, quizás de país en país, cuando ella era la respuesta al principal anhelo en el corazón de Patricia?

Tenía que hacerlo, por lo menos intentarlo. Jamás se perdonaría a sí misma si no lo intentaba.

Levantando el auricular del teléfono al lado de su cama, dijo:

—Llamaré a mi abogado en este momento.

CAPÍTULO 9

Patricia localizó a su abogado al primer intento y le explicó en detalle lo que había sucedido y lo que quería hacer respecto a Carmen.

—No te voy a engañar, Patricia —dijo su abogado—, lo más probable es que va a ser una dura lucha. Pero quizás no tan dura: no es cosa de todos los días que alguien responsable ofrezca hacerse cargo de un huérfano extranjero. Puede ser que te dejen quedarte con ella. De todos modos ése será mi alegato.

—Gracias, John —dijo Patricia—, si me necesitas en los próximos días, llámame aquí. En cuanto esté de regreso en Austin, te avisaré.

Colgó y llamó a su mamá. No sabía cómo iba a tomar Lourdes la noticia de que estaba a punto de convertirse en abuela instantánea. Lo que estaba haciendo Patricia no era nada convencional, y si algo era Lourdes Vidal era convencional. Pero la situación de Carmen podría despertar su emotividad.

O tal vez no. No había manera de saberlo. Patricia tendría que limitarse a decirle de la niña y dejarla decidir qué hacer. Pero Patricia iba a hacer lo que había decidido. Carmen no merecía nada menos.

—¡Qué? —exclamó Lourdes cuando Patricia le explicó la situación—. Te dije que ese trabajo era peligroso. Jamás deberías haber ido. ¿Por qué nunca me escuchas?

El sermón de Lourdes continuó en ese tono durante unos cinco minutos. Patricia esperó en silencio, interponiendo periódicamente un "Sí, mamá".

Lourdes no tomó muy bien la noticia de Carmen tampoco.

—¡Estás loca? Esa niña no es responsabilidad tuya y tampoco mía. Si la traes a casa, no puedes quedarte aquí. Soy demasiado vieja como para andar cuidando bebés.

Patricia controló su desilusión. Para oídos de la trabajadora social, dijo alegremente:

—Está bien, Mamá. Nos vemos pronto, e iremos buscando una casa más grande de inmediato.

Patricia colgó el teléfono y mintió descaradamente a la trabajadora social:

—Mi mamá está fascinada. Y mi abogado ya aceptó el caso. ¿Cuándo me la puedo llevar?

—En uno o dos días, si es que se permite —dijo la trabajadora social, juntando sus papeles para luego encaminarse a la puerta—. Estaré en contacto, y estoy segura que tu abogado también. Buena suerte.

Patricia levantó a Carmen y la abrazó fuertemente.

—Vamos a estar juntas tú y yo, preciosa —susurró. "Y Daniel", pensó tardíamente. Dios, ¿y Daniel?

Acababa de encontrarlo de nuevo. No habían tenido tiempo para hacer promesas, aparte de la implícita de explorarse uno al otro: corazón, mente, cuerpo y alma. Era una promesa que quería cumplir desesperadamente, pero acababa de hacer una más grande, una promesa que duraría toda una vida. ¿Cómo explicarle a Daniel que una tercera persona, una niña nada menos, formaba parte del trato?

Carmen cambiaba todo. Por favor, Dios, suspiró, que lo comprenda Daniel. Que crea firmemente en lo que hago, y que no piense que estoy loca. Todo esto sería tanto más fácil con Daniel en mi vida. Lo necesito.

Pero Carmen la necesitaba más. Carmen no tenía a nadie. Y en tanto que el estado de Texas no se la quitara, Patricia tenía toda la intención de ser todo lo que la niña requiriera.

Patricia lo quería todo: a Carmen y a Daniel en su vida; una carrera, pasión, y emoción. Y no había razón alguna para que no lo tuviera todo. La relación entre Daniel y ella sería un poco más difícil, llevar a cabo un romance sería más complicado con una chiquilla alrededor. Pero había miles de otras parejas que lo hacían todos los días, y ellos también podrían lograrlo.

Patricia tragó en seco. Tenía que hablar con Daniel, en este preciso momento. Él andaba en algún lado del pueblo, y el pueblo no era tan grande como para no poder encontrarlo.

Pero entonces apareció la enfermera con la comida, y Patricia sabía que tenía que comer y también ayudar a Carmen. Pasó otra hora antes de terminar de comer y acostar a Carmen para que durmiera una siesta.

Patricia se quitó el tubo intravenoso y fue hasta el armario para sacar su ropa. Esperaba encontrar todo sucio y tieso, pero alguien, quizás la enfermera, amablemente había lavado todo. Se lo agradeció en silencio, y se puso sus shorts y botas.

Para entonces ya estaba algo alterada. Se estaba dando cuenta de la enormidad de lo que había decidido hacer, además de la relación aún indefinida entre Daniel y ella. Ella simplemente quería aclarar las cosas entre ellos, y si él no venía a ella, ella tendría que ir a buscarlo.

Patricia besó a Carmen en la frente, susurró que volvería, y dejó una nota sobre su almohada diciendo que regresaría pronto. Luego salió de la clínica hacia el calor y polvo del día. El sol brillaba en lo alto, y Patricia entrecerró los ojos ante su brillo después de haber estado un día y una noche bajo las luces fluorescentes y más tenues de la clínica. Afortunadamente el pueblo era chico, y después de detenerse rápidamente en la farmacia, fue hacia el edificio de Daniel.

Abrió la puerta sin tocar. El cencerro de la puerta-mosquitero tintineó cuando entró a la pequeña oficina. ¿Sería posible que hubiera llegado hacía sólo una semana? ¿Era posible que su vida entera se hubiera volteado de cabeza en tan poco tiempo? No le parecía posible, pero lo era.

—Daniel —llamó suavemente—. ¡Daniel!

Echó un vistazo alrededor de la oficina, con sus carteles de vistas panorámicas de Texas, pero no había señales de la presencia de Daniel. Pasó por detrás del mostrador y buscó en el baño y en el almacén. Todavía nada de Daniel.

En un cuarto trasero había una angosta escalera de caracol de hierro. Subió a un gran cuarto, escasamente amueblado. Obviamente el departamento de Daniel. Era un estudio, con una cocineta en una pared, un sofá y un centro de entretenimiento, una puerta que daba a otro baño, y un librero que discretamente tapaba una cama doble.

—Daniel —llamó de nuevo—. ¿Estás aquí?

—Eres tú, ¿Patricia? —salió de detrás del librero—. ¿Qué haces fuera de la clínica? El médico dijo que tenías que descansar.

—Tenía que verte.

Dio un paso al frente, se detuvo un momento, y luego atravesó el cuarto hacia Daniel.

Él abrió los brazos y la abrazó. No traía ni camisa ni calcetines, nada más un pantalón de mezclilla caído a la cadera.

—Pues aquí me tienes —abarcó con un ademán el librero, señalando la cama—, lavando ropa.

Montones de la ropa de excursión de Daniel y Patricia estaban sobre la cama, ropa limpia y lista para ser doblada. Un rayo de luz entraba por la ventana del otro lado del cuarto, y ella se sintió de repente tan agradecida de estar ahí, con vida, que apoyó la cabeza sobre el hombro desnudo de Daniel y lo abrazó como desesperada.

—Oye, ¿qué te pasa? —preguntó él—. Te dije que iba a regresar. ¿No pudiste esperarme?

Ella lo miró fijamente. En un solo día, él había envejecido: tenía pequeñas arrugas alrededor de los ojos, y tenía moretones por la cintura y en la espalda. Pero todavía se veía endemoniadamente sensual.

—¿Estás bien? —ella preguntó suavemente.

—Un poco dolorido, pero el doctor me dijo desde anoche que estoy bien. ¿Puedes estar fuera del hospital?

Ella se sonrojó.

—Probablemente no. Dejé una nota diciendo que regresaría pronto.

—¿Qué tan pronto? —a Daniel le brillaban los ojos.

Ella aventó una bolsa de papel que contenía lo que había comprado en la farmacia sobre la cama.

—Justo después de eso.

Ella decidió tomar el primer paso. Hacer el amor, realmente hacer el amor, eliminaría muchas frustraciones entre ellos. Entonces tal vez encontrara palabras para decirle lo de Carmen, y sobre todas sus esperanzas y sueños para el futuro de los tres.

Él recogió la bolsa, la abrió, y la cerró rápidamente, sus cejas levantadas, fingiendo sorpresa.

—Te quería dar las gracias por salvarme la vida —dijo ella sugestivamente—. Pensé que eso sería un buen regalo.

Recorrió su antebrazo ligeramente con los dedos, observando como sus músculos se tensaban y temblaban.

—He esperado esto durante mucho tiempo —musitó ella.

Él besó su cabello.

—Nada más una semana —bromeó.

—La semana más larga de mi vida —y lo jaló hacia ella, tomando su cara entre las manos y besándolo tiernamente. Soltó su cara, deslizó sus manos sobre su pecho, y luego trazó una línea con su dedo índice hacia la cintura de su pantalón de mezclilla—. Que bonito.

Ahora Daniel tomó la iniciativa, metiendo las manos entre su largo cabello obscuro. Plantó su boca sobre la de ella y la besó de nuevo, duro, rápido, casi furiosamente. Ella respondió con igual intensidad, agradecida de nuevo por haber sobrevivido. Sobrevivió para estar con Daniel, aquí y ahora.

¡Qué cerca había estado de perderlo todo! Darse cuenta de ello la llenó de la necesidad de afirmar su misma vida con el hombre que la había rescatado de la orilla del abismo. Esta vez no se detendrían, nada de frustrantes esperas. Todo lo que quería ella estaba a su alcance, justo bajo sus dedos. Y tenía toda intención de tenerlo todo esta vez.

Daniel la besó una y otra vez. Su cuerpo contra el de ella, su piel caliente al tacto, sus músculos firmes. Era una roca, la roca desértica de Patricia.

Ahora él movió la boca, febrilmente besando el cuello de ella. Ella enterró la cara en el hueco de su cuello, disfrutando su aroma masculino y limpio, gozando el calor que irradiaba de su cuerpo.

Él la abrazó, sus manos explorando la espalda de ella, sus costados, trazando cada curva y hendidura de su cuerpo. Los senos de Patricia presionaban desesperadamente contra su pecho, extendiéndose un poco bajo sus brazos. Su piel era tersa y suave bajo su blusa, ansiosa de sentir el roce de piel con piel.

Como si él le hubiera leído el pensamiento, le sacó la blusa de los shorts y rodeó su cintura con los dedos. Los dejó vagar descendiendo hasta la curva de sus cadera y a sus piernas que anhelaban sentirlo.

Ella ardía al paso de sus manos, ansiaba recibirlo como funda quemante envolviendo su ser. Él presionó toda la extensión de su cuerpo contra ella, con insistente excitación. Alzó una mano para acariciarla a través de las capas de ropa, cuando lo que ella quería era que la tocara a ella, nada más a ella.

Todos los nervios de su cuerpo vibraban, exigiendo satisfacción. Él acarició su espalda de nuevo, luego dejó caer las manos a los costados de ella. Le subió la tela de la camiseta hasta los hombros, y se la sacó por encima de la cabeza. Acercó la cabeza al pecho de ella para escuchar el latido de su corazón. Latía más y más rápido, y la respiración de ella se volvió menos y menos honda y más ansiosa.

Envolvió sus hombros con un brazo, y con el otro la levantó de las piernas. Como si fuera una niña, la cargó a la cama, y la acostó entre la ropa limpia. La luz seguía filtrándose por la ventana, y Patricia pensó si sería posible que el resplandor del sol fuera tan brillante como el que ella sentía por dentro.

Daniel se arrodilló al lado de la cama y le quitó las botas y los calcetines con la destreza de un experto. Con ternura acarició el tobillo que ella se había lastimado el día anterior, y ella susurró:

—El tobillo también está mejor. Todo está mejor, con una única excepción. Ámame, Daniel.

Daniel aceptó su invitación. Con prisa le desabrochó el cinturón, le bajó la cremallera de sus shorts, y le alzó las caderas de la cama. Suavemente le deslizó los shorts hacia abajo, seguidos por su ropa interior. Se inclinó sobre la cama y deslizó la mano por su espalda para desabrocharle el sostén.

Miró su bello y orgulloso cuerpo y gimió. Patricia supo que la encontraba tan hermosa como ella a él.

Él se detuvo, y Patricia gozó la sensación de su piel contra la de ella, la dureza contra su suavidad. Ella delineó el cuello de él con un dedo, que dejó descansar en el punto donde su sangre latía tan caliente y pesada como la de ella, y siguió trazando una línea hasta su pecho. Trazó un círculo alrededor de su pezón con el dedo, riéndose roncamente cuando vio que se endurecía, y lo jaló hacia ella para besarlo de nuevo.

Estaba lista, más que lista. Había estado lista durante días.

Él se colocó encima de ella, cubriendo su cuerpo con el de él, y tomó su cara entre las manos. Una y otra vez besó su boca, sus ojos, sus pobres mejillas lastimadas.

—Patricia —susurró—. Patricia.

Ella lo miró fijamente a los ojos, una incandescente pasión apoderándose de ella. Lo rodó sobre su costado y comenzó a quitarle la poca ropa que le quedaba. Entonces todo se volvió una confusión de tela y extremidades y piel suave y secreta.

Se besaban y se acariciaban. Tocaron todos sus lugares más íntimos, acrecentando su ansiedad hasta que los dos llegaron a su límite, al grado que Patricia pensó que se iban a quebrar en mil pedazos.

Daniel estaba encendido: su piel, su aliento, todo su ser palpitaba con deseo. Patricia alcanzó la parte de él que cabía en ella, y presionó fuertemente con la palma de su mano. Sus dedos vibraban por las pulsaciones de él, y ella emitió un suave sonido apremiante desde el fondo de la garganta, parte expectación, parte ansiedad y parte deseo.

Con la otra mano, alcanzó la bolsa de papel. Buscó la caja que estaba en la bolsa, y la abrió rompiéndola. Sacando el objeto amonedado de su envoltura de papel de estaño, lo desenrolló en él. Él dio un gemido cuando ella lo tocó, sabiendo que apenas era el principio. Luego volteó hacia ella de nuevo, hacia arriba y encima de ella, presionando contra su femineidad. Suavemente empujó, abriéndola, y se deslizó en ella.

Ella estaba caliente y húmeda, y gimió al sentirlo dentro de ella. ¡Había vuelto, gracias a Dios! Casi no podía creer tantos deseos cumplidos. Se aferró a sus hombros, alzando las caderas, y envolviéndolo con las piernas. La naturaleza se encargó del resto, y ellos empezaron a moverse con un ritmo instintivo tan antiguo como la humanidad misma.

Patricia lo recibió, respondiendo con sus propias embestidas. Juntos hallaron un toma y daca oscilante que prometía satisfacer todos sus deseos. Él presionaba, ella cedía, piel contra piel en completo abandono quemante, el deseo aumentando como la cresta de una ola.

—Ah, Daniel —ella susurró—, no soporto mucho más de esto.

Tampoco él podía. Con un gemido gutural, se lanzó en una espiral que lo llevó más allá de todo lo imaginado, y ella respondió con vibrantes olas de delectación. Como un cuchillo limpio y preciso, el placer atravesó sus cuerpos, tan intenso que casi dolía.

Él se dejó caer, descansando su cuerpo sobre el de ella, todavía unidos de la manera más íntima. Patricia abrió los ojos, maravillada, y observó la cara de su amante mientras él regresaba de aquel momento de dulce abandono. Su corazón rebosaba al amainar su propio éxtasis.

Saboreó el peso de él y el bulto entre sus piernas. Los ojos de Daniel seguían medio cerrados, su respiración sofocada, y pequeñas gotas de sudor perlaban su frente.

—Qué rico —dijo ella suavemente, tomando una camiseta del montón de ropa sobre la cama para limpiarle su cara—, fue maravilloso. Tú fuiste maravilloso.

Daniel se limitó a gemir, saliéndose de ella, y se volteó de lado. La acercó a él, colocando la cabeza de ella sobre su pecho. Su corazón seguía latiendo aceleradamente con los últimos impulsos de la pasión.

—¿Te dejé sin habla? —rió ella.

—Siempre has tenido más que decir que yo —rugió.

—Daniel, te he extrañado tanto. Todos esos años, y ni lo sabía.

—Yo sí lo sabía. Muy dentro de mí. Pero nunca pude admitirlo.

—Lo siento. Por todos esos años desperdiciados.

—No fue tu culpa. Éramos jóvenes, tú estabas enferma, y yo me dejé vencer demasiado pronto.

—No volveré a dejar que nadie me vuelva a decir lo que debo o no hacer, —juró ella—. Me lo hicieron mis padres, me lo hizo Raúl, y me lo hicieron mis jefes. Pero no volverá a suceder.

—Tú y yo —asintió Daniel—, aunque es posible que a veces te ordene ir a la cama.

—Sin órdenes —advirtió ella, besando suavemente su boca—. Nada más debes convencerme.

Él respondió con un beso, y sin darse cuenta se dejaron llevar de nuevo por la pasión y el placer de estar juntos. Daniel volvió a alimentar los rescoldos del deseo en Patricia, expertamente, creando en ella otra oleada de necesidad con su boca y sus manos. La tocó como nadie la había tocado antes, dándole placer en los lugares más inesperados: la hendidura de su espalda, el interior de su rodilla, la suave piel de su muñeca. La dejó maravillada y llena de goce, y ella le correspondió.

La segunda vez se trató más de alegría que de pasión, de descubrir y atesorar. Ella sabía que él la había disfrutado. Y al saber eso, pensó que quizás él aceptaría el resto de lo que tenía en su corazón .

Ahora, se dijo. Dile ahora, en el momento más propicio. Mientras los dos estemos suavizados por el amor.

Amor. Sí, amor, se dio cuenta. Amor por Daniel, y amor por Carmen.

Pedía a Dios que la ayudara a decirlo bien. Que encontrara las palabras que lo hicieran entender que todo podía salir bien.

—Daniel —dijo suavemente—, te amo. Es demasiado pronto para decírtelo —siguió—, pero quería decirte lo que siento. Tengo que regresar pronto a Austin.

Respiró hondamente.

—Voy a pedir la custodia de Carmen.

—¿Qué? —él la miró fijamente, su cara de satisfacción disolviéndose en incredulidad. Desenredó sus pies de entre los de ella y se sentó en la cama.

Patricia se ordenó calmarse, sabiendo que lo había tomado desprevenido.

—Quiero a Carmen —dijo pacientemente—. Ella no tiene a nadie. No saben de dónde viene, y podría acabar permanentemente con tutores temporales. O peor, en alguna celda, detenida, mientras decidan a donde mandarla. ¿Cómo puedo permitirlo?

—¡Es que estás loca? Ni siquiera has salido del hospital. ¡No puedes simplemente decidir de buenas a primeras que quieres a una niña!

—Tan puedo que lo hice —tomó las manos de él entre las suyas—. No es como habría querido empezar una relación contigo, Daniel. Debemos estar solos durante un tiempo, como lo estamos ahora. Pero esa niña me necesita... nos necesita. Hablamos su idioma, los dos hemos vivido penas, y podemos ayudarla.

—Es una niña muy dulce, pero no es responsabilidad tuya —dijo enojado, apartándole las manos—. Tienes que pensar en ti misma, Patricia. Estás delicada de salud, y los niños no representan más que pura tensión. La tensión es lo que te metió en este lío, y la niña te mantendrá en líos.

—Siempre he querido ser madre, Daniel. Siempre. Pero ¿que posibilidades he tenido, dada mi historia clínica? Cero por la vía normal; casi me muero la última vez. Y por medio de la adopción, también cero. Ninguna agencia dejaría a una madre soltera con una enfermedad crónica adoptar a un bebé saludable. Pero esta situación es distinta. Carmen nos conoce, y nos tiene confianza. Nos necesita.

—¿Nos? Tienes que estar bromeando.

—¿Quiénes más, Daniel? Después de todo lo que ha vivido, ¿no puedes ver cuánto necesita un poco de estabilidad?

—En verdad que necesita un poco de estabilidad. Va a estar traumatizada durante años. ¿Quién sabe qué atrocidades habrá vivido? Pero tú no la puedes salvar. Es una locura.

—Voy a hacer lo que pueda —dijo tercamente, no entendiendo cómo Daniel no veía lo importante que era esto para ella—. Y sería más fácil contigo a mi lado.

—¿Maternidad instantánea y yo? ¿Después de una crisis que te dejó en el hospital? Con eso tus niveles deben acabar de desbordarse por completo. La tensión puede matarte, Patricia, pero sigues sin prestar atención a los hechos. Y yo no puedo cruzarme de brazos y dejar que lo hagas.

Él saltó de la cama, se puso el pantalón de mezclilla, y arrancó una camisa del montón de ropa que rodeaba a Patricia. Se la puso, furioso.

—No puedes impedírmelo, Daniel —dijo ella, envolviéndose con la sábana y arrodillándose en la cama—, así que ¿por qué no vas a caminar un rato y vienes a verme cuando estés de mejor humor? Voy a quedarme en la clínica unos días más hasta que Servicios Sociales ponga a Carmen bajo mi custodia para poder llevarla a Austin.

—¿De qué estás hablando?

—Ya empecé los trámites. No puedo más que amar a esta niña... y ella me necesita. No la voy a abandonar a su suerte —suavizó la voz—. Y a ti te amo también, Daniel . Necesito tu apoyo en esto.

—No voy a dejar que lo hagas, Patricia. No tienes idea de lo que estás haciendo.

—Y tú tienes la mente tan cerrada que no quieres siquiera pensarlo.

Ahora ella empezaba a enojarse, y no pudo impedir que salieran sus próximas palabras.

—No me digas lo que puedo o no hacer, Daniel. Hemos hablado de eso ya. Yo ya no acato órdenes de nadie.

—Ya veremos —la hizo pararse—. Vístete. Te voy a llevar de regreso a la clínica.

Ella se aferró a la sábana.

—Vete, Daniel. Yo cerraré con llave al salir y llegaré por mí misma a la clínica.

—Perfecto —contestó él secamente y salió furioso hacia la puerta. Al abrirla volteó—. Tenemos algo bueno, Patricia. No lo destruyas con esta idea tan estúpida. No puedes convertirte en madre de la noche a la mañana sin ponerte en peligro. Al salvar la niña puedes perderte a ti misma—le dijo.

Salió dando un portazo.

—¡Daniel! —protestó ella—. ¡Daniel!

Pero él ya se había escapado por la escalera. Ella oyó el tintineo del cencerro cuando él salió a la calle, luego el motor de un vehículo arrancando y alejándose de ahí a alta velocidad.

Se había ido. No podía aceptar que ella sabía lo que le convenía. Él no sería jamás lo que ella quería y necesitaba.

Se le tensó el nudo que tenía en la boca del estómago. Respiró hondamente, tratando de relajarse. Lentamente lo logró, llena de una honda tristeza.

Una lágrima se formó en sus ojos y se deslizó por su cara.

Daniel se había ido. Otra vez. Ella prácticamente lo había corrido, y él se había ido gustoso. ¿Cómo remediar algo así?

Carmen y ella tendrían que consolarse solas. ¡Maldición!, y el día había comenzado con tantas promesas. Ella estaba en franca recuperación, había encontrado un lugar para Carmen en su vida, y Daniel la había amado. Bueno, tendría que conformarse con dos de tres.

Pero no lo haría, no cuando quería tres de tres. Y por Dios que quería a Daniel. Con todo y su arrogancia, toda su furia, jamás había ella amado más a nadie. Nunca había tenido esperanzas de volverlo a ver, mucho menos de que volviera a ser parte de su vida, a estar en su cama. Y ella había puesto en juego toda su confianza en él, en su amor por ella y en su compasión por una niña con necesidades. Había apostado y había perdido. En grande.

Sus lágrimas ahora fluían libremente, deslizándose por su cara mientras ella sollozaba compungida. Su cuerpo todavía ardía donde Daniel había estado, estirándola y amándola. Lo habían gozado mucho; eran una pareja perfecta. Pero no bastaba el amor. Él quería controlarla, y ella no podía permitirlo. Eso ya había arruinado su vida antes, y no lo iba a volver a permitir.

Poco a poco, sus lágrimas se desvanecían, y por fin pararon. Aspirando, Patricia buscó un pañuelo, pero no lo encontró. Había una pañoleta sobre la cama, entre la ropa que todavía despedía el calor de sus cuerpos, el goce de su unión.

Eso serviría. La levantó para secarse las lágrimas, pero al percibir el aroma de Daniel en ella, comenzó a llorar otra vez. Daniel, su amor.

Se desplomó sobre el colchón y lloró hasta que se le acabaron las lágrimas y el dolor más agudo había cesado. Esta vez, las lágrimas no volvieron después que las secó.

Por fin más tranquila, pensó en su próximo paso. Daniel se había ido, y de no ser que aceptara y apoyara sus decisiones, tenía que mantenerlo lejos. La había rechazado no sólo a ella, sino que había rechazado sus necesidades y las de Carmen. Ella tenía que aceptarlo y seguir adelante con su vida. Tenía que pensar en su propia vida, su carrera, su... hija. Sonrió ligeramente. Tenía que concentrarse en ver por Carmen.

Se levantó, se vistió y separó su ropa de la de Daniel. Encontró una bolsa de mercado en la cocineta y metió en ella sus cosas.

Dejó la bolsa de papel de la farmacia sobre la cama, con la pañoleta usada al lado. Daniel podía cuidarse solo. Empezando en este momento.

¿Y ella? Regresaría a la clínica, a buscar consuelo en Carmen. En unos días, podrían ser dadas de alta, e irse a Austin para comenzar una nueva vida. Dentro de algunas semanas, ya arreglado todo, podría regresar para terminar su investigación. Con una guía mujer la próxima vez, quizás hasta podría traer a Carmen, como su padre lo había hecho con ella.

Sonrió por el recuerdo. Quizás saldría bien todo a fin de cuentas.

Quizás, pero iba a estar muy sola.

CAPÍTULO 10

Daniel entró a la clínica y se detuvo ante el escritorio de la enfermera.

—¿Dónde está el doctor? —preguntó—. Necesito hablar con él.

—En su oficina. Pero espera pacientes en cualquier...

Daniel la dejó con la palabra en la boca y corrió por el pasillo que daba a la oficina de Jiménez. Tocó fuertemente la puerta. Sin esperar invitación, la abrió. Sorprendido, el doctor alzó la vista de la grabadora donde había estado dictando. Apagó el aparato y volteó hacia Daniel con calma.

—¿En qué puedo servirte, Daniel?

—¿Te dijo lo que está tratando de hacer?

—¿Quién?

—Patricia. Está pidiendo la custodia de la niña que encontramos en el Solitario.

—¿Has hablado con ella? ¿Dónde está? Fui a verla hace rato y se había ido.

—Salió de la clínica. Vino a verme.

Jiménez no dijo nada, y Daniel siguió.

—Tienes que ayudarme. Es una locura hacer esto. Apenas está fuera de peligro, y ahora quiere hacerse

responsable de esta niña. Ella es importante para mí.
No puedo permitirlo. Necesito un poco de apoyo.

Jiménez sacudió la cabeza.

—Bueno, estoy de acuerdo en que no es el
momento más propicio. Patricia necesita un buen
descanso por ahora. Tengo esperanzas de que su
oficina envíe alguna otra persona para terminar el
estudio que había comenzado. Ella no debería regresar al desierto. Pero hablé con su médico en Austin
hoy por la mañana, y ella dice que Patricia siempre
hace lo que quiere, a pesar de cualquier indicación
médica. A veces salen bien las cosas, y a veces, como
ahora, no. Dudo que podamos convencerla de no
hacerse responsable de Carmen.

—Pero cuidar a una niña no es asunto suyo. Todo
el mundo lo sabe a excepción de ella misma.
Tenemos que hacerla entrar en razón.

Jiménez alzó su pesada figura desde detrás del
escritorio.

—Está bien, Daniel. Pero no sé qué tanto podamos
hacer. Es bastante testaruda.

—¿Me lo dices a mí?

Patricia estaba llegando a su cuarto cuando Daniel
y el médico dieron la vuelta a la esquina del pasillo.
Cuando entró Daniel, golpeando la puerta, con el
doctor unos pasos tras él, ella ya se había acomodado
en la cama y estaba hablando con Carmen, quien ya
estaba despierta después de su siesta. La enfermera
siguió los pasos de los dos hombres, y tomó a Carmen
en brazos para sacarla del cuarto.

—Los adultos tienen que hablar, preciosa —dijo—.
Vamos a ver que hacemos en otro lado.

—Doctor —saludó Patricia, haciendo caso omiso a
Daniel.

—Daniel me dice que piensas pedir la custodia de Carmen.

—Así es.

—Los niños son una gran responsabilidad. Yo tengo cuatro, y es constante. Y tengo esposa. ¿Has pensado en el efecto que ser madre soltera puede tener sobre tu nivel de tensión?

Ella se encogió de hombros.

—No importa. Esto es algo que tengo que hacer.

—Los niños necesitan mucho. Escuela, guardería, porque me imagino que vas a seguir trabajando. Círculo de apoyo. Amigos para Carmen, el vecindario apropiado para ella. ¿Ya arreglaste todo eso?

—No —dijo con sencillez—, pero lo haré. Haré todo lo que sea necesario.

—Necesitas pensar mucho en esto. Va a afectar la manera en que controlas tu diabetes. No va a ser fácil y, después de un episodio como éste, no es muy buena idea que digamos.

—Pero Carmen me necesita ahora.

Lo miró directamente a los ojos, inflexible y desafiante, retándolos a los dos a decir una sola palabra más. Jiménez alzó las manos en franca rendición.

—Nada más reflexiona sobre lo que haces —dijo el doctor, dando la vuelta para salir—. No es justo para Carmen llevarla a casa para darte cuenta después que no puedes con el paquete —y llegando a la puerta, agregó—. Te veré por la noche.

—¿Cómo te atreves? —dijo furiosamente a Daniel—. ¿Qué pretendías hablándole de mis planes al doctor Jiménez? No tienes ningún derecho.

—Tengo todo el derecho del mundo.

—Fuiste mi amante, no mi marido —ella dijo fríamente—. No tienes ningún derecho que yo no te haya otorgado.

—Me importas mucho, Patricia. Te necesito.

—Entonces ayúdame con esto —dijo, suavizando su tono de voz—. Porque es lo que yo necesito.

Él sacudió la cabeza.

—No puedes hacer esto, Patricia. Carmen no es lo que necesitas. Me necesitas a mí. Y eso es con todo lo que puedes por ahora. Tu salud y yo.

Los ojos de ella se abrieron llenos de furia.

—¡Arrogante y persignado metiche! ¡Vete! ¡Vete ahora mismo! —señaló a la puerta con un dedo—. ¡Ya!

—Eres toda una mujer, Patricia. Yo lo sé. No necesitas a una niña para probármelo.

—No estoy probándote nada —espetó—. Estoy tomando a una niña que no tiene nada, que me necesita.

—Ella no te puede cuidar, pero yo sí.

—Yo no necesito quien me cuide. Carmen sí, y yo voy a ser esa persona. Si no me vas a ayudar, y todo lo que vas a hacer es ponerte exigente y decirme lo que puedo o no hacer, entonces realmente tienes que irte —señaló de nuevo hacia la puerta—. Ahora mismo.

—Cásate conmigo, Patricia —dijo repentinamente.

—¿Qué? —lo miró fijamente, totalmente confundida.

—No me saques de tu vida. Tú me necesitas y yo a ti.

—¿Estás dispuesto a ser padre? —preguntó ella cautelosa—. Porque Carmen y yo venimos en paquete.

—¡Carajo, Patricia, estoy hablando de nosotros! Juntos, como debería haber sido desde siempre. Carmen es un capricho. Es un bello gesto, pero no le debes nada. Tú obligación es cuidar tu salud, y mi intención es que hagas precisamente eso.

—Ya veo —ella lo observó un momento, sus ojos endureciéndose. Con la voz tan dura como una piedra, le dijo:

—Adiós, Daniel. No vuelvas. Si es que vuelvo a casarme algún día, quiero que sea una relación recíproca. Como iguales, Daniel, y no con alguien que quiere controlarlo todo. Yo ya no permito eso, ¿te acuerdas? Ni contigo, ni con nadie.

—Has dicho que me amas.

—Me pides imposibles, quieres que deje de estar en control de mi propia vida. Eso no puedo hacerlo, Daniel.

Las lágrimas la traicionaban, amenazando acallar su voz. Ella había pensado que ya no le quedaban lágrimas, pero se había equivocado.

—Vete, Daniel. Simplemente... vete.

Él se acercó al lado de su cama, y se quedó ahí mientras ella se hizo bolita de cara a la pared. Él tocó su cabello, tratando de hacerla voltear hacia él. Pero ella se limitó a morderse los labios al alcanzar el timbre para llamar a la enfermera, y lo tocó insistentemente.

La enfermera llegó casi de inmediato.

—Dile que se vaya —dijo Patricia, su voz amortiguada por la almohada—, y tráeme a Carmen otra vez.

—¡Patricia! —Daniel gritó cuando la enfermera lo tomó del brazo para escoltarlo del cuarto—. Voy a regresar por ti. De un modo u otro.

—No, Daniel. Se acabó. Adiós.

Al fin y al cabo, no fue tan difícil conservar a Carmen como Patricia se había imaginado. Una vez que practicaron la rutinaria investigación sobre su

ambiente hogareño y sus antecedentes, los trabajadores sociales del estado con mucho gusto le dieron
la custodia temporal de la niña, mientras los fun-
cionarios de los departamentos de Migración y
Relaciones Exteriores decidían la estancia legal de
Carmen en el país. Lo más probable era que habría
una larga espera antes del decreto final de adopción—el abogado de Patricia se lo había advertido—,
pero mientras tanto, ella y Carmen estaban entablan-
do unos vínculos emocionales que los juzgados
tendrían que tomar en cuenta.

A Patricia le vino la maternidad como anillo al
dedo. Le llenó muchos vacíos que hasta entonces
había desconocido tener. Carmen la necesitaba más
que nadie en el mundo, más que sus padres la habían
necesitado nunca, y más que Daniel.

Ése era un vacío que Carmen no podía llenar, que
nadie podría llenar aparte de Daniel. Pero él le
había tomado la palabra. Se había terminado la
relación entre ellos; todo había acabado. No supo
absolutamente nada de él en tres semanas, y Patricia
ya había perdido la esperanza de que él volviera con
otra actitud.

Él simplemente no había podido lidiar con su
enfermedad, su forma de vida, y mucho menos con
su insistencia desenfrenada en adoptar a Carmen.
Ella vivía su vida con abandono, sus actitudes fueron
más de lo que Daniel pudo aceptar, y su ausencia le
dejó un hueco en el corazón.

Pero ella podía vivir con ese hueco. Le recordaba
de los demás que se habían llenado.

Hasta su madre se había encariñado con Carmen,
a pesar de sus profundas dudas iniciales y sus
amenazas de que Patricia tendría que mudarse. El
carácter dulce y dócil de Carmen cautivó a Lourdes

casi desde el momento de conocerla. Se había negado rotundamente a aceptar a la matrona que había contratado Patricia para cuidar a Carmen mientras ella trabajaba.

—¡No, absolutamente no! Yo soy perfectamente capaz de cuidarla. No da lata.

—Por lo menos dos veces por semana, Mamá —había insistido Patricia—. Para que puedas comer con tus amigas e ir al supermercado en paz.

—A Carmen le gusta el mercado —se quejó su madre—, pero está bien. Los martes y los viernes. Pero el resto del tiempo, es mía.

A pesar de todo, fue una transición tranquila, aunque Patricia ya había comenzado a preocuparse por la escuela y el futuro de Carmen.

—Eso simplemente quiere decir que ya eres madre, mi hijita —rió Lourdes.

Para Patricia, jamás hubo una sensación más agradable que llegar a casa por las tardes y encontrar a Carmen esperándola. Al principio la niña era muy callada, todavía estaba recuperando sus fuerzas y no daba crédito al lujo que para ella representaba el tener agua potable con sólo abrir un grifo, drenaje y… camas. Pero al acostumbrarse más a su nueva vida, se volvió más activa, convirtiéndose en una chiquilla graciosa y encantadora que hablaba a mil por hora tanto en inglés como en español, toda preguntas y esperanza. Ella y Lourdes se la pasaban en la cocina, haciendo tortillas y salsas, y se divertían jugando juntas y paseando en el parque.

Solamente las noches eran difíciles. Carmen tenía pesadillas, fantasmas sin forma que la amenazaban, y clamaba sin palabras por sus padres y por su inocencia perdida. Durante aquellas noches Patricia la mecía en sus brazos, tranquilizándola y consolándola, cantándole canciones. Y poco a poco la niña dejaba de llorar, quedándose dormida entre los brazos de Patricia, y ésta daría las gracias a Dios por haberla dejado ayudar a esta criatura. Porque Carmen le había dado mucho más, a modo de ver de Patricia, de lo que ella le había dado a la niña. Tener a Carmen la asentó, manteniéndola calmada y centrada. Asombrosamente, su enfermedad jamás había estado tan controlada antes de la llegada de Carmen. Claro que antes jamás había tenido tan importante aliciente para vivir.

Cuando llegó el momento para regresar al desierto, Patricia no podía decidir si llevar a Carmen o no. Odiaba la idea de estar lejos de la niña durante por lo menos diez días seguidos, y el viaje también podría servir para demostrarle a la niña que el desierto podía ser lugar seguro.

Sin embargo, en la Agencia dijeron que no. Era un asunto oficial, y ya suficiente retraso tenía el programa. La niña nada más frenaría el trabajo de Patricia. Habían decidido darle una sola oportunidad más para terminar este trabajo, pero nada más ella y su guía podían ir.

—Pero todavía puedes divertirte —le dijo a Carmen—. Abuelita estará contigo, y la señora Díaz. Y yo regresaré en unos cuantos días.

—¿Y los hombres malos? —preguntó Carmen nerviosamente. No hablaba mucho de ellos, pero no habían sido borrados del todo de su memoria.

—Ya se fueron. Ya no nos pueden hacer nada —Patricia le aseguró a la niña, abrazándola.

Pero era verdad solamente en parte. Ramírez estaba en la cárcel esperando ser enjuiciado durante el otoño. Pero Prescott seguía libre, a pesar de una búsqueda de tres días, hasta con helicópteros, cerca de donde había saltado de la camioneta. Sin embargo, había poca probabilidad de que hubiera sobrevivido a kilómetros de su escondite, sin comida, agua potable, ni armas. Patricia había aceptado la palabra de los policías de que no había nada de que preocuparse.

Esta vez iba a hacer las cosas correctamente desde un principio. Había contratado a Ángela Torres como guía: una mujer que comprendió y aceptó su situación, de entrada. Y mejor aún, estaba entrenada como paramédico.

Y de surgir cualquier problema, de cualquier tipo, empacaría sus cosas, regresaría, y dejaría que otro terminara la investigación. Al diablo con su promoción. Ahora tenía que pensar en Carmen. También tomaría en cuenta sus propias limitaciones.

Todavía le dolía lo de Daniel, porque él no sabía lo que se estaba perdiendo. Ella tampoco lo había sabido, hasta que lo encontró. Pero ahora no podía imaginar la vida de otro modo, sin Carmen. Una pequeñísima parte de ella había esperado que Daniel tuviera tanta imaginación como ella.

Estaba de regreso. A dos lomas de distancia, Daniel observó por medio de gemelos de alta potencia mientras Patricia y su nueva guía montaron su campamento.

Debería haberlo supuesto. Había aprendido durante las últimas semanas que Patricia se había convertido en una mujer sumamente terca. No evitaba los problemas, los buscaba.

No había sido así quince años atrás. Entonces era más sensata, y habían sido compañeros, amigos y amantes. Pero su enfermedad había cambiado todo, haciéndola intrépida e irresponsable. No sabía decir "basta". Y hela ahí, montando otro campamento para terminar su condenada investigación. Alguien más debería haberse ocupado de eso.

Ella lo enfurecía. Y aún a esa distancia, todavía seguía despampanante. Lucía muy bien, demasiado bien... toda piernas y cabello largo, con su "halter" estirado sobre su pecho, sus brazos desnudos y hermosos. Se movía con gracia natural, compacta y cómoda mientras ella y su guía montaban su campamento de base.

Esta vez la guía parecía una amazona, con el cabello tan exageradamente corto como el cabello de Patricia exageraba de largo. Era alta y musculosa: capaz de luchar contra lo que pudieran encontrar en el desierto. Las dos estaban platicando; riéndose, parecía, porque la cabeza de Patricia estaba echada hacia atrás, y su boca abierta alegremente.

Dios, Patricia se veía... maravillosa. A Daniel se le secó la boca repentinamente, y sintió que su piel se le erizó por todo el cuerpo. Aun a más de un kilómetro de distancia ella lo afectaba así.

Pues, no importaba. Ella había elegido ser independiente, no interdependiente. Vivir sola, no juntos. No pensaba rogarle. Le enseñaría lo que tenía que enseñarle y se iría.

Pero era una mujer increíble, y el cuerpo de Daniel no se lo dejaba olvidar.

Pero, ¿de qué le servía recordar su perfección, su ansiedad de gozar y de darle placer? No servía de nada, pues no volvería a suceder. Molesto, dejó caer los gemelos, dejándolos colgar de su cuello, y abrió una botella de agua. Vació casi media botella sobre su cara y su pecho. Tomó un sorbo del líquido. No era tan bueno como una ducha de agua fría, pero tendría el mismo efecto.

Había pasado las últimas semanas en el Solitario, viviendo una vida rústica, tratando de olvidar a Patricia Vidal Martínez. Había andado por todos lados, explorando, forzándose al máximo. Había pensado que eso había funcionado, pero se engañaba a sí mismo. Ahí estaba ella, a tan poca distancia, y de repente todo lo que había enterrado salió a flor de piel, inundándolo con recuerdos: el sabor de su boca, la suavidad de su cuerpo, el calor y la alegría de su unión.

Buscó en su bolsillo el pequeño círculo hueco que había estado tallando de un trozo de pino para matar el tiempo en las noches. Lo apretó entre sus dedos por la frustración, sin lograr romperlo. Así que echó el resto del agua sobre su cabeza y se encaminó a su camioneta. Mañana podría controlarse mejor, cuando regresara para enseñarle lo que había descubierto. ¿Y después?

Nada. Ella viviría su vida, y él la suya. Tal y como lo habían hecho durante los últimos quince años.

Al amanecer del día siguiente, Patricia y Ángela estaban afuera, empacando el equipo que ocuparían durante el día. Ángela le caía bien a Patricia. Era práctica, y se podía platicar con ella fácilmente. Era la compañera que le había hecho falta desde el principio.

Se habían adelantado a la siguiente área, a varios kilómetros de donde había estado con Daniel. Eso le agradaba. No sabía como habría reaccionado ante el mismo paisaje que había compartido con Daniel. Pero el nuevo lugar estaba bien. Podría trabajar sin la presión aplastante de los recuerdos de Daniel.

Hasta que llegó una camioneta de donde bajó Daniel.

Patricia dejó caer las botellas de agua que había estado cargando para llenarlas antes de comenzar las tareas del día, sin poder creer lo que veía. ¿Qué hacía él aquí? ¿Cómo la encontró? ¿Y qué buscaba?

El caminó resueltamente al centro del campamento y la tomó de la mano. Ella retiró la mano, enojada, y Ángela se acercó en su auxilio. La mano de Ángela bajó con toda calma a su arma, como advertencia poco sutil de que ella podía alcanzar su arma antes de que Daniel pudiera llegar a la suya, la cual colgaba en su espalda.

—No muerdo, Patricia. Pero tengo algo que enseñarte.

— Tú y yo no tenemos nada pendiente —ella dijo fríamente—. Déjame en paz.

—Esto no te quitará mucho tiempo.

—No me quitará ningún tiempo. ¡Estamos ocupadas!

—Tienes que ver esto —su tono fue insistente.

Ella se cruzó de brazos.

—Dime qué es y dónde se encuentra, y lo veré más tarde.

—No —dijo él con firmeza—. Te lo enseñaré yo mismo. Es demasiado increíble.

Ella entrecerró los ojos y lo pensó. Daniel sabía lo que buscaba, no como Ángela, quien realmente no servía más que para empacar, cargar, y ver que Patricia se despertara todas las mañanas. Quizás fuera cierto y él hubiera encontrado algo. Y para eso estaba ella ahí, después de todo.

Asintió con la cabeza y dijo firmemente:

—Más vale que valga la pena.

Ángela alzó su mochila para acompañarla, pero Daniel la rechazó.

—No. Quédate aquí y termina de organizar todo. Estaremos de regreso dentro de una hora.

Ángela arqueó las cejas hacia Patricia, y esta asintió de nuevo con la cabeza. Estaba loca de remate al largarse con Daniel, pero notó algo en su cara que le hacía pensar que a lo mejor él había encontrado algo que valía la pena.

—Vamos en la camioneta —dijo Daniel, abriendo la portezuela del lado del pasajero de su camioneta. Ella subió tensamente, y Daniel cerró la portezuela tras ella, y se subió por el otro lado.

—Mandaste a arreglar tu camioneta. Se ve bien.

—Si. Es bastante incómodo manejarla sin parabrisas.

—¿Por qué regresaste, Patricia? ¿Por qué no dejaste que alguien más terminara esto?

—Es mi trabajo. Mi responsabilidad. De nadie más.

—Sin aceptar ayuda jamás. Así eres tú, ¿no?

Ella volteó la cabeza violentamente hacia Daniel, su cara llena de ira.

—Y así eres tú, ¡ofreciendo consejos que no necesito! Y a propósito de cosas innecesarias, ¿qué haces aquí?

—Tenía que recoger nuestro equipo —dijo en tono neutral.

—¿Dónde está? Ángela y yo no pudimos encontrarlo cuando pasamos ayer.

—En la parte de atrás de mi camioneta. Habrá que reparar el equipo electrónico, pero lo demás parece estar bien. Lo desempacaré en cuanto regresemos.

—Daniel, no tuviste que hacer eso. Lo habríamos recogido nosotras.

—De nada —dijo tercamente.

Por lo menos tuvo ella la educación de sonrojarse levemente.

—No quiero ser ingrata, ¿pero por qué estás aquí? ¿No tienes un negocio que manejar? ¿Unas vidas que destrozar?

Sus palabras eran cuchillos aventados para cortar.

—No.

—¿Por qué no? Te pagamos. Y fue la cantidad completa, aunque nada más estuvimos una semana.

—Era lo menos que pudiste hacer. Pero ahora que pagué mis deudas, voy a vender el negocio. ¿Crees que tu amazona pudiera interesarse por el equipo de aguas rápidas?

—¡Daniel! Ángela es muy buena gente —"Y no juega con mis emociones", agregó en silencio.

Ella observó que el paisaje cambiaba, y sintió un poco de náusea en la boca del estómago. Estaban llegando a tierras conocidas, era la misma área de que habían estado haciendo mapas cuando su mundo entero había estallado.

—Viniste a explorar, ¿verdad? —preguntó con voz acusadora—. Es ilegal. Son tierras públicas.

—Por eso te lo estoy enseñando, querida —su tono era burlón, casi insolente—. Así tú te llevas el crédito, y yo me evito problemas.

—¿De qué se trata? —exigió con impaciencia. Casi a pesar de sí misma, estaba interesada, y supo que su voz la había traicionado.

No le contestó, pero aminoró la velocidad para pararse no muy lejos del tiro de mina donde habían encontrado a Carmen. Ella se sacudió al pensar en la pequeña atrapada ahí, solita, a siete metros de profundidad, y en el valor que había mostrado la chiquilla a pesar de todo lo que había vivido.

Y la calma que había mostrado Daniel.

Como si leyera sus peligrosos pensamientos, Daniel la interrumpió:

—¿Cómo está ella, a propósito?

Patricia lo miró fijamente, vuelta al presente.

—Muy bien. Ella es todo para mí —abrió la portezuela de la camioneta y se bajó, temblando ante la vista del tiro, que todavía no había sido tapado. De hecho...

—Sí que has estado explorando —dijo, notando señales de excavación, rocas fuera de lugar, así como escombros que no habían estado ahí hacia unas semanas.

—Sí —admitió Daniel—. No pude olvidar lo que había dicho Ramírez. Así que me puse a husmear por ahí. No tienes que bajar —agregó—, pero yo lo hice, y se ve muy interesante. Antes hacía esto para ganarme la vida, ¿te acuerdas? Me refiero a la minería. Así que cavé unas zanjas. Un poco más profundas que las que cavarías tú, es decir, mucho más profundas. Ven a ver.

Caminaron varios cientos de metros hacia adelante, y Patricia se agachó para ver lo que él había hecho. Las zanjas se veían bien, notó, infructuosamente deseando que Ángela fuera tan útil. Examinó las rocas que él había desenterrado, cerniéndolas entre sus dedos, saboreándolas. Nada fuera de lo normal, hasta el momento.

Y luego un rayo de luz del sol matutino se reflejó con un fuerte brillo en una de las rocas, y ella corrió a recogerlo. Era brillante, con destellos de...

¿Oro? Cernió más rocas por sus dedos. Varias otras reflejaban el mismo brillo metálico. Cavó más profundo, recorrió su mano sobre la orilla de la zanja, y vio una veta de lo mismo, de color amarillo tenue.

—¿Otra vez? No puede ser —dijo—. Tiene que ser pirita… el oro de los tontos.

Daniel meneó la cabeza.

—Hice todas las pruebas porque todavía tenía tu equipo. Parece oro de verdad. Y concuerda con muchas leyendas que hablan de oro y plata en estas tierras.

—Es que no es propicia la geología del lugar —protestó ella, pero realmente estaba discutiendo consigo misma. La roca hablaba por sí misma.

Ella la miró otra vez, tratando de eliminar las posibilidades, de sacar otras conclusiones, pero no pudo. Silbó suavemente.

—Te apuesto que esto es lo que encontraron Ramírez y Prescott —dijo Daniel.

—Con razón quisieron deshacerse de nosotros. Debe de haber lo justo para minarlo ellos mismos y hacerse ricos.

Daniel se arrodilló a su lado y metió las manos en la mezcla de tierra con rocas.

—Sí, hay más que suficiente para microfichas y otros circuitos impresos.

Ella se puso de pie y se sacudió las rodillas.

—Oro. Simplemente asombroso.

Alrededor de su boca se dibujaba una leve sonrisa, y sacudió la cabeza. Luego volteó hacia Daniel.

—Gracias, Daniel. El estado de Texas te lo agradece. Bueno, pues es hora de regresarnos. Ángela me espera, y tú tienes que irte.

—¿Qué es eso? —preguntó de repente Daniel, señalando la caja negra de plástico que estaba enganchada a un lado del cinturón de ella, un poco más grande que un mensajero electrónico, de la cual salía un delgado tubo de plástico que pasaba por debajo de su camisa.

Ella miró hacia abajo.

—Es un gotero para insulina. Ya son mejor hechos, y después del incidente con esos desgraciados cuando rompieron mis provisiones la última vez, decidí hacer la prueba.

—¿Funciona bien?

—Si —contestó bruscamente—. Todo lo que tengo funciona bien, Daniel. Soy una mujer totalmente funcional, y me cuido muy bien. Pero tú no lo puedes entender. Lo único que puedes ver en mí es alguien que necesita que la cuiden. Y no soy yo, ni es lo que necesito.

—No es cierto, Patricia —dijo, desesperado—. Es que…

—Es que nada. ¿Sabrás mejor que yo cómo me afecta esta enfermedad? ¿Sabrás mejor que yo cómo cuidarme? Déjame decirte la verdad, Daniel Rivera. No hay garantías en la vida. Tu mina puede derrumbarse. Tus padres pueden morirse en el desierto. Unos forajidos te pueden secuestrar y tratar de matarte. Yo hago lo que hago porque quiero vivir. No me interesa nadie que me cuide o que tome decisiones por mí. Ni mi madre, ni mi médico, ni tú, ni nadie.

Volteó para enfrentarlo directamente, acercándose tanto que podía sentir su propio aliento rebotar de la cara de Daniel. Estaba enojada, furiosa, y se les acababa el tiempo.

—Quiero un compañero, no un guardián. Recuerda eso, porque esto es lo que te estás perdiendo.

Estiró las manos para tomar la cara de él entre sus palmas, y lo besó. Fue un beso enojado, lleno de pasión y furia, y esperó que Daniel lo sintiera hasta los huesos, porque así lo sintió ella.

Apretó su cuerpo contra el de él, y él respondió. La abrazó por los hombros, acercándola hacia él, y la apretó hasta que no quedaba espacio alguno entre ellos. Entonces le quitó el control del beso, lo profundizó, probando con su cuerpo que la deseaba, y la necesitaba. Era un hecho innegable.

Ella respondió a su pasión con igual intensidad, moldeando su cuerpo contra el de él. Coqueta y seductora, gozaba el sabor salado de sus labios. Probó los bordes de su boca con su lengua, para luego entrar de lleno con su pasión. Una vez ahí, lo atacó sin piedad, llena de ansioso deseo desatado, y con la promesa de placeres hasta entonces desconocidos para el resto de la humanidad.

Entonces ella rompió el abrazo, dio un paso tambaleante hacia atrás, y se tocó la boca.

—Ahí lo tienes. Espero que lo recuerdes.

—¿Cómo lo podría olvidar? —rugió, dando un paso hacia ella.

—No, Daniel. No hay más —lo empujó hacia atrás—. Si no puedes amarme sin tratar de controlar mi vida, entonces tienes que guardar la distancia.

—¡Patricia!

La sangre seguía palpitando en sus cabezas, bloqueando todo excepto por ellos. Fue por lo único que no escucharon los pasos atrás de ellos, deslizándose suavemente sobre la maleza del desierto. Ni Patricia ni Daniel escucharon nada ni sintieron nada aparte del dolor en sus corazones hasta que sus cabezas explotaron en una lluvia de estrellas.

CAPÍTULO 11

Daniel estaba demasiado aturdido para alcanzar su rifle, demasiado aturdido para hacer nada aparte de desplomarse mientras Prescott lo arrastró, estrangulándolo, sobre las zanjas. El rifle desgarraba la piel de la espalda de Daniel, y las rocas rasguñaban y cortaban su piel. Prescott se inclinó sobre el oído de Daniel y le susurró con su voz fétida y caliente:

—Gracias por marcar la veta tan claramente. Lástima que no puedes quedarte para ayudarme, pero no pienso compartirlo contigo.

La furia explotó en la cabeza de Daniel al reconocer la voz. ¿De dónde carajos había salido? Se suponía que estaba muerto en medio del desierto. Pero como el gato del diablo, parecía tener más de una vida.

Bueno, este pendejo lo había golpeado por última vez, y esta vez iba a recibir su merecido. Daniel gritó y alzó las manos para desequilibrar a Prescott. Pero no pudo hacer palanca con nada, y Prescott se limitó a reír.

Vio a Patricia desplomada en el suelo, gimiendo. Desarmada. Otra vez.

Eso lo hizo enojarse aún más, pero no podía hacer nada… aún. Prescott arrastró a Daniel hacia abajo de una loma baja, hacia un hueco en la roca por debajo del afloramiento. Su espalda sangraba por las cortadas hechas con las rocas. Luego Prescott golpeó la cabeza de Daniel contra la formación antes de quitarle el rifle y tirarlo al suelo.

Daniel se puso de pie en un brinco, mareado y dolorido. Pero no le iba a dar la oportunidad a Prescott para lastimar más a nadie. Rápidamente analizó al hombre. Ahora tenía el rifle de Daniel, y el suyo también, y quién sabe qué otras armas ocultas: cuchillos, rocas, o lo que fuera. Daniel tenía que esperar el momento más propicio y aprovecharlo al máximo.

Prescott estaba aún más sucio que la vez pasada, con una barba salvaje y descuidada, y apestaba horriblemente. Daniel le dio la vuelta, agazapado, buscando la oportunidad de acabar con él. Prescott rió de nuevo, y quitó el seguro del rifle.

Un instante antes de que Prescott pudiera tirar, Daniel agachó la cabeza, se metió por debajo del rifle que sostenía Prescott al nivel del hombro, y con la cabeza lo embistió directamente en el estómago, dejando a Prescott sin aire. Daniel le lanzó un puñetazo al riñón.

Después de golpear la primera vez, sintió algo metálico y caliente al nivel de la cintura de Prescott. Su oportunidad.

Casi sin pensarlo, Daniel abrió la navaja, buscando el botón de desenganche, y supo que estaba abierta cuando la oyó dispararse. Torciendo la muñeca levemente, enterró la navaja en la grasa que abultaba la cintura de Prescott.

Prescott gritó de dolor. Trató de aventar a Daniel para poder dispararle, pero Daniel simplemente lo abrazó, enterrando la navaja más profundamente.

Prescott dejó caer el rifle, y Daniel lo pateó fuera de su alcance. Pero Prescott todavía no dejaba de pelear. Rodeó el cuello de Daniel con sus manos regordetas y apretó, fuerte, cada vez más fuerte. Daniel hacía esfuerzos por respirar, pero no lograba hacer pasar el aire más allá de su boca. Su cara se puso roja, luego morada. Se le nubló la vista. Que manera de morir, pensó. Patricia tenía razón. Uno nunca sabe.

—Cuando termine contigo, voy a matar a tu linda noviecita también —masculló Prescott.

La amenaza de Prescott renovó las fuerzas de Daniel. Sacando las últimas fuerzas de su furia, se lanzó hacia arriba, golpeando el mentón de Prescott con su cabeza. Una y otra vez se agachó para lanzarse de nuevo, golpeando la mandíbula y la cara de Prescott.

Pero el forajido seguía aferrado. Parecía tener una tolerancia sobrehumana para el dolor, y si Daniel no lograba respirar pronto, se moriría.

—Suéltalo, hijo de … —gritó Patricia, al pasar tambaleante por el afloramiento. Llegó justo a tiempo para ver que Daniel se desplomaba en las manos de Prescott.

—¡Daniel! —gritó en silencio—. ¡Daniel!

En un instante examinó la escena, y vio su oportunidad. Saltando hacia abajo, agarró el rifle que Daniel había pateado fuera del alcance de Prescott y lo alzó sobre su cabeza. Caminando en círculo por atrás de Prescott, golpeó la cabeza de Prescott con la culata del rifle. Le pegó tres veces antes de que el forajido soltara a Daniel, y se tambaleara hacia atrás.

Patricia dio un paso lateral para evitarlo y volteó el rifle para que el cañón apuntara a su blanco, su dedo a punto de apretar el gatillo. Le hundió con fuerza la punta del cañón en la espalda.

—Al suelo, Prescott. Boca abajo —le ordenó—. ¡Ahora!

Gimiendo, éste se arrodilló. Patricia mantuvo el rifle apuntado a la cabeza de Prescott y lo empujó hacia abajo hasta tenerlo acostado boca abajo sobre la tierra, con el cuchillo, lleno de sangre, aún clavado. Le quitó su pistola y la aventó cerca de Daniel.

Pisó la espalda de Prescott firmemente con su bota, mientras buscaba algo con que amarrarlo. No había nada; todas las cuerdas y cables estaban en la camioneta de Daniel.

Se quitó la camiseta y rompió una tira ancha de la parte inferior con los dientes. Arrodillándose encima de la espalda de Prescott, con una rodilla firmemente plantada sobre su cuello, amarró apretadamente sus manos detrás de su espalda, asegurándose de que no pudiera alcanzar el mango de la navaja. Ya los médicos podrían sacarla después.

Rompió otra tira de su camiseta y le amarró los pies de la misma manera que las manos. Volviendo a ponerse lo que quedaba de su camiseta, corrió al lado de Daniel, sin quitarle a Prescott la vista de encima.

Daniel estaba postrado en el suelo, sin moverse. Estaba inconsciente.

Patricia se agachó sobre él, buscando el pulso en su cuello, y alguna señal de que respiraba. Estaba vivo, ¿pero qué tan graves serían sus heridas?

Dios mío, pensó, que esté bien.

Acarició su cara, pegándole suavemente, tratando de despertarlo. De repente todos los problemas entre ellos carecían de importancia. Enfrentada con la emboscada y la muerte, todo carecía de importancia con excepción de sus sentimientos.

Lo amaba. Y él la amaba. ¿Importaba realmente cómo expresaban ese amor? ¿Importaba realmente que quisiera cuidarla? Ella tenía fuerza para ser independiente y contradecirlo, de ser necesario. Ya lo hacía con todos los demás.

Y quizás le haría bien tranquilizarse un poco y aceptar un poco de ayuda. Tenía que pensar en Carmen. Carmen y, Dios mediante, Daniel.

¡Carmen! Lloró en silencio, mientras el pánico y la desesperación se apoderaban de ella. La niña era lo mejor que le había sucedido en mucho tiempo. Había estado lejos de ella apenas dos días, y ya la extrañaba terriblemente. Carmen era una parte muy rica e importante de su vida. De algún modo, tenía que convencer a Daniel. Si pudiera convencerlo de que ser padre le haría bien, que ser parte de una familia era lo mejor que les podía suceder en la vida...

Rezó a Dios de nuevo, pidiendo que le diera otra oportunidad para decirle a Daniel lo que sentía. Que la dejara demostrarle que quería que la cuidara, y que ella quería cuidarlo a él.

—¿Daniel? —dijo ansiosamente, dando palmaditas en su cara—. Daniel, ¿me escuchas?

Él gimoteó y movió la cabeza de lado a lado.

—Me duele —dijo con voz rasposa. Siguió acostado unos momentos más antes de abrir los ojos.

—Ya sé, ya sé —murmuró ella para consolarlo. Para sí misma, suspiró con gran alivio—. Ese tipo, Prescott, te costó trabajo.

—¿Dónde... está?

Ella movió la cabeza en la dirección en que Prescott se encontraba. Daniel se quedó acostado en el suelo unos momentos más, recuperando fuerzas.

Luego Patricia se inclinó sobre él, puso las manos en sus hombros, y lo ayudó a sentarse.

Daniel puso la cabeza entre las piernas durante un momento y respiró hondo, sintiendo cómo el aire caliente inflaba sus pulmones. Había llegado a pensar que jamás volvería a respirar, y respirar se sentía muy bien. La respiración, lo más básico que hay, pero absolutamente necesaria: uno se da cuenta de ello sólo cuando se le impide hacerlo.

—¿Puedes caminar? —ella preguntó suavemente, y él asintió con la cabeza.

Patricia se levantó, con el rifle en la mano. Colgó el rifle de Prescott sobre su cabeza antes de ofrecerle la mano libre a Daniel para ayudarlo a levantarse. Colocando un brazo alrededor de la cintura de Daniel, lo ayudó a recobrar el equilibrio. Lentamente él empezó a colocar un pie delante del otro y caminó hasta donde yacía Prescott gimoteando.

—Tenemos que regresar —susurró, su garganta lastimada y dolorida—. Para que metan a esta basura a la cárcel.

Daniel fue a los pies de Prescott y quitó las tiras que los amarraban. Patricia alzó el rifle y lo mantuvo apuntado a la cabeza de Prescott.

—Vamos a caminar —dijo Daniel firmemente—. Haz lo que debes hacer y no saldrás lastimado. Por lo menos, no más de lo que ya estás.

Patricia le pegó con el cañón del rifle a Prescott en la espalda y éste obedeció y comenzó a caminar. Se quejó varias veces de lo lastimado que estaba, pero no le hicieron caso. Como cualquier bravucón, Prescott no toleraba el dolor.

—¿Estás bien? —Daniel le preguntó a Patricia.

—Un dolor de cabeza del tamaño del estado de Texas —murmuró ella—. Esto de que me anden pegando no es muy divertido. ¿Cómo estás tú?

—Sobreviviré —dijo él bruscamente.

Caminaron lentamente los pocos cientos de metros hasta la camioneta de Daniel, soportando el calor quemante del sol. Metieron a Prescott apretujado en la plataforma de la camioneta, entre el equipo de Daniel y Patricia, y ahí volvieron a amarrar sus pies. Daniel le puso el seguro a la puerta de la plataforma.

—Esta vez no se nos va a escapar.

—Podemos llamar a los federales y al servicio de parques allá en mi campamento —dijo Patricia—. Ángela puede ayudarnos para cuidar a Prescott hasta que lleguen por él. Y tú y yo podemos tomar un par de aspirinas.

—Creo que necesitamos algo bastante más fuerte que aspirina.

Lo miró fijamente, y él le sostuvo la mirada.

—Daniel —lloró con voz débil y desesperada—. Daniel, ¡Estuve a punto de perderte!

—No, mi vida. Soy demasiado terco... o demasiado estúpido... para morir. Como tú.

Ella lo envolvió en sus brazos y lo apretó fuertemente.

—Estaba tan asustada —dijo, empezando a temblar. El efecto de la adrenalina se había desvanecido, dejando la asombrosa realidad de lo que acababan de vivir—. Daniel, pensé que esta vez sí estábamos muertos.

—Hiciste un buen trabajo en cuidarte... y en cuidarme a mí también —él admitió—. Gracias.

No lo pude evitar. Cuando vi a ese desgraciado estrangulándote, tuve que hacer algo —puso su cabeza sobre el hombro de Daniel —. Tú habrías hecho lo mismo por mí—susurró.

—Me da gusto que hayas estado ahí.

—Quiero estar siempre para ti —ella dijo en el más suave de los susurros, y Daniel apenas entendió lo que decía.

—¿Qué dijiste?

—Dije —su voz más fuerte esta vez—, que siempre quiero estar para ti.

—¿Estás ofreciendo cuidarme? —sonaba incrédulo.

—Estoy ofreciendo que nos cuidemos.

—Y a Carmen.

Ella asintió con la cabeza.

—Dos por el precio de una. Abandonarla a ella sería como amputarme un pie. Pero si le das una oportunidad, dentro de poco sentirás lo mismo que yo siento por ella. Y ella también necesita el amor de un padre.

Él permaneció de pie ante ella, abrazándola, en silencio, pensativo. Patricia esperó. Ella había hecho todo lo que había podido. Ahora era Daniel quien tenía que decidir lo que quería él.

—La vida da vueltas, ¿verdad? —dijo finalmente él.

—Cuando menos lo esperas —ella asintió, para luego agregar sabiamente—, y no siempre puedes protegerte a ti mismo, y mucho menos a la gente que amas. Pero entre tanto...

—Hay esto —él agachó la cabeza hacia la suya, encontró sus labios y los tocó suavemente con los suyos. Fue un beso tierno, lleno de aceptación y promesa.

Cuando Patricia le devolvió el beso, no hubo ternura, sino toda la pasión de vivir. Jaló a Daniel hacia ella, acariciando su dolorida cabeza, sin soltarlo hasta que éste le devolvió el abrazo completamente.

¡Estuvieron tan cerca de perder todo! Ahora tenía que asegurarse a sí misma, de la manera más elemental, que todavía estaban ahí, todavía juntos. Con miras al futuro.

Dios sabía lo cerca que había estado ella de echarlo todo por la borda.

Ahora lo tenía tan cerca, en tanta intimidad, que ella apenas podía respirar. Cada fibra de él presionaba contra el cuerpo de ella, cada uno de sus músculos se abultaba contra sus senos. Daniel la besó profundamente, su pasión llegando a lo más íntimo de su ser. Un fuego se encendió dentro de ella, lentamente acariciando sus entrañas y desvaneciendo los temores que acababa de enfrentar.

Su corazón palpitaba con tanta fuerza que ella pensó que iba a explotar en su pecho. Se sentía débil, tambaleante, invertebrada, pero Daniel la abrazaba con tanta fuerza que no necesitaba sus propios huesos. La sostenían los de Daniel.

Y así tenía que ser. Apoyándose el uno al otro, abrazándose, dándose fuerza entre sí. Es lo que ella había deseado siempre. Y con un poco de suerte, ya era lo que deseaba Daniel también.

Acarició la mejilla de Daniel con la suya, sintiendo la textura rasposa de su barba contra sus ya sanados moretones; lo besó con ternura esta vez, con el asombro de la novedad en la mirada. Luego se acurrucó en el hueco de su cuello y suspiró.

—Tenemos que regresar —dijo él con voz ronca—. ¿Puedes manejar? Todavía estoy un poco tambaleante.

Ella asintió con la cabeza todavía en su cuello.

—Hablaremos más a fondo... en cuanto se hayan llevado a Prescott.

—Y nadie lo merece más que él —dijo Patricia, sintiendo un gran escalofrío.

Se apartaron desganadamente. Daniel le dio las llaves y subieron a la camioneta. Patricia manejó el vehículo mientras Daniel mantenía la pistola apuntada a la cabeza de Prescott a través de la ventana trasera. No pensaba correr ningún riesgo más con ese sagaz coyote.

—¡Ángela! —gritó Patricia al llegar al campamento base—. Trae una cuerda. ¡Atrapamos a un coyote!

Ángela levantó la vista desde la silla campestre y vio a los dos desaliñados hombres.

—¿Cuál es? —preguntó en broma.

—Él que no está armado —contestó Patricia.

Ángela trajo una cuerda y ayudó a sacar a Prescott de la plataforma de la camioneta. En menos de un minuto, había atado a Prescott como si fuera un guajolote navideño, amenazando con amordazarlo si se atrevía a respirar sin permiso.

—Váyanse a llamar a la policía y a refrescarse —les ordenó Ángela a Patricia y a Daniel después de escuchar su relato—. Yo vigilaré a esta escoria humana —dijo con una sonrisa cruel—. Conmigo no se portará mal.

Prescott se limitó a gruñir al verlos alejándose hacia el "cámper" para llamar a la policía.

En diez cortos minutos, Patricia había avisado al servicio de parques, a los oficiales de migración, y a su jefe respecto a su último encuentro.

—Por fin terminó esto, y podemos volver a trabajar —dijo para tranquilizarlos—. ¡Y quiero mi recompensa! —agregó en son de broma.

Salió del baño con un estuche de primeros auxilios y puso a hervir una olla con agua sobre el quemador de la estufa. Las heridas de Daniel eran más serias que las suyas, y quería curarlas.

—Quítate la camisa —le dijo—, que te voy a limpiar.

—¿Cuidándome otra vez? —dijo Daniel, bromeando.

—Nada más mientras lleguen las autoridades. Van a mandar helicópteros, así que no tendremos que esperar mucho. Y tú necesitas regresar con ellos para que te revise el médico. Tarde o temprano vas a salir con conmoción cerebral.

Lavó cuidadosamente la espalda de Daniel, agachándose una que otra vez para besar las peores heridas. No pudo resistir que sus dedos disfrutaran el tocarlo, dejándolos demasiado tiempo sobre las cortadas al aplicar la crema antibiótica. Dejaba volar la imaginación, pensando en como sería tenerlo a su lado todos los días, cuidándolo, y él cuidándolas a ella y a Carmen. La imagen flotaba ante sus ojos como un espejismo, casi real. Casi a su alcance.

Le pasó una de sus camisetas, porque la suya estaba destruida.

—Ponte ésta. Te vas a rostizar afuera sin camiseta, y tienes suficientes heridas sin agregar una quemada.

—Gracias —dijo él bruscamente, y se la puso. Era una talla demasiado chica, y se pegó a su torso, delineando la forma de su pecho como si todavía estuviera desnudo. Se veía muy sensual y atractivo.

—Patricia —dijo él.

—Daniel —dijo ella simultáneamente.

La jaló, y la sentó sobre sus piernas, y acarició su cabello.

—Yo sé que no hay garantías en la vida —dijo lentamente—, pero me gustaría ofrecerte una, a pesar de ello.

Una burbuja de esperanza le surgió en el corazón, y se acercó más a él.

—Sigue hablando.

—Te amo, Patricia Vidal Martínez. Eres una mujer asombrosa. Y quiero pasar el resto de mi vida contigo.

La burbuja se expandió y subió hasta su garganta, trabándose ahí, haciendo difícil que hablara. Pero tuvo que decirlo:

—¿Y Carmen? —preguntó en voz baja.

—Carmen también. Tienes razón, es muy chiquita. No quise que aceptaras la responsabilidad de ella porque pensé que no podrías con el paquete. Pero lo lograste, y yo lo haré también. Lo más probable es que dentro de poco tiempo logrará manipularme a su santo antojo. Igual que su mamá.

La burbuja se estiró tanto que casi explotaba. Faltaba una sola pregunta...

—¿Y nuestras carreras? —preguntó ansiosamente—. ¿Tu negocio?

—Detalles, Patricia —dijo imperturbablemente—. Son detalles nada más. De todos modos he pensado en vender mi negocio; a Ángela probablemente le fascinaría comprar mi equipo. Y si la Agencia no te promueve esta vez, puedes buscar en otro lado. La universidad de El Paso no queda lejos de mi base. Podrías impartir clases, y estarías cerca de los médicos y hospitales en caso de que fueran necesarios. Hay respuestas a todas las preguntas, Patricia, con excepción de una.

Sacó el pequeño anillo de pino que había tallado y que estuvo a punto de destruir el día anterior, y se lo ofreció a Patricia.

—Te amo, Patricia Vidal Martínez. ¿Te casarás conmigo?

Ella empezó a temblar. Con alegría, alivio y con entusiasmo desenfrenado, aventó los brazos alrededor del cuello de Daniel y lo apretó como si de ello dependiera su vida.

—¿Sí, Patricia? —colocó el anillo tiernamente en su dedo, y tomó la mano de ella para ponerla sobre su corazón—. ¿Te casas conmigo?

—Daniel —suspiró—, claro que sí.

Él tocó el anillo en el dedo de ella.

—Tallé el anillo en el desierto. No sabía lo que hacía en esos momentos, pero ahora veo que era para ti.

—Es perfecto —dijo ella, sonriendo—. Por lo menos hasta que me consigas uno de verdad.

—Así que ¿cuándo quieres que nos casemos? —preguntó Daniel.

—Mañana. He esperado quince años.

—Creo que se necesita un poco más. Una boda religiosa se planea durante varios meses. Puedo hablar con tu madre para empezar con los arreglos, y con un poco de suerte, lo único que tendrás que hacer es presentarte.

—¿Tomando el mando otra vez? —arqueó las cejas, y luego se detuvo. Se ordenó calmarse. Ella quería hacer esto y Daniel también. Había que dejarlo hacerse cargo—. Está bien —agregó dócilmente.

—Tu madre podría ponerse difícil —le dijo—. ¿Sabe ella que estoy en tu vida de nuevo?

Ella asintió con la cabeza.

—Pero no te preocupes. Cambiará de opinión. Lo hizo con Carmen, y lo hará contigo.

—Espero que sí, porque no pienso dejar que te me escapes otra vez.

—Yo tampoco. Te amo, Daniel Rivera —sonrió felizmente—. Ahora, en cuanto a la boda... que sea sencilla.

—Nada contigo puede ser sencillo, Patricia. Pero es lo que mantiene las cosas... interesantes.

Lo besó una vez más.

—Muy interesantes. Durante el resto de nuestras vidas.

FIN

¿CREE QUE PUEDE ESCRIBIR?
Estamos buscando nuevos escritores.
Si quiere escribir novelas
románticas para lectores hispanos,
¡NOS GUSTARÍA SABER DE USTED!

Las novelas románticas de Encanto giran en torno a dos protagonistas hispanos—un hombre y una mujer—y reflejan con autenticidad la cultura hispana de Estados Unidos. El foco principal de la trama debe ser el romance y las relaciones entre los personajes. Desarrolle el romance al principio de la novela y mantenga sencilla la trama. La mayoría de la trama, o toda, debe tener lugar en Estados Unidos, pero algunas partes pueden ocurrir en un país de habla española. La trama secundaria debe ser para desarrollar la personalidad de los protagonistas, pero no debe restarle importancia al tema principal. Los protagonistas deben ser agradables o hacerse agradables. El héroe debe tener un carácter fuerte, y ser recto, vulnerable y atractivo. El punto de vista del personaje masculino debe expresarse, pero predominará el del femenino.

QUÉ DEBE ENVIAR

- Una carta en la que describa lo que usted ha publicado anteriormente o su experiencia como escritor o escritora, si la tiene.
- Una sinopsis de tres o cuatro páginas en la que describa la trama y tres capítulos consecutivos. El manuscrito final debe tener unas 50.000 palabras (aproximadamente 200 páginas a doble espacio, escritas a máquina o en computador).
- Un sobre con su dirección con suficiente franqueo. Indíquenos si podemos reciclar el manuscrito si no lo consideramos apropiado.

Envíe los materiales a: Encanto, Kensington Publishing, 850 Third Avenue, New York, New York 10022.

Teléfono: (212) 407-1500.

Visite nuestro sitio en la Web:
http://www.kensingtonbooks.com

CUESTIONARIO DE ENCANTO

¡Nos gustaría saber de usted!
Llene este cuestionario y envíenoslo por correo.

1. ¿Cómo supo usted de los libros de Encanto?
   ☐ En un aviso en una revista o en un periódico
   ☐ En la televisión
   ☐ En la radio
   ☐ Recibió información por correo
   ☐ Por medio de un amigo/Curioseando en una tienda
2. ¿Dónde compró este libro de Encanto?
   ☐ En una librería de venta de libros en español
   ☐ En una librería de venta de libros en inglés
   ☐ En un puesto de revistas/En una tienda de víveres
   ☐ Lo compró por correo
   ☐ Lo compró en un sitio en la Web
   ☐ Otro_____
3. ¿En qué idioma prefiere leer? ☐ Inglés   ☐ Español   ☐ Ambos
4. ¿Cuál es su nivel de educación?
   ☐ Escuela secundaria/Presentó el Examen de Equivalencia de la
      Escuela Secundaria (GED) o menos
   ☐ Cursó algunos años de universidad
   ☐ Terminó la universidad
   ☐ Tiene estudios posgraduados
5. Sus ingresos familiares son (señale uno):
   ☐ Menos de $15,000 ☐ $15,000-$24,999   ☐ $25,000-$34,999
   ☐ $35,000-$49,999   ☐ $50,000-$74,999   ☐ $75,000 o más
6. Su procedencia es: ☐ Mexicana   ☐ Caribeña_____
   ☐ Centroamericana_____ ☐ Sudamericana_____
   ☐ Otra_____
7. Nombre: _____ Edad:_____
   Dirección: _____
   _____
   Comentarios: _____
   _____
   _____
   _____

Envíelo a: Encanto, Kensington Publishing Corp., 850 Third Ave.,
NY, NY 10022

DESERT KISS

GLORIA ALVAREZ

For Dean, Lucie and Sophie,
who make everything worthwhile.

PROLOGUE

"Mama!" Patricia Vidal Martínez called, shutting the front door behind her. "*¡Ven!* I've got news!"

Lourdes Vidal walked slowly from the kitchen at the back of the house, drying her plump hands on a cotton towel. "*¿Que, mija?*"

Pat dropped her briefcase on the old-fashioned sofa and took her mother's hands in hers. "They're going to let me do it, Mama! I'm going to make the preliminary expedition to the Solitario this summer."

Her mother's eyes widened in horror. "Alone? In the desert, in that godforsaken part of Texas? Patricia, you mustn't!"

Patricia shook her head impatiently. "No, Mama, not alone. The Agency's hiring a guide for me. Isn't that great? I'm finally going to be able to do what the other state geologists have been doing for years. It finally means the promotion I've been waiting six years for. And I'll finally be able to tell that weasel Jerry Ricks where to go!" She grinned and hugged her mother. "I can't wait."

Lourdes pulled away, staring at her daughter in frank disbelief. "Patty, *¿esta loca?* It's too dangerous. What if something happens? How will you get help?"

"That's why we're hiring a guide, Mom. So nothing will happen."

"But if it does?" Lourdes persisted, her ample bosom shaking beneath her dark cotton cardigan. "You just don't know, Patricia. I don't like this at all."

"Mama, you've never liked it. In fact—" but then Pat stopped herself. It wouldn't do any good to antagonize Lourdes. Patricia's unorthodox career—and her unmarried status at age thirty-three—did that quite nicely.

Why had she hoped that Lourdes would be happy for her? That was foolish. Lourdes had never supported her decision to follow in her father's footsteps. She'd objected when, as a child, Patricia had tagged along on Papa's summer expeditions. Pat had loved the camping, the digging, the sun and the rocks, but Lourdes had never joined them, not even once. It wasn't suitable for a woman, she'd argued. Not then, and not now.

Patricia patted Lourdes' cheek reassuringly, wishing that the charm she'd so expertly used on her boss to get this expedition would work its magic on her mother. "If anything happens, I'll have help right there, no waiting."

"Who is this guide?" Lourdes asked suspiciously.

"Someone from Outback Adventures in Terlingua."

"Someone? You mean a man, don't you?"

Patricia rolled her eyes. "Probably. Mostly it's men in the guide business. It doesn't matter, Mother. He's there to do a job, just like me."

"*¡Ay, ay!* Weeks alone with a strange man . . . Patricia, no, you cannot do this. Think of your reputation, your health, your good name. Don't throw it

all away for a . . . a job!" She made the word
sound distasteful. "Think of your future. If you
should marry again, what would your—"

Patricia cut her off in exasperation. "Not likely,
Mother. We both know about me and men. That's
why I've spent so much time on my career. That's
why I'm happy I'm going on this expedition—with
a guide," she added pointedly. "I'm sorry you can't
be happy for me, Mama. Papa would have been
proud."

"Your lather would have gone with you, to protect
you—"

"That's it, Mother," Patricia cut in. "I'm going to
change, then I'm going for a run. I'll see you later."

"Don't forget your energy bars!"

"As if!" Pat muttered under her breath, disappear-
ing into her room.

Holy Mother, Lourdes could take the joy out of just
about anything. Jerking off her skirt and blouse, Pat
pulled on a pair of running shorts and a sports bra
and tied back her long black hair.

Pat leaned down to stretch, Lourdes still on her
mind. Mama worried constantly, she hovered, she always questioned Pat's decisions. At times like these,
Pat thought she should move out, get her own place,
and let her mother stew by herself.

By the time she finished her run, Lourdes had
started supper. From the aromas wasting through the
house, she was calling a truce and fixing Pat's favor-
ite, chilis rellenos.

More likely she was trying to soften Pat up for another round. Food and nagging were just opposite
sides of the coin for her mother, the principal ways
Lourdes showed she cared. Since Papa had died six

years ago, Lourdes had no one else to watch over, and she spent all her time and energy on her only daughter.

Well, she'd eat the chilis. They were too good to pass up. But by heaven, Lourdes was not going to talk her out of this expedition. Pat had worked too long and too hard to get it. She knew the cost, and she knew the price if she failed.

But she wouldn't. No one was going to deny her this chance.

ONE

Hell of a quarter ahead, thought Daniel Rivera, wiping the sweat that beaded on his forehead. He cocked his head forward, studying the spreadsheet that glowed on the computer screen in front of him. Maybe a different set of numbers would yield a more satisfactory answer.

He drew his lips in a tight line across his teeth and tapped a new calculation into the program. He touched "enter" and watched the screen flicker to produce another bleak scenario. Taxes, loans, liability, and upkeep were all conspiring to keep Rivera Outback Adventures dangerously in the red.

Daniel shut down the computer, muttering a begrudging word of thanks for Pat Martínez, Ph.D. July brought few paying customers to the Texas desert, and this guy Martínez was about to save Daniel's financial hide. Three solid weeks of badly needed income might just be enough to pay the note on the boats, this quarter's taxes and insurance, and the first autumn payroll. It might be enough to keep his dream alive.

Daniel stood and looked out the window behind his cramped desk. This hot, dry, inhospitable bit of Texas was a far cry from Colorado, but it suited him now. It was a hard, thirsty land, as demanding as a child—or a woman. Eking out a living from this place had consumed his days and nights for six years, and Daniel had relished the struggle, because it left no time for remembering.

He glanced at the walls of the small adobe building Rivera Outback Adventures called home. Posters of the Big Bend country decorated the walls, their edges curled and browned with heat: the Chisos Mountains with their unbreachable peaks; the sun-baked colors of Santa Elena Canyon; the cottonwood trees in full bloom; and the Solitario standing guard over it all. Not so many years ago, this rugged, beautiful land had been despoiled by man's fever for metals and minerals. Now, only a few generations later, the land was coming back into its own. It didn't seem fair to strip the earth again.

But that was exactly what Pat Martínez proposed to do. The government secretary who'd arranged for Daniel's services had explained that Dr. Martínez was "conducting a preliminary geological survey to determine the Solitario's economic potential." And Dr. Martínez wanted a guide.

A geezer with a grant, Daniel thought bitterly, then stopped. No judgment calls, he told himself sternly. If Outbacks didn't take this guy on, somebody else would. This was about cold, hard cash, and nothing else. Martínez had it; Daniel needed it.

Daniel glanced at the equipment sitting on the floor in front of the counter and took a quick mental inventory. Tents, stove, sleeping bags: check. Water tank, boxes of food, and cooking utensils: check. T-shirts and work boots: check. Rifles and ammo—just in case—check. All he needed now was Dr. Martínez and the man's field vehicle.

They'd have to come back in at least once during the trip to replenish their water and supplies, but that was only to be expected. Desert camping, especially in the summer, required a great deal of effort.

Outside, an emerald-green pickup truck pulled in, generating a billowing cloud of dust behind the cab. Daniel walked to the screen door at the front of the building and looked out. A trim woman slid lithely from the seat, pushed her aviator sunglasses on top of her head, and nudged the truck door shut with her hips.

What was a babe like that doing out *here?* Her looks would make any woman jealous, but particularly the tough, sun-baked ones from this part of Texas. She could have walked off the pages of one of those expedition clothing catalogues, Bean or Bauer. A bright pink camp shirt was knotted neatly at her waist, and a new bush hat hung down her back from a leather thong around her neck. Her khaki shorts, which were covered with pockets and zippers and Velcro closures, were crisp and spotless, as were her layers of heavy-duty socks.

Only her scuffed hiking boots and the battered compass dangling from a belt loop gave any indication that she hadn't just taken a wrong turn a hundred miles ago.

But something about her, something about that olive skin, those high-planed cheekbones, those endless legs, that waterfall of midnight-black hair reminded him of . . .

He fumbled for a name, pulled it from a locked closet in his mind, and slammed the door shut before any other memories sneaked out. Patricia. Patricia Vidal.

No way. Not a chance. He hadn't seen Patricia in, what, fifteen years? It couldn't possibly be her. But whoever this was, she was drop-dead gorgeous, and the sight of her had his pulse humming just a little bit faster. Daniel was suddenly sorry that old Doc Martínez was due any minute.

Daniel watched her approach appreciatively. She moved easily but without haste, her gentle curves shifting subtly with each step. There was no self-consciousness to her walk, and she looked straight through the door and waved.

"I'm looking for Daniel Rivera," she called, and Daniel's throat went dry. Another memory sneaked out from the locked door in his head, and he remembered that voice. It was throaty, warm and inviting, with the barest hint of a Spanish accent.

The cowbell on the door jingled merrily, interrupting his thoughts. The woman stepped inside the small room, smiled, and extended her hand.

"Hi," she said. "I'm Pat Martínez from Economic Geology. I believe you're my guide."

Okay, so he was guilty of sexism—he'd been expecting a male geologist. But that was the least of his problems, if what he suspected in his gut was true.

"Patricia?" he said, finding his voice a moment later. "Patricia Vidal?"

"Well, yes, I *was* Patricia Vidal," she said, and then her eyes grew wide. "No! Daniel Rivera. Ghost from the past! I never even suspected this might be your outfit." She laughed, a light, flirty sound of amazement, like a wind chime in a spring breeze.

Then Patricia grabbed his hand and pulled him

toward her. She put her other hand to his face and dropped an easy kiss on both cheeks. The second one lasted just half a moment longer than necessary before she let him go. Withdrawing her hand slowly, her fingers grazed along Daniel's until only their fingertips touched.

Her palm was smooth and dry against his calloused fingers, against the beard stubble of his chin. Those hands were unprepared for the rigors she was about to undertake, and he wondered suddenly why she was really here.

"It's me," he said, overcoming the short circuit between his brain and his voice that her kiss had created.

"Good heavens, how long has it been? I was, what, seventeen when you went to Colorado? I never expected to see you here in Texas again."

"Is that why you never answered my letters?"

She ignored his comment and looked around at the office. Well, that was probably best. He needed the big bucks that the state of Texas was shelling out for him to take care of her and her camp, and resurrecting long-dead feelings would be far more trouble than they were worth. Besides, her name was different now, and that meant only one thing.

He glanced at her left hand. No ring, not even a shadow where one might have been. So maybe she had a husband and maybe not. But either way, it meant nothing to him. His role, his *only* role, was as her guide.

"Daniel Rivera. I just can't get over it." She shook her head, and a few unruly strands of hair floated free from the gold clasp that held it back.

He shifted impatiently to squelch the sudden, unwelcome tightening in his belly. Patricia Vidal Martínez was off-limits. Their relationship had been over for years. Now she was just another client, and it was pretty clear that she didn't have much experience with this sort of expedition. Which was obviously why he'd been hired. He'd be smart to keep that fact in mind.

"Let's get rolling," he said, nodding toward the gear that lay piled at the front of the room. He turned and shouldered a duffel bag, then picked up two nylon tents and aluminum frame poles.

"No tent for me," Patricia said.

"You planning to sleep on the ground?"

"Heavens, no! I'm bringing Berta." At his blank look, she gestured outside. "My camper."

Daniel knocked open the door with a tent pole and stepped outside. There he saw what had been hidden behind the cloud of dust when Patricia drove up. Berta was an old but lovingly preserved slide-in camper. She rested in the flatbed of Pat's equally old and well cared for four-by-four truck. Strapped to the top of the camper, around the air conditioner, were several large cargo carriers; a small trailer for carrying water in and rock samples out was hitched to the rear.

He circled the vehicle, not surprised to find an auxiliary gas tank as well as power, water and waste hookups, and a large propane tank. At the side window, he glimpsed miniblinds and curtains, with matching cushions on the bench seat that encircled the tiny table on three sides. Daniel would have bet a week of his precious wages that what he couldn't see was equally luxurious.

"Isn't she great?" Patricia asked, joining him with

a box of dried and canned foods. She rested them on the rear bumper and unlocked the camper's back door. "I figure working in the outback shouldn't mean doing without the comforts of home."

A disturbing image of the desert, studded with houses and power lines and satellite dishes, flashed through Daniel's mind. He clamped his jaw down tightly. Bite your tongue, Rivera. It's not your fight.

"You don't like this much, do you?" she asked, indicating the interior, where Daniel spied a half-size refrigerator, a three-burner stove, and a microwave oven. In the corner sat a large generator and a door that led to a shower stall and chemical toilet. "Come on, Daniel, tell the truth." Her voice carried a teasing lilt.

"The Solitario's no picnic," he said, trying to keep his tone neutral. "There aren't any hookups out there, and no gas stations, either."

"And of course, there's something morally wrong with hauling this much civilization to the back-country." She laughed, echoing the rest of Daniel's thoughts out loud. He eyed her quizzically, surprised he'd given himself away so easily. "Oh, I agree," she added, tilting her chin and looking him straight in the eye. "But I haven't roughed it since my father used to take me out. My colleagues call me the 'Holiday Inn' geologist . . . heck, I even insist on a guide. You've got to admit, that's not standard operating procedure for a real adventurer."

She looked at him through velvet lashes, her next words a mocking apology. "I'm afraid it's only going to get worse. So just try to grin and bear it, *querido.*"

She lobbed the curiously intimate Spanish word at him like a challenge, and Daniel nodded curtly, not trusting himself to speak. *Querido!* What was she thinking of? She'd used that word once before and meant it, he'd thought. Why bring it back up now?

To throw him off, obviously. To make him overlook the plain and simple truth: that geologist or not, Patricia Vidal Martínez had, over the years, turned into a class A, pampered Aztec princess. She even had a portable palace. And now she'd hired Daniel to be her footman.

It was going to be a long three weeks, he thought wearily, and he was going to earn every nickel of his commission.

He could back out. The thought occurred to him out of the blue. Even with fifteen years separating them, Patricia still had the ability to unsettle him. And while he needed money desperately, maybe he shouldn't be quite so ready to take this money. Something else might turn up, something that wouldn't threaten his peace of mind.

He considered the possibility as he loaded the empty water tank on the trailer, then attached a hose to fill it. Something might turn up. But realistically? In the dead of summer? Naw. If he gave up this job, he might as well post the OUT OF BUSINESS sign on the door today.

This gig had been dumped in his lap like gold, and he'd be a fool to refuse it. If Patricia didn't have any problems with it, neither would he.

He'd just keep a tight rein on his memories and his reactions, treat her like any other client. He'd be friendly and helpful. And he'd keep his distance.

As the tank filled, Daniel packed the rest of their gear in the camper. He was quick and efficient, trying to ignore Patricia's running commentary on the equipment. She complemented his choice of ditty bag colors, disparaged his battered tin coffeepot, and dismissed his cookware because it duplicated her own. But Daniel insisted on his cast iron pot and skillets.

"When you run out of propane, you'll regret not being able to cook over an open fire," he warned.

"When I run out of propane, we're coming back to town. I told you, I don't rough it." But then she shrugged and packed the pans in a floor-level cabinet next to a drawer with an assortment of knives. She latched the cabinets and drawers shut and closed the camper while Daniel turned off the water and replaced the hose.

"Just one more detail," he said, entering the building a final time. When he emerged, he locked up, then strode over to the vehicle and flipped the front seat forward. Daniel settled the two rifles he carried on the rack at the back of the cab. He packed a box of shells on the floor of the truck behind the passenger's seat. "They're loaded. The safety's on, but . . . be careful," he finished bluntly.

"So we're as ready as we'll ever be," she said. She tossed Daniel the ignition key, swung open the passenger door, and climbed aboard. "You've got the driving honors."

Daniel slid into the driver's seat. The beige leather was warm from the sun beating overhead, and it still held the indentations where Patricia's body had sat just a little while ago. He settled in, willing himself to ignore the clean, high-spirited scent of Patricia that clung to the leather, hell, that permeated the entire truck with her beside him. He engaged the clutch and started the engine. The old truck purred as he backed onto the town's main drag. Then he headed west.

They drove a few miles in silence before Patricia said, "So where have you been the past fifteen years?"

"Here. There. You know, around."

"And you went into business for yourself. Nice work if you can get it."

"Hard work is lot more like it. You, on the other hand, just followed in Papa's footsteps."

"Well, I could hardly have followed Mama's," she countered, laughing. "Nobody can afford a stay-at-home wife anymore, even if a woman today wanted to do that for her entire life."

"But geology usually means field work. How'd you choose this career if you hate that part of it?"

"I don't hate field work. I just like . . . help." She reached over and patted his knee. "It's a real treat to see you again, Daniel."

The touch of her hand sent shock waves coursing up his leg, lodging in the pit of his stomach. How could she be so carelessly indifferent to what she did to him? Maybe she'd always been that way, and he'd just blocked the memory.

"So why you and why now, in the heat of summer no less?"

"It was my turn." She sounded almost defiant. "I know this area better than anyone else at the Agency. It was Papa's research area, and mine, too. I've been coming here since I was ten. I even wrote my dissertation about Big Bend."

Daniel squinted. The sun was almost overhead by now, baking the earth with its brilliant light. On the far horizon, he could see the mountains poking up their tops. "So you don't really need a *guide.*"

"No, just company. Somebody to fetch and carry," she said briskly. But he detected something false about her reply, a note of overbrightness and a delicate heightening of her accent, as if she weren't telling him everything. "The students we'd normally use are all in school this summer, waiting for the glory of the big mapping trip this fall."

"When the weather is better."

"That, too. In the meantime, we spend three whole weeks together in the summer sun. We never got to do that when we were kids!" She smiled, an impish grin that appeared to be only half in jest. "Should I be scared?"

"I don't know. Are you still married?" Two could play that game, Daniel thought, although Patricia's game was far more smooth and practiced. But he could score a point or two.

"No. How about you?"

"Nope."

"Never, or just not now?" she persisted.

"Never."

"Well, well," she said slowly, looking like a cat ready to lap a bowl of cream. "I must have made some kind of impression."

"Oh, yeah." He could admit that much. But no more.

The red and beige mountains and mesas of the Solitario began to rise closer on the horizon. They broke for lunch, and Pat excused herself to "take care of things" a few hundred yards from their stopping place.

Their trash packed, they climbed back in the truck

and continued on. The road deteriorated the farther
they moved from civilization, and Daniel upshifted
to a more cautious speed. Even so, an hour later he
had to swerve sharply to avoid running over a thick
snake inching its way across the one-lane road.

"What the—" Patricia exclaimed. She jerked in her
seat as Daniel cut the wheels tightly to compensate
for the narrow maneuvering angle. He took the truck
off the road for a few feet, then quickly corrected
the wheels and brought the vehicle and the trailer
back on the road with a bone-crunching bounce. He
braked and watched the creature finish slithering
across the gravel road.

"Are you trying to get us killed before we even get
there?" Patricia demanded.

"No. I just don't believe in killing anything need-
lessly." He put the truck back into gear and started
to drive again. Then he added, because he couldn't
resist even though he knew better, "Unlike some people."

"I'm not planning to kill anything," she said
sharply. "I'm looking for minerals."

Which will lead to leases and development and
mines and habitat destruction. You kill things, Patricia You just don't do it directly."

"Just hold it right there," she said, her voice furious. "I'm on legitimate business. If you don't like it,
we can go back in this minute, and I'll find someone
who does. But don't insult me or the state of Texas.
We're not killing anything."

Why had he opened his mouth and deliberately
antagonized her? He needed this job; it was going
to keep him alive. If being with Patricia didn't kill
him first.

"Sorry," he backtracked. "It doesn't matter what I think. I get paid to be a guide."

"Damned straight." She settled back against the seat and looked out the window. When she spoke again, her voice was softer. "You know, you've got bills to pay, and so does the state. And mineral leases help pay the bills. Things like health care and education, important stuff."

He didn't answer. What was the point?

"Just remember who's paying your salary. And do your job."

Three weeks, he thought. I can do anything for three weeks. Even survive Patricia Vidal.

They pulled up to their base camp an hour later, having passed the previous miles in silence. Pat opened the passenger door and slid to the ground. The distinctive odor of creosote assailed her nose, taking her suddenly back to the summers she'd spent here with her father, and later as a student. This place looked much the same: the sharp spines of the century plant, the ubiquitous lechuguilla with its slender, soapy spikes, cactus in yellow bloom, and hidden among them, the insects and reptiles that would emerge at dark to feed.

She looked around the land: fiat, clear of brush, a good spot for their encampment. They'd arrived, and she couldn't put off telling Daniel her secret much longer.

God, if it were anyone but him! How in the name of all that was holy had her secretary tracked down Daniel Rivera to be her guide? The minute she'd recognized him, she should have turned around and headed back to Austin.

No. She could do anything. She already had. This was no big deal, comparatively speaking.

Come on, Martínez, she told herself sternly. Daniel needs to know. That's why he's here. There's no backing out. We've come this far, we're going to do our jobs.

And heck, maybe the truth—part of the truth, she corrected herself—might help get rid of that somehow shadowed look she saw in Daniel's eyes.

She'd keep it plain and simple. It was just a fact of life, like her blue-black hair, or Daniel's rugged, sunburned face.

Daniel unhitched the water trailer along the north side of their camp, then opened the door to the camper and began unloading equipment. Pat joined him, setting boxes of supplies on the ground while Daniel pitched his bright blue tent. All the while her conscience prodded her: *tell him now.*

This whole expedition was about new beginnings, about claiming what rightfully belonged to her. Too many people had tried to protect her for too long—starting with her parents and moving on to her advisers at college and then her bosses at the Agency. She was sick of it.

It had taken everything she had to get this chance, and she wasn't about to blow it. Her boss, Matt Ross, still wasn't happy about it. Solo field expeditions were not for her, he'd argued. She was too valuable to the Agency to risk in the outback.

"But not valuable enough to promote without them," she'd replied dryly. It had taken all her legendary charm—and a choice threat—before Matt had agreed. Even so, he'd insisted on a guide, and look who she'd gotten. Strapping Daniel Rivera, six-three and lean, as handsome as he'd been fifteen years ago. The kind of man who could still make her core run hot.

Well, sexy or not, he had a job to do. And she owed him an explanation of just why he'd been hired.

She squared her shoulders and marched back toward the camper, climbing the two metal steps and closing the door behind her. She watched Daniel for a second, remembering the good times, at seventeen. The fun, their plans, their friends and dreams, everything that had been shattered by . . .

He stood to one side, reorganizing cookware and supplies. Then he reached into an overhead cabinet and fumbled for a pot. It clanged to the counter, followed by the contents of the cardboard box she'd tucked between the pot lids.

Daniel stared in disbelief; Pat's stomach rose to her throat. Oh, God, she thought. She was too late. Her secret was out, spilled all over the counter, and Daniel didn't like it one bit.

TWO

A pile of sterile, disposable syringes lay on the counter. Daniel peeled one open, ran his fingers across the barrel, snapped the needle and its plastic sheath off. He turned to face her, and this time he couldn't disguise the disapproval—no, disgust—in his eyes.

"What the hell is this?" he demanded, crossing the tiny camper in two strides. He stood inches from her, overpowering the cramped space. Anger radiated from every pore, and his heat washed over Pat.

"We all have our vices." She laughed to reassure him she was joking, to dissuade him from jumping to conclusions, but Daniel paid no attention. He just glared at her.

She tried again. "Daniel, it's not what you think. I've got—"

"A needle habit." He wagged the broken syringe in her face. Patricia pushed his hand down, tried to get his attention so she could explain, but he batted her hand aside. Bringing the instrument back to eye level, he shook it one last time. His face was hard and tight, and he pitched his voice soft and furious.

"You're a ticking time bomb, and guess what?

There's not enough money in the world to make me take you on now that I know the truth."

The truth, Sherlock? You wouldn't know the truth if it bit you!" Pat tried to step around him, but he refused to yield, blocking her path to the rest of the camper.

"I see the truth—right there on the counter." He jerked the vehicle key from the pocket of his jeans, grabbed her wrist, and pulled her toward the door. "Get in the truck. We're heading back in. Now."

"Not so fast, *querido,*" She spoke easily as she reached for the key, but he held it out of reach. But her movement made Daniel loosen his grip on her arm, and quickly, she eased past him to the small refrigerator. Opening the door, she withdrew a small glass vial. She wrapped her hand around it, felt the cool, familiar, unyielding shape, and swallowed hard.

She had to stay cool; Daniel was angry enough for both of them. There was never any telling how people would react, she reflected swiftly. And she hadn't helped, putting off this moment as long as she had.

It was time to practice damage control, because Daniel was threatening her expedition, her second chance. And she wouldn't allow that. No way.

"Hey, Daniel, catch!" She spun around and lobbed the vial at him. With the grace of a major league baseman, Daniel reached up and caught it with one hand. He turned the vial over and read the label that Pat could recite by heart.

It was her daily companion, the drug that saved her life: PURE PORK INSULIN. FOR INJECTION ONLY.

"You're diabetic," Daniel said, recognition dawning on his face.

"Congratulations! You win." The late afternoon sun shone through the window, half blinding her. She closed her eyes for a moment to gather her strength and turn on the charm. She opened her eyes and flashed her trademark grin, sassy and flirtatious. "And what is his prize? That's right—a three-week, all-expense-paid trip to the Solitario. With me."

"Not a chance. We're going back in. This is too dangerous."

"I've got good control." She kept her tone even as she moved out of the shaft of light, retrieved the bottle of insulin from Daniel's hand, and returned it to the refrigerator. "There's almost no risk if you know what you're dealing with. And I do."

"I don't," he said coldly. "It's my reputation—my business out here . . . but it's your *life*. Are you planning on just throwing it away if something goes wrong?"

"I'm counting on you to help me," she said calmly. "I get it now. I'm not a guide. I'm not even a human pack mule. I'm your goddamn nursemaid."

His words stung more than a little, because frankly he was right. Without diabetes, she'd be here by herself. But there was no changing facts. Fate had dealt her this hand, and she played it every day. And no one was going to drive her from the table.

Pat swallowed, tilted her chin, and looked him straight in the eye. The look on his face was meant to intimidate her, but she forced herself to answer calmly.

"Call it what you want. But the state of Texas is paying you a hefty salary to make sure I can do my job. That's the bottom line, and we don't go in until I say so.

Daniel frowned and shook his head. "You're a liability in the backcountry. I'll lose my ass if anything goes wrong."

She lifted her chin another notch. "And I'd lose more than that. But I won't, because I know how to take care of myself. And I'll show you the few tricks you need to know, just in case."

She ushered him out the camper door. "Now you finish setting up camp, and I'll start dinner. I hope you like canned stew."

Patricia smiled and waved, then shut the door behind him with a firm click. She leaned against the door and breathed deeply. Timing really was everything, she thought wryly, and today hers had been abysmal. So of course Daniel had jumped to conclusions. He'd had no idea.

Well, she was a little exposed out here, away from civilization. But that's why Daniel was there. Because she was tired of playing second fiddle to colleagues who knew less than she did, to the Anglos who kept getting promotions and raises as she did the Agency's real work. It was time she got her due.

This time, she wouldn't be boxed in by what others thought she should be or do. There would be no more limits. Not now. Not ever again.

A screech of static from the camper's tiny bathroom startled her, and Pat jumped. What a day—she'd even forgotten Matt's insistence that she check in every day by radio. She opened the door to the tiny bathroom and sat on the toilet seat.

"Ya, ya, quieta," she snapped at the shortwave, lapsing into Spanish in her annoyance. She took her time tuning in the correct frequency, casually flipping buttons and dials. She was in no hurry to talk to her boss.

She didn't want to cope with Matt Ross' misgivings about her expedition right now; Daniel's attitude was plenty enough trouble. But she'd better reassure him, because Matt could yank this expedition from her if he didn't think everything was going smoothly. And he would, too—Americans with Disabilities Act or no.

Matt's voice pulsed over the airwaves. "Pat? Are you there? What's your status?"

"Hi, Matt," she said with forced cheerfulness. "Everything's fine. We're here, right on schedule."

"Not the way I see it. You should have checked in an hour ago. What's the trouble?"

"No trouble," she lied. "We just got involved setting up camp. Sorry if we worried you."

"How's the guide—Rivera, is it? Is he okay with everything? You know I wanted to tell him before—"

"He's fine," Patricia cut him off to steer the conversation in a different direction. "And it was my place to tell him. But I think he was expecting a man. At least he was surprised to see me."

Another squeal of static interrupted Matt's next words, but they were a familiar refrain. "We've been over this, Matt." She laughed lightly, but there was a fine edge to the laughter. "The Agency doesn't want a discrimination suit. You did your job when you hired me a guide. Now let me do mine."

"But, Mr. Rivera," Matt protested. "If he—"

"Everything's fine. He understands the situation," Patricia said firmly.

"Let me talk to him," Matt said. "I want to be sure he's all right with this, that he can help you if it's necessary."

She drew her breath in sharply. "Absolutely not,"

she refused, careful to insert a hint of amusement. "No undermining my authority the first night out."

"I'm not undermining you!" he exclaimed. "I don't like the situation, that's all. If there's any trouble at all, I want you back in. You got that, Pat?"

"Loud and clear." She fiddled with a switch, wincing as her deliberate burst of static shrieked over the airwaves. "Matt, you're fading out. I'll call you tomorrow, okay? Over and out."

Patricia ended the transmission and rolled her head to loosen her tight shoulder muscles. Stress was not a good thing for diabetics—it could send her blood sugar skyrocketing despite her best efforts. Relax, she said softly, closing her eyes and visualizing an expedition without incident. It's managed, it's under control. You'll show Daniel what he needs to know, and everything will be all right.

It had to be. Her future depended on it.

Totally out of her mind, Daniel fumed as he unrolled his sleeping bag and settled in his tent for the night. He wasn't about to sleep in the cramped camper. The outdoors were for him, especially when he had serious thinking to do. Like now.

Patricia was cool. Had ready answers for every thing, prattled glib explanations, assured him that her "condition" was all a matter of practiced control. She'd shown him her glucose monitor and her emergency stash of Lifesavers—even a tube of chocolate cake frosting. "For the unlikely overnight reaction, in case you can't wake me one morning," she'd explained as casually as if they were talking about a headache.

And that, she'd said airily, was all he needed to

know about it. She knew her body. A quick jolt of sugar was all she ever needed, and not very often at that. As for sugar elevation—coma—that took a long time to develop. It certainly wouldn't matter on a three-week jaunt.

She talked a good game, but he remembered. He hadn't thought about it for years, but now it all came back. *Señora* Vidal was diabetic, and now Patricia was, too. And she wanted to convince him that it was nothing.

Well, he knew better, and he wouldn't be suckered into a situation with no good outcomes. Because no matter how much he needed the money the state of Texas was willing to blow, Patricia Vidal Martínez was a powder keg waiting to explode in his face. In every sense of the word.

He wasn't about to let Patricia destroy the business he'd invested blood and sweat in. Daniel unrolled his sleeping bag and stripped down to a pair of low-slung briefs for the night. He'd find some other way to save his business, and Patricia could just find some-one as crazy as she was to do her nursing chores.

He slept fitfully, waking periodically to the mournful barking of a pack of coyotes in the distance. They cried at the moon overhead, proclaiming their dominion. Once he thought he heard the click of the camper door, but he dismissed it as part of some uneasy dream. Patricia had bathroom facilities inside; she had no reason to come out.

By 4 A.M., Daniel had slept all he could. The pale early morning light had begun to filter under his tent, and he got up. He cupped his hands under the spigot of the water tank, filled his palms with water, and lowered his face to it. The liquid burned his eyes, still gritty with sleep. Then he drank the remaining water.

He started repacking his equipment for their return trip this morning. He dismantled the tent and stacked still-packed boxes in a pile to reload in the camper. He would miss the money, but there was no other way. Squiring around a chronically sick client was like playing Russian roulette with five chambers loaded. One of them would get hurt.

The sun was fully risen when Patricia emerged from the camper and locked the door behind her. She was dressed for the field: expedition shorts, matching olive tank top under a nylon windbreaker, broad-brimmed twill hat with a ponytail hanging out, and hiking boots. Her face glistened with sunscreen beneath her sunglasses.

She pulled two large water bottles from the side pockets of a large battered backpack and filled them at the tank. Stowing them back, she adjusted the pack's wide shoulder straps and cinched the waistband snug. She turned toward a ridge of hills in the east.

"Where do you think you're going?" Daniel demanded.

"To work," she said. "We've got a job to do."

"We're going back in, remember?" He pulled the truck's key from his jeans and dangled it in front of her. "Let's pack up and move!"

"Correction. You said *you* were going in. I never agreed to anything of the kind. Good luck." Then she added, "You could walk. But it's an awfully long way without wheels."

"I've got wheels. Yours."

"Well, yes and no." She resettled the pack on her shoulders and began hiking toward the sun. Five hundred feet away, she turned and fired a cheerful parting salvo. "You've got the ignition key, Daniel, but I've got the distributor cap. You won't get far, even if you could rationalize grand theft. *¡Adios!*" She waved and disappeared over the low ridge.

Daniel stared at her in amazement. Good Lord! She'd taken him hostage! That noise last night must have been Patricia, not up to attend to Mother Nature's call, but sabotaging their only way out of the Solitario.

When had Patricia become a fool? She was so busy taking chances—with him, his reputation—hell, with her life—that she wouldn't listen to reason. He'd have to haul her back to camp, probably bodily, before he could reinstall that blasted distributor cap. Then they'd be on their way.

He filled a small water bottle and looped its holster over his belt. He slapped a baseball cap emblazoned RIVERA OUTBACK ADVENTURES on his head. Just one more thing—protection.

Daniel walked to the truck and thrust the key into the door lock. It didn't fit. The vehicle was an old GMC, with a double-key system: one for the ignition and one for the locks. The window was cracked a couple of inches, but not enough for him to reach either the gun or the lock, and he'd left all his coat hangers back in civilization.

He swore softly, cursing Pat's foolhardiness and his own desperate straits that had led him to accepting this commission. He looked up toward the east. Patricia had faded into the horizon. He'd better set off now, even without a weapon, if he had any hopes of dragging her pretty little behind back into town today.

The desert hummed with early morning activity. Lizards and insects crossed his path in search of breakfast before the heat of the day set in. Nocturnal creatures scurried back to their lairs, to rest until the cover of night returned. The sun, still low in the sky, promised a sweltering day.

Pat was making excellent time. By the time Daniel caught up with her thirty minutes later, he was perspiring heavily. His long-sleeved T-shirt was soaked, and his eyes burned with the sting of salt.

"You're nuts," he greeted her. "One hundred percent certifiable."

"Thanks for joining me," she said, not breaking stride. "The Agency lawyers and accountants thank you, too. Now they don't have to worry about breach of contract."

"My contract didn't say anything about escorting an . . . an . . ." He fumbled for the right word, then abandoned tact. "An invalid," he finished bluntly.

"Do I look like an invalid?" She paused for a second, struck a pose that displayed her feminine attributes in their best light, then shifted to a more normal stance. "Well?"

Daniel stopped, annoyed by her frivolousness. "Your disease directly affects how I do my job. I should have had the chance to refuse based on the facts."

"Daniel, *querido*, this is the nineties. You can't discriminate and stay in business. Somebody's likely to sue you."

"Huh?" he asked in disbelief.

"The law?" she coaxed silkily. "The ADA? Diabetes

is just one more condition you can't discriminate against. My employer can't and neither can you."

"This isn't Austin," he retorted. "People don't make the rules out here. Nature does, and she eats the sick for lunch."

"Look at me. I'm not sick."

She had him there—she certainly looked healthy. Better than she had at seventeen, with a sweet, ripe beauty that practically glowed. She let him study her another moment, then turned and continued east.

Looks were deceiving, he reminded himself, setting off in pursuit. The facts said this expedition was dangerous.

A short while later, Patricia paused, shaded her eyes with her hand, and surveyed the land before them. She nodded in satisfaction, unslung the pack from her shoulders, and unzipped it. She shook out a large plastic tarp and laid her supplies neatly on top: rock hammers and sample bags, maps and clipboards, drawing tools, an extra rucksack, camera, and measuring scales.

"Now here's the plan," she said, wrinkling her nose mischievously. "You do your job from here on out, and I'll forget about your behavior up till now. Deal?" She set her wristwatch alarm, accompanied by series of high-pitched beeps.

"No." His monosyllabic reply thudded between them. "This is dangerous, I'm out. End of story. Hand over that distributor cap and let's move."

Patricia didn't reply, but lifted the compass and took a sighting, then another and another. Picking up her notebook, she jotted her findings down, then sketched the scene with broad pencil strokes.

She checked and rechecked her instrument readings, punched data into a hand-held global positioning device. She made lightning-quick notes with her pencil, wet the point with her tongue, moved around the area with a slightly edgy grace. Then, as the once-familiar routine came back, she relaxed. That tiny prick of fear, with her since she'd confronted her boss about taking on this expedition, began to recede. This was fun. A lot of fun. And if Daniel would just join in, it would be downright easy.

He was still fuming on a large, flat rock a few feet away, near where she'd laid her tools. "Time to earn your keep," she said in his direction. She hooked an extra rock hammer with the toe of her boot, flipped it into the air, and caught it. "You know how to use this thing?"

She wrapped his hand around the hammer's shaft and folded her smaller hand over his. A tiny jolt of electricity shot from their hands to Patricia's heart. It flared there, caught at her core. Oh, God, she thought, he still has the power.

The realization almost unbalanced her, but she squelched it before Daniel could recognize what was happening. She focused on showing him what to do. She guided Daniel's hand down to the rock he was sitting on and clipped the edge off. A gentle shock wave coursed through Daniel's arm and into hers as a fist-sized hunk of rock fell to the ground.

"Feel that? That's how you take a sample." She picked up the rock, hefted it once, and handed it to Daniel. "This is what I want from that ridge over there, that gray rock. About a dozen samples at even intervals. Mark them A-1, A-2, and so forth, then pack them—"

"I said no."

"Daniel, *amor*, play nice. Or I'll have to get . . . rough."

"Is that a threat?"

"I prefer to call it a promise." She smiled and ran her tongue over her lips. "I promise that if your attitude doesn't improve, I'll turn you over to the Agency lawyers. I'll file complaints with the Better Business Bureau and tie you up with legal maneuverings and bad references until Rivera Outback Adventures is just a bad memory. Do your job, and your business stays alive." She smiled again, like an indulgent mother. "Now which'll it be?"

Daniel held himself stiffly. He was trapped any way he looked at it. Patricia held all the cards—at least for the time being. Without another word, he hooked the hammer in his belt, picked up the marking pen and a handful of sample bags, and began walking toward the outcrop.

When he got there, he took the hammer and clipped the samples Patricia had demanded. It had been a long time since he'd done this sort of work; it was part of himself he'd buried after the accident. But out here, with the hammer in his hand, he couldn't help but remember.

He swung the hammer hard at the outcrop, breaking loose a cascade of small rubble, but no sample-sized pieces. He swung again, this time catching the tip of his thumb with the hammer's face. He dropped the hammer and gritted his teeth. What a hell of a deal. The ghost of his past on one side, the reality of Patricia just over the ridge. What had he done to deserve this?

He smiled grimly. The pain would be good for him. Penance for the past.

He retrieved the hammer and concentrated on the job. After a couple more tries, it all came back—how to apply just the right pressure at precisely the right angle. He worked doggedly to collect Patricia's samples, as unstoppable as death. He blocked all thought and emotion, pushing himself to finish the collecting before the sun was high overhead.

In the distance, Patricia sat sketching details on her map. He mopped his forehead with the tail of his T-shirt, picked up the sample bags, and headed toward her.

"That was fast," she commented as she pulled the samples from their bags and inspected them. She made notes on each one in her field book. Next she set up her balance on the flat rock where she'd been sitting. Taking the first sample, she pulverized a corner of the rock and weighed it.

"Just looking for evidence of heavy metal ores," she explained as she jotted down the results. "That is what I'm looking for, after all."

"Yeah." Then, unable to help himself, he added, "You doing flame ionization tests, too?"

Patricia looked up at him, a look of surprise and then recognition dawning on her face. "Oh, yes. You were leaving for School of Mines when . . ." Her voice trailed off. "Did you graduate?"

"Yeah."

"Well, good. Get the torch from my pack. Here's a notebook for your results."

He spent the rest of the morning testing samples. By lunchtime he was good and hungry, but he'd left camp in such a hurry this morning that he'd forgotten to bring anything to eat. He'd resigned himself to going hungry when Patricia handed him a cereal bar and some trail mix.

"I always pack extra," she said. "Gotta be prepared, especially when I'm doing more than normal."

"If I eat this, will you have enough left?" He sounded protective, even to his own ears. Where had that come from?

"Aw, Daniel, you care." She grinned and pulled a pack of Lifesavers from her pocket. "Still have these. The best-named candy in the world."

The afternoon was spent following more of Patricia's orders: "Put that here, take that there, dig a trench by that outcrop." By early evening, they had mapped the locale with enough detail that any of her colleagues could find their way back. They'd collected samples and test results and enough data to make a graduate student salivate. Daniel packed the samples into the empty field pack Patricia had brought out this morning. Fully loaded, it weighed a good fifty pounds. Daniel hoisted it to his shoulders without comment.

"You make a good pack mule," Patricia said when they were about halfway back. "Wish you'd been around when I was doing my dissertation."

"I might have been, if you hadn't shut me out."

The words hung between them, a challenge. Maybe he'd finally get the answers he'd been missing. Why she'd cut him off fifteen years ago.

"Yes, well," she said. "I didn't know what I was doing then, did I?" She said it lightly, then pulled a blue bandanna from her pocket and wiped her forehead. She tucked it back away and smoothed the front of her shorts with her palm. The gesture was somehow intimate and inviting.

"And now? Do you know what you're doing now?"

"Running a field expedition. And here you are." She laughed as if she were pleased she'd sidestepped his real question. She took a couple of quick steps in front of him. Her hips swayed gracefully over the rugged terrain, and Daniel found himself responding in spite of himself, a subtle tightening of his whole body.

Patricia had always been able to set him spinning. That apparently hadn't changed one bit in fifteen years.

Penance, he reminded himself. This was good for him.

They were only a few hundred yards from their camp when Daniel glanced down at the dusty path they'd been following. He stopped suddenly and took in the scene at a glance. "Patricia!" he whispered sharply. "Get back here!"

His voice must have carried authority, because Patricia did exactly as he'd told her. She stopped, looked around, and eased her way back to him noiselessly.

"What is it?" she asked.

He pointed to broken bits of underbrush and a trail of animal tracks going the same direction they were. "They may be old. But better safe than sorry."

He eased the pack off his back, set it down, and picked up a couple of rocks from the ground. He hefted them with his hands and nodded at their weight. "They'll do."

"For what?" Patricia asked nervously.

"We may need some sort of weapon. And I don't see the rifle anywhere, do you?"

Patricia colored faintly, but said nothing. They

made their way back to the camp, cautiously, sound-lessly. Or so they thought, until they heard an angry howl. In the middle of the camp, in front of Daniel's neatly stacked equipment, stood a young male coy-ote. He was reddish blond, with a thick, bushy tail that ended abruptly, as if it had been cropped off with a knife. He guarded the carcass of a large jack-rabbit, his eyes bright, poised to attack the interlop-ers.

He snarled at the sight of them. Daniel stretched out his hand to block Patricia's way, quickly assessed the situation, and gritted his teeth. There was no easy solution. They'd have to trust their wits and luck.

A few yards to their right, Berta gleamed in the early evening sun. Like most campers, a narrow lad-der ran up the back to allow access to roof storage and the air conditioner. The camper top was high enough off the ground that the coyote shouldn't be able to clamber up her them.

Daniel tossed the rock samples in his hand once, twice, estimating the force with which he'd have to throw them in order to frighten—maybe hurt—the snarling animal.

Patricia stood stock still, flushed, breathing heavily. "On my mark, Patricia," he whispered urgently. "Climb to the camper roof. I'll follow."

The angry animal moved toward them, teeth bared and a growl low in its throat. A young male, Daniel thought. Somehow he hadn't learned yet that people should be avoided. He shook his head, sorry that he might have to injure the beast, worried that it had wandered in where it should never have come. Their scent should have scared him off. Now he'd have to do what nature hadn't managed.

Such a waste. He breathed a silent prayer for forgiveness and hurled the first rock.

"Now, Patricia! Run!"

THREE

Pat ran, adrenaline surging through her body. She cut a wide swath around the snarling beast, then stumbled on the rocky ground. She caught herself and sped toward the camper.

Behind her the animal growled and turned angrily. Leaping, he raced after her.

"Faster!" Daniel shouted. "Move it!"

Pat flung herself up the ladder, pulling herself up with a strength she'd never relied on before. She pushed herself up over the top of the camper, tearing her shorts and her knee as she scrambled over the little air conditioner.

She saw the blood spurting from her knee, muttered an expletive, and whipped the damp bandanna from her pocket. Deftly she tied it to staunch the blood. Below, the coyote was pacing back and forth at the rear of the truck as Daniel slowly moved in closer. He held the remaining rock in his right hand, aimed at the roving target.

If the animal turned to attack, Daniel was history. She moved to the side of the camper to distract the animal. Maybe she could charm a few extra seconds for Daniel.

"Hey there, fella," she cooed as the coyote paced

toward her. Out of the corner of her eye, she saw
Daniel edge closer. "You're awfully far from home.
You ought to be back with the pack."

The animal reared on its hind legs and barked furiously. Daniel drew closer. The canine lunged at the
camper, but the animal was small, and the truck
stood firm. But the coyote rushed again, and Pat
grabbed the low metal railing along the edge of the
roof for balance.

"Stop that, fella," Pat said. Her voice was stronger
than she expected. She stood up in the coyote's line
of sight and pointed to a distant ridge. "Go home,
boy, go home! ¡Ya! ¡Vete!"

The animal stopped hurling itself at the vehicle
and looked up at Pat. It looked confused, as if it
wanted to leave but somehow couldn't. "Go home!"
she repeated firmly.

Daniel was only a few yards away now. He paused
to gauge the distance and his chances. Then he
stopped, grabbed the jackrabbit in his free hand, and
made a break for the ladder.

The animal whirled around to see his supper, and
Daniel, scooting up the ladder. The coyote growled
savagely—and this time, it circled the truck and tried
to clamber up the hood. The hot metal burned its
paws, but he tried again. This time he came closer
to making it.

"Are you crazy?" Pat cried as Daniel leaned over
the side of the truck and dangled the bloody rabbit
so the coyote could smell it. The animal abandoned
its attempts to climb aboard the camper and raced
over to Daniel, snarling. Daniel waved the rabbit a
second time and hurled it as far from the campsite

as he could. The coyote snarled one last time, then took off after its supper.

"My God, that was close!"

"It's not over yet," Daniel said, eying the animal as it tore at the jackrabbit less than a hundred yards away. "We need the rifle."

He's cool under fire, Pat thought, then answered his unspoken question. "In the cab."

"Yeah. I tried to get it this morning. I should've broken the window."

He glared at her, and Pat closed her eyes. Don't let him stress you out, she told herself. Stay calm.

She took a deep breath and thought of cool breezes, Austin, safety—everything she suddenly didn't have here. She inhaled deeply again, focusing now on the desert's heat, her fought-for-job, Daniel standing beside her. She could do anything, she told herself again. It's not too much. It's no big deal.

Or was it? She opened her eyes and looked out at the coyote, then back at Daniel. She suddenly wondered if she'd taken on more than she'd barbed for. She'd expected to compensate for isolation and some extra stress—a few mosquito bites, the sun, maybe a snake or two. Those she could handle. But she hadn't counted on a wild animal nipping at her heels.

And she hadn't counted on Daniel Rivera.

What if she couldn't cope? What if Mama and Matt and all those other people who tried to protect and shield her were right?

They weren't, she told herself. She shivered, a quick chill racing down her back. She could handle everything; she had to. She'd done fieldwork before, even if it had been with her father in tow. She would see it through this time, too.

Daniel was watching her quizzically. She rolled her shoulders back and tipped her chin to look him straight in the eye. "I don't get it," she said. "Coyotes don't generally like people. They avoid us. What's this one doing here?"

Daniel shrugged. "It wasn't afraid. That tells me it's been around humans before."

"Well, stealing his supper didn't win you any brownie points."

"But he got out of our space, didn't he?"

"Until he's done with his snack and wants us."

"That's why we get the gun." He climbed over the camper top and down to the cab roof. He held out his hand to her. "Come on. That animal's still too close to climb down and open the door. Give me the key, and I'll do it from up here."

She unclipped the key ring from her belt loop and handed it to him wordlessly. He took it, still glowering, and she was startled by his dry, icy fingertips. Cool under fire, she thought again.

She was glad one of them was. How could she have been so stupid to rush off this morning without protection?

Hands on his hips, he surveyed the situation, looking over the side of the truck at the window. He clambered down to the roof of the truck's cab and jerked his head for her to follow him. Pat followed, stepping carefully toward Daniel.

"I'm going to reach over the side and open the door," he informed her. "Hold my feet and keep me steady."

He lay facedown on the hot cab top, but like the

coyote, he didn't complain about the burning metal. Pat knelt behind him, grabbed his ankles, and steadied him. Leaning far over the side, he slid the key in the door lock, twisted it, and opened the door wide. He scooted closer until his head and half his upper body were in the cab.

Pat watched as Daniel reached for the rifle on the rear window rack. Under his T-shirt, she could see his muscles bunching and rippling as he moved. His broad back narrowed to lean hips and muscular legs rough with wild dark hair that reminded Pat of the coyote just a hundred yards away. Attractive in an untamed sort of way, with his own secrets to keep.

Funny, she'd never thought of Daniel as having secrets.

"I've got it," he said tersely, cutting off her thoughts. "I'm going to hand it to you. Don't drop it. And don't let me go."

There was no way to hold his ankles and simultaneously grab the gun unless . . . Pat threw herself over Daniel's body, the fronts of her legs pinning the backs of his, her breasts pressed against the small of his back. Even under these conditions, it felt like an intimate move.

The cab top radiated heat, scorching and dangerous. But no more dangerous than Pat's thoughts as she stretched her body atop Daniel's, reaching for the rifle. He felt good to her, too good. Strong and tough. Muscles to her softness.

A memory of a much younger Daniel came to mind, holding her, caressing her hair, her face, her mouth. She lost herself for a second in the thought, remembering what it had been like when Daniel had loved her. It had been heady, crazy, exciting, until . . .

Don't go there, she reminded herself. This was business now. This wouldn't even be happening if she'd used her brain this morning instead of hot-shotting it out of camp like an idiot.

Daniel walked the rifle through his hands and up and out the door toward her. She snatched it and started to jump to her feet.

"Wait till I'm out!" he snapped, and Pat stayed put, barely breathing. Every inch of her was aware of him. In spite of herself, she memorized his outline beneath her, the feel of his legs against hers, the strength of his back as he pushed himself to safety.

Safety for him, but what about for her?

"Okay, get up," he barked, and pushed himself up so quickly she lost her balance and rolled to the side. Daniel didn't notice. He took the gun and hoisted himself to the roof of the camper. Kneeling, he raised the gun to his shoulder, released the safety, aimed, and fired.

The shot cracked through the air, tainting the hot, dry air with the acrid smell of gunpowder. Pat scrambled to her feet, breathless, and watched for the animal's collapse under the force of the bullet. Instead, the coyote jumped and turned. With a final bark of fury, he fled into the desert with his half-eaten jackrabbit.

"Smart coyote," Daniel muttered, flipping the safety back on. "If I'd had to use a second bullet, he'd be dead."

"You didn't shoot to kill?" Pat asked, incredulous. "What if you'd missed the second time?"

"I never miss."

The grim certainty in his voice sent another shiver speeding down Patricia's spine. It was echoed by the dull thud of the riflestock against the roof as Daniel lowered it to his side, laid it down, and massaged his shoulder.

"Cramp?" she asked.

He nodded, rotating his arm and shoulder.

It was the only decent thing to do, she told herself, climbing beside him and touching his shoulder and neck. She probed gently to find the knot in his muscles and slowly kneaded it out.

Of its own accord, her body reacted again to Daniel. A heat that didn't belong to the desert suffused her, puddling in her stomach. As she stroked him, her hands grew warmer. The heat should have relaxed her, but she only breathed faster, more aware of everything around them. Daniel made her senses feel gloriously alive.

Despite the layers of clothing between them, she felt exposed next to him. The sensation was both pleasurable and unnerving. She couldn't deny that she still found him attractive. He always had been, in the most elemental masculine way: tall, powerful, macho even. And while that usually didn't appeal to her, something in the way he'd taken over just now did.

Until he spoke. "I hope you're satisfied. We both could have been hurt. Do you know how stupid it was to leave this morning without a gun?"

"Yeah," she said shortly, dropping her hands from his shoulder and moving away as if she'd been burned. The indefinable chemistry between them quickly evaporated. "It won't happen again, because I'll be letting you do your job."

"That would be great." He spoke in clipped tones, barely masking the irritation in his voice. He picked up the rifle and slung it across his back by its strap. Balancing himself on the metal railing at the edge of Berta's roofline, Daniel jumped to the ground and reloaded the gun.

Maybe she should let him go back in, she thought as Daniel began stalking the perimeter of the camp. Maybe staying here with him was a bigger mistake than forcing her boss to let her lead this expedition. Surely there were women guides for hire, without the complications Daniel invited.

But Matt would never understand why Daniel's services had been unacceptable, and she'd be left looking like a fool. Without her work done. Without the experience she needed. Without the promotion she deserved.

No, she'd just suck up her nervousness around Daniel and turn up the charm. She'd never yet had trouble keeping a man unbalanced and at bay, if that's what she wanted.

Gingerly Pat climbed down the narrow metal ladder. Her knee was still bleeding, and she was completely exhausted, physically and emotionally.

Daniel kicked at the underbrush, searching for clues to the coyote's unexpected visit. He knocked something into the open with the barrel of the rifle. kneeling, he picked it up. Small and metallic, the object flashed in the late afternoon light. Daniel whistled softly.

"We're not alone," he announced, holding up several empty shotgun shells.

Pat walked over to him and examined the shells. From the smell, she could tell they'd been fired fairly recently. "Hunters?" she asked. "In the middle of the desert—in summer? Why?"

Daniel shrugged. "No telling. Maybe they're poachers. Maybe they're looking for the same thing you are, but they don't have a decked-out rig and supplies, so they decided to track down some fresh meat for supper." He stood, turned to her, and faced her squarely. "We should go back in."

The offer was tempting, but she stiffened her back resolutely. "No. The coyote was a fluke. We handled it . . . well, you handled it. Quite neatly, I might add. And that was a whole lot harder than feeding me some Lifesavers could ever be. So why don't you drop the whole issue and go get my samples?"

She walked over to the truck door where her keys still hung in the lock. She pulled them out and went to unlock the camper door. On the step, she turned and said with a lilt, "If you're worried about sleeping in the open, there's still room here at the inn."

Daniel watched her disappear behind the door. Still concerned, he walked the few hundred feet to where they'd abandoned their packs. He shouldered his, carried Pat's, and walked slowly back.

She had a point. He shouldn't sleep in the open again until they moved to their next site. The coyote should know to avoid their scent, but it clearly wasn't afraid of humans, and he might come back—or send an equally foolhardy friend.

Daniel was even more concerned about the shotgun shells. He didn't want to meet people with guns who didn't clean up after themselves. Stories abounded about desperadoes who'd once used these hills as hideouts from the law. Those same rumors circulated about today's breed of desperado: illegal aliens, drug lords, smugglers, the coyotes who dealt in human cargo.

What choice did he have? None really, unless he was willing to hijack Patricia at gunpoint. And as she'd pointed out so clearly, that would bring its own nasty set of problems. There were no good solutions.

She'd certainly been cool just now, and that argued for some good sense on her part. She'd taken orders without arguing. Didn't make excuses. Didn't collapse hysterically when it was over. Even helped him work out the kinks in his shoulder.

And that had packed its own kick. The touch of her hands had taken him back, just for an instant, but long enough to remember certain hot summer nights and the sensation of Patricia stroking his skin, shy and tentative. This time she had been practiced, smoother, skillful, and controlled. If he hadn't held on to his anger, she'd have had him eating out of her hand.

No question about it, Patricia was still desirable. But not for him. There was too much history, too many unanswered questions. Patricia Vidal had brought him nothing but trouble. Pat Martínez promised exactly the same, wrapped up in an even more glorious, stubborn package.

His stomach growled, and Daniel realized he was both hungry and thirsty. The cereal bar and trail mix had hardly been enough to keep him going, and he was ravenous after facing down that coyote. He set their day packs and samples by the door of the camper and rapped once before entering.

Patricia wasn't to be seen, but he could hear her voice coming from the closet to his right. "We're doing fine," she was saying. "Got some good samples, dug a couple of trenches." A pause. "Yeah, he's okay. Knows what he's doing. And strong, that's what really

counts." A short laugh. "Matt, do me a favor. Check
with Wildlife and Recreation and see who's got back-
country permits to be here. We have company, and
they need to pack their trash out. Attracts animals,
you know."

A cellular phone, too? he thought. What other sur-
prises did Patricia have up her sleeve?

"Talk to you tomorrow. Over and out." A moment
passed, then Patricia opened the door to the tiny
bathroom. She stepped over the threshold and
stopped, her progress to the stove blocked by Daniel.
He looked over her shoulder and saw the metal box,
microphone, and mess of switches that comprised the
shortwave radio.

A look of surprise must have crossed his features
because Patricia said sassily, "You were expecting
maybe a portable telephone? Like there are any cell
towers out here. We use the old-fashioned equipment.
But it gets the message in."

"You check in every day?"

"You bet." She sidled past him toward the kitchenette. "And if things really get bad, you can call for
help."

"Show me."

She turned, stepped back toward him. "Sure," she
said. She walked back into the tiny bathroom. She
flipped a couple of switches, explained which fre-
quencies to use to contact the Agency or other emergency service.

Daniel stood in the doorway, his frame overpowering the cramped space. "Now explain why you didn't
tell me about this yesterday. I'd have been a whole
lot happier about you and this situation if I'd known
about the radio."

She shrugged, trying for nonchalance. Daniel's emotions could overpower her whole field area, let alone this small space. She had to stay light and easy. "Forgot, I guess. A lot was going on, and you were awfully annoyed."

"Annoyed?" His voice rose, incredulous. "I was a lot more than annoyed. You put yourself and me at risk. We still are, but the radio improves the odds."

"Well, now you know," she said lightly, moving out of the bathroom and ducking out beneath his arm. "So there's absolutely nothing to worry about."

There was plenty to worry about, Daniel thought later as he climbed into his "bed" atop the bench seat/table combination. It was way too small for him, but Patricia had refused to trade her bed over the truck's cab, and she wasn't sharing, either. The ground outside was more comfortable, but the howling coyotes told him he was better off inside.

All evening Patricia had been acting as if nothing had happened, working at her portable computer and chugging water. She'd apparently fallen asleep as soon as her head touched the pillow, because he'd heard her slow, rhythmic breathing for the better part of two hours.

But Daniel couldn't sleep. The day had resurrected too many conflicting memories—memories he'd packed away and no longer took out.

Patricia was the root of it all. He'd forgotten her a long time ago, after she'd turned on him and their love. He still didn't know what had happened, but it didn't matter. He was over her. Until he'd seen her again, seen how damned attractive and desirable she still was.

And then there was the work they'd done today.

He hadn't done field tests for at least six years, but when he had, he'd loved it. He'd loved the precision of testing, the black-and-white answers. There was never any ambiguity, no loose ends. A solution either worked or it didn't. Something was or it wasn't. Not like life.

What a difference a day makes, he thought wryly. If he'd followed his instincts, he'd still have financial problems, but he wouldn't have Patricia Vidal Martínez messing with his head, making him wonder about things he knew he didn't care about.

Enough, he ordered his brain. He had to deal with the job at hand. And that was about running Patricia's camp safely, helping her do her work, and keeping his mouth shut. He would protect her and her health, but that's all.

But no matter what, the memories came: Patricia's loving, passionate good-bye as he left for college. Less than two months later, she'd returned his letters, refused his phone calls. At midterm break, he'd hitch hiked home from Colorado to find out what had happened. Her parents had said she wouldn't see him, and that was as far as he'd gotten. Stone walls had surrounded Patricia, and he hadn't been able to breach them.

So he'd put up his own walls. Worked like a dog, finished college in three years. Gone to work for Consolidated Mining and done well. Until the accident.

Then, somehow he'd made it back to Texas and this hard bit of land. And somehow he'd cobbled together a semblance of life, of duty, of routine. It had worked for six years. Until yesterday, when he'd been blasted out of the water by Patricia's reappearance, and the temptation of something he'd sworn never to repeat.

He tossed restlessly on the bed, rearranged the sheet, and finally sat up. He opened the miniblinds and looked out at the moon rising overhead.

In the distance, the coyotes barked again, echoing across the mesas. Answering cries came from another direction, and soon the night was alive with the sound of animal calls. Daniel settled back to listen to their midnight concert and let the memories pour over him.

"Bet you scared 'em good, huh, boy?" The man called Ramírez was a big man, swarthy and tight around the middle, and mean to his own kind. He had a soft spot for animals, though. He tossed a hunk of raw meat in the direction of the young coyote that lay chained beside the campfire.

He threw a little wide of the animal. It growled its thanks before padding off to retrieve the snack It pulled its chain taut to reach the meat, and the links clanked softly. The fire gleamed against the animal's fur as the coyote grabbed the meat with its sharp teeth. Then it settled back on the ground to eat.

"I betcha they're gone by tomorrow, huh, boy?" Ramírez added with malice in his voice.

If they weren't gone soon, there'd be hell to pay. His partner would be back, and one thing Ramírez had learned in working with Prescott these past three years, you did as he said, or else.

"I want 'em out of here," he'd said before he'd taken off with his new woman, Rosa, and her little brat. "Out of here, or dead. Doesn't matter to me."

Ramírez had nodded, then set about making plans to sabotage the couple camped upwind. He'd deliver on the boss's orders, just like always.

The coyote stood up, and the chain clanked again. He opened his jaws and howled, his foreshortened tail erect, joining the chorus of his brothers and sisters. Ramírez sat, watching the fire, and plotted.

FOUR

The next morning, Patricia lay in bed as Daniel rustled around below, opening cabinets, and muttering darkly about coffee.

"It's in the refrigerator," she called in reply. "Coffee concentrate. Looks like industrial sludge, but it tastes great."

She heard the refrigerator door open. "Found it."

"Make some for me, would you?" she asked, and set about getting dressed. She'd brought her toiletries and clothes up with her last night; it was a point of pride that no one ever saw her before she was fully dressed. Nothing less than the full package for public consumption.

She pulled a brush through her hair and then braided it in a thick plait. She fastened her bra under her nightshirt and wiggled into it, then discarded her nightshirt. Opening a tube of sunscreen, she slathered it on her legs, arms, neck, and face. Then she pulled on the rest of her uniform—Longhorns T-shirt, cargo shorts, heavy socks. Pulling a burnt-orange baseball cap over her head, she climbed down to the floor.

"Where's that coffee?" she asked.

Daniel set down a load of gear by the door and

reached for the pan on the stove. He poured a cup for her. Pausing a moment, he added three spoonsful of powdered milk and two of sweetener.

"You remembered," she said, a teasing note in her voice. "I've always liked it milky and sweet."

"You should have been French," he replied. "I, on the other hand, drink it the way it was intended."

"Ugh. Black" She shuddered delicately and took a sip of her own. Her eyes widened and she gulped. "Good grief, is this straight concentrate?"

Daniel took a big swig. "I like it strong. The taste of high octane in the morning."

"Right," Patricia said weakly, and poured about half of hers back into the pan, adding several ounces of hot water to her cup. "There, that's better."

"You want to eat?"

"You go ahead. I've got a couple of things to do first."

As Daniel pulled cereal bars and juice boxes from the cabinets, Patricia collected her testing equipment. She'd shown everything to him the night they'd arrived, but he needed to see the whole process.

She kept a casual air about her. She almost never did this in front of people; she'd found over the years it made them nervous, clingy, overly protective. She got enough of that from her family, her doctors, her boss. She didn't need it from her friends.

Or her guide, for that matter. If Daniel became too much of a watchdog, she'd have to set him straight. But for now . . .

She read the monitor numbers. A bit higher than usual, but nothing to be concerned about, given yesterday's excitement. Today would be better.

She prepared her medicine, swabbed her shoulder with the alcohol pad, and dosed herself. Dumping the syringe into the red Sharps container, she said, "I'll take that cereal bar now."

"That's it?" Daniel asked.

"You want more?" she asked wryly.

He shook his head and handed her a cereal bar. "It really doesn't faze you, does it?"

She shrugged and mixed herself a glass of powdered milk. "Practice makes perfect. I've been dealing with it for a long time."

"How long?"

Now that was a question she didn't want to answer. Daniel would put two and two together and pow . . .

"Years and years." She laughed, moving around the kitchen and laying out lunch. "You pack that, Daniel. I'll get my boots on and we can go."

After a quick stop in the bathroom, she stepped outside. "I'm ready."

Daniel was, too. Shotgun in hand, broad-brimmed hat flattening his dark hair just over his ears, shorts hugging his hips, a bandanna around his neck, he looked sexy. Masculine. Way too appealing.

The thought brought her up short. She and Daniel had a past with a very troubled good-bye. But they'd both gotten on with their lives, and it would serve no purpose to bring up all that old pain, the secret she'd never told him. No matter how appealing, Daniel was out of bounds for her. She could be charming, she could flirt, but in the end, she had to walk away. She couldn't let him get too close.

The best defense is a good offense, she thought. Keep messing with his head so he can't mess with yours.

"Come on, *querido*," she said cheerfully, setting off in a different direction from yesterday. "Tell me a story to pass the time. How'd you end up back in Texas as a guide?"

He hesitated "Had to do something when I . . . quit my job."

"What were you doing?"

"Mining work. Geology. Engineering."

"You didn't like it? But you're so good at it." She sounded surprised.

"Not in the end."

"Oh. So how long have you been guiding?"

"Six years," he said, then added smartly, "You should've checked my references before we got out here."

"Somebody else already did. I'm just making conversation," she chided, pleased with herself for rattling him. "It's what people do when they spend long hours together, or have you forgotten?"

"I don't remember making conversation was ever that big between us.

"Touché," she admitted slowly, suddenly rattled herself. Unbidden, an image of a much younger Patricia flashed in her mind, the girl who couldn't get enough of Daniel Rivera's kisses. They'd barely come up for air in those days.

She inhaled sharply. The hot desert air burned almost as much as the memory.

"I remember lots of other things, though," Daniel said softly. "The nights at Summer Lake. How sweet you looked with the moon shining on your hair. How good you tasted."

"That's enough reminiscing." She held up her hand and cut him off, struggling to keep her own bearings. "We have work to do, and we'll never get started if we spend the morning playing 'Let's Remember.' "

"Sooner or later, Patricia," he muttered. "Sooner or later."

Later, she thought. Much, much later.

They hiked another half mile in silence, Daniel in front. He surveyed the landscape in front of them, scanning for any kind of trouble. They were in a low-lying scrub valley surrounded by outcrops where minerals might lie buried, waiting for pick and shovel—or dynamite and drills—to be released.

Daniel paused to resettle his pack when, from the corner of his eye, he saw a quick, shiny glint off a western cliff.

"Patricia!" he said sharply. "Did you see that?"

"What?"

"Over there. Low, just where the sun is." Daniel pointed. "Like the light was hitting something metal."

Pat looked in the direction of his finger. A few seconds later, there was a series of rapid flashes, then nothing. Nobody stepped off the outcrop, and there were no more flashes. The sun rose higher in the sky, baking the hard, hot ground of the Solitario. They watched for another minute, then Pat shook her head.

"It's gone now," she said. "And anyway, we're not heading that way."

Daniel growled. "I don't like it. It could be anything: campers, poachers, coyotes bringing across illegals . . ."

"Yeah," she acknowledged. "But you've got a gun. That should even the odds."

They set out again. Daniel was suddenly uneasy, and it had nothing to do with Patricia. He usually loved the endless Texas desert, but now it seemed foreboding. He didn't like those flashes of code, and he was sure it was code. There were a lot of places to hide out here, and people who hid in the desert in the summer had secrets they'd kill to keep.

He'd have to keep his eyes and ears open, and not get too caught up with Patricia. Clearheaded, that's what he needed to be to keep them both safe—and save his business.

They finally arrived at the outcrop and started to work. Patricia seemed to delight in ordering him about with her lilting, teasing voice, but she knew what she was doing. She was relaxed out here, comfortable with the land and what it offered.

While he took more samples, she walked the area. She studied the rocks, the way they lay in the formations. She talked softly to them as she sketched, working out chronologies and stories about how they'd been laid down, totally absorbed in what she did. It was obvious she loved her work.

And Daniel? His earlier uneasiness was fading, and he was beginning to enjoy what he was doing. He'd sworn off this kind of work six years ago, but damn, he had to admit it. It felt good to have a hammer in his hand, looking for clues.

He hefted the hammer again near the base of the outcrop and broke loose a large piece of rock. He estimated its weight in his hand, then rolled it over to inspect it.

What was that? A tiny vein winked in the sun. He pulled a geologist's loupe from around his neck and looked at the spot through the magnifying glass. It was metallic, definitely metallic.

"Patricia," he called, "look at this!"

He handed her the rock, and she took out her own loupe, adjusted it, stared at the intrusion.

"Interesting," she said thoughtfully. "Probably anomalous. This isn't really the right environment. But let's mark the map and test it anyway."

While Patricia mapped the site, Daniel scratched the vein over a porcelain plate, noting streaks of greenish gray. Then he crushed the corner where the vein was.

"Ready to weigh."

Patricia knelt beside him and watched as he poured the crushed rock onto the field scale. Sure enough, the sample weighed heavy, and its gravity proved just as high. Daniel grinned, getting excited in spite of himself. Patricia just laughed.

"It's fun, isn't it?" she said. "It's such a thrill when you first find something. Those few seconds when anything is possible . . ."

"Let's flame it." He spoke eagerly, like they were kids again, and Patricia smiled as she handed him the torch.

His hand grazed her palm as he took it from her, and his touch burned as if the torch were already lit. Their eyes locked for a long moment, and Patricia felt suddenly exposed, hot, dangerously close to something she wasn't at all prepared for.

"Uh, the test," she said finally.

Daniel prepared the sample, loading a tiny quantity of the rock onto a small charcoal plate. He ignited the torch and placed the sample in the hottest part of the flame.

The small propane fire turned brilliant colors as the sample minerals burned. Several were familiar, but the most interesting was the glowing blue green. Calaverite? A telluride—here, in the middle of the desert? Reining in her excitement, Patricia noted the colors in her log book; records would be important for the next expedition.

"Just like Cripple Creek, Colorado," Daniel said in satisfaction. "I did field work there. I know a telluride when I see one."

"Don't get too excited yet," she warned.

But when he cut the torch, she saw the tiny chunk of pale gold metal amid the remains of the sample.

"Ahh," she said softly, taking it between her thumb and forefinger and feeling the last moment of heat. It was still soft, fused together, the pure element left behind after the other minerals had been driven off. She rubbed it between her fingers, and then she bit it, deforming it slightly.

"Who would have thought?" she said softly. "Gold in these hills."

"Let me see."

She laid the tiny piece in Daniel's open palm, and he closed his fist around it. He reopened his hand, and the nugget was still there. Gold. Eternal. Unchanging. He stared at it, then at Patricia.

She gazed back, her dark eyes wide with wonder at the instant of their discovery. Something shifted between them then, a balance tipped, a possibility opened.

"Thank you, Daniel," Patricia said gently.

She reached for him and kissed him softly on the cheek. She meant it just as that, thanks for finding, for sharing, for the moment, but the second her lips touched his skin, the kiss became more.

Daniel shifted his head, took her face in his hands, and brought his lips firmly to hers. The kiss lasted a second, two, three, but it felt like forever. The sky spun out around them, dizzy with excitement. This was crazy, but it left her breathless, excited, her insides running like the tiny dot of gold had.

Daniel felt so good. Again.

He pulled away about half a second before she would have done anything he asked. "You're welcome," he growled.

Shaken to her core, Patricia touched her mouth, not believing Daniel had really been there. But he had, and that had changed everything for her.

What was she going to do?

"You know," Daniel said roughly, "gold occurs natively almost everywhere."

"In minute quantities," she agreed, still a little breathless.

"It's probably nothing."

She nodded, her breathing finally back under control. "It's not even a likely thing to find here," she said, repeating her earlier objection. And with that assertion, she found her temporarily abandoned objectivity. Gold, sure, but not commercially viable. Nothing to get excited about. But . . .

She smiled impishly. "Wasn't that fun?"

Daniel grinned back. "Yeah. All of it."

She shoved him playfully. "Get back to work. We're not paying you these princely sums to lounge around."

He got up, extended his hand, and helped her to her feet. "What next?"

"More of the same. Map, sample, test. I want to cover as much territory as possible, so the field team can concentrate their efforts on the most promising geology this fall."

She walked back to the far end of the outcrop and resumed her inspection. Daniel took a minute longer, stretched.

"Patricia, I'm hungry," he called. "I'm going to eat. Fix you anything?"

She glanced overhead; the sun was high in the sky. And she suddenly felt just a little shaky, which either meant she needed to eat or that Daniel had rocked her foundations. Again.

"Sure," she called. "I didn't realize it was so late."

Daniel spread out their lunch, and they ate: peanut butter sandwiches, carrot sticks, dried fruits and nuts, plenty of water. As they ate, Patricia studied her companion. Daniel had been good, better than good, with the sampling and testing, she thought. Why had he left it all behind?

"You're good with field work," she said abruptly. "You shouldn't have let it go."

He paused, his hand in midair with a bite of fruit. "I had my reasons," he replied.

She waited expectantly, but he wasn't going to continue without prodding. "What happened?" she asked.

He shook his head. "Accident. I don't like to talk about it."

"And you felt responsible? Oh, Daniel, how awful for you."

She took his hand tenderly and he shivered. Memories, she thought. They could nearly kill you. She should know.

"It's over. I survived." He squeezed her hand. "If I'd stayed, I'd have missed this."

"And what is this?" The question was out of her mouth before she could stop It.

He shrugged. "Whatever we want. Here, now. You and me. Again."

Then he folded her in his arms, pressed his mouth to hers, and held her until there was no space between them that wasn't filled with one or the other of them. They were hot, stained with perspiration and salt, and it didn't matter. All that mattered was Daniel, being in his arms again.

She moaned, pleasure mixing with unrelieved longing. Daniel hadn't lost his touch; he'd always been able to make her melt with a word, a look, a single caress. He flipped the clasp on her barrette, letting her braid cascade down her back. He wove his hands into it, loosened it until the hair flowed freely down her back. Then he lifted a handful to their cheeks, heavy and faintly scented of lilac.

He laid her down on the tarp, kissed her again and again, on her cheek, her collarbone, her hair. He was hot, like the air, like the desert kiss he'd bestowed on her. They lay together for a long time, breathing heavily, Daniel's leg holding down her own, imagining what if?

"Daniel?" she whispered reluctantly. "We have work to do."

He boosted himself on one elbow and looked down at her. "I'd rather play."

She reached up and tweaked his nose, wiggled out of his arms. "Later."

"I'm going to hold you to that promise."

"Here's the deal," she said. "The days are mine.

You pack, you haul, you carry, you test, you do whatever I say. At night, you can . . . make suggestions. Fair enough?"

Daniel jumped up. "Back to work, woman. The sooner we finish for the day, the sooner we get to have fun."

Daniel hastily stuffed the remains of lunch in the pack. Picking up his hammer, he made his way to the outcrop section he was working, leaving Patricia behind, amazed at herself.

Had she really said what she thought she had? Dear God, was she really letting Daniel back in her life? She had to be nuts.

She would be nuts not to. It had been too long since she'd been kissed like that, since she'd wanted to kiss back. And it was Daniel.

Here and now. That's what he'd said, and that's what she had to remember. No questions, no expectations. Just the present, three glorious weeks. It would be enough. It had to be.

FIVE

They spent the rest of the day working. Hard. Once she collected herself, Patricia took charge, giving orders like an indefatigable general. Her loyal lieutenant, Daniel received and executed them smartly. But there was a smug glimmer in his eye, and a note of unrepressed suggestion in his voice.

"Now that your nights are going to be otherwise occupied," he remarked, "you ought to bring the computer along and load the data as we get it. This pencil and paper stuff takes too long. I don't want to waste any time tonight—or any other night."

The brilliant red sun was low in the sky when Patricia called it a day. "We can check over by that ridge tomorrow. Maybe find some follow-up evidence for our little discovery," she said. "And we certainly have plenty of stuff for somebody's thesis. Some graduate student will thank me."

"I'll thank you to move it," Daniel said sternly. "We're on my time now."

"I've created a monster!" But she hurried to pack their equipment and the day's samples. It was a bigger load than yesterday, and Patricia shouldered part of it herself.

"Taking on my job?" he asked almost playfully.

"You've been doing mine. And rather well, too. You should think about coming back to the profession.

He shook his head. "No."

She stayed quiet a moment, watching his face from the corner of her eye. He was impassive, unreadable, and she reached for his hand. It was a tender touch, fine as the dust at their feet, and she held on all the way back to camp.

When they arrived, Daniel spoke. "You need to eat, is that right? Keep your strength up for the night's . . . activities?"

"Well, we could drop our packs and ditch the boots first," she said, unloading the bulky sack and sidling up to him. She trailed a finger down his cheek, feeling the scratch of his beard. "And maybe do a few other interesting things."

"But food first," he insisted. "I don't want you having any reactions that I don't start."

"That's a little presumptuous." She dropped her finger, then relaxed and smiled. "Okay, food would be good. But let's try to make supper . . . memorable."

Pat sent her nightly shortwave report while Daniel heated water to make their meal. When she emerged from the combination bathroom/radio room, he tucked a cactus flower into her hair and kissed her head.

"Thanks," she said, touching the flower.

"Any word on the back-country campers?" he asked.

"Not yet. Matt says tomorrow. What's for supper?"

"Freeze-dried chicken and noodles. More carrots. Peas."

"And dessert?" she asked archly.

"Wait and see."

Daniel practically gobbled his meal, but Patricia ate slowly, watching him, using her tongue to wipe the chicken broth from her lips and hint at all the other tricks she could do with it.

Because frankly, that's what she had to do. Tonight and tomorrow and the next night . . . until they returned to civilization and visited a pharmacy. Because the one thing she couldn't risk was getting pregnant.

A lot of diabetics had children. Her mother had. But she couldn't risk it. Not again. It had nearly killed her with Raúl, and before then . . .

She couldn't even think about that. She'd just have to make Daniel understand that there were a lot of imaginative alternatives that could satisfy them both. Sex could wait until they had protection.

But she wanted him. She hadn't wanted a man like this since, well, not since Raúl—and Raúl had never been Daniel. Nobody was. She understood that now.

"Patricia, you're driving me crazy," Daniel murmured. "Aren't you ready for dessert yet?"

She took another bite of carrot, rolling it around in her mouth before chewing and swallowing. She licked her finger, too, and winked.

"Almost. I want to shower first." She smiled sweetly.

"Shower?" Daniel complained. "When did you start giving orders again?"

"I put the shower bag out in the sun this morning. It should be good and hot. You could come . . . watch."

She slipped out from her seat, made a quick stop at the bathroom to snag a circular shower curtain, soap and towel, and exited the camper. By the time

Daniel had followed her, she'd already hung the
shower curtain from a small overhang on the roof
and was adjusting a two-gallon black plastic bag filled
with water inside the curtain. A thin tube with a spray
wand came out one side.

"Now don't look," she said coyly, but her actions
belied her words.

She put on a show for Daniel, wanting him to want
her, anticipation heavy in her body. Slowly she unc-
inched her belt, unzipped her shorts, wiggled them
off her hips. She crossed her arms and took hold of
her shirt, peeling it off in one smooth motion and
dropping it at her feet. She stepped behind the curtain, soft sandals still in place. Bra and panties flew
over the curtain a moment later.

In the twilight, he could see her silhouette behind
the thin white nylon. Patricia was curved in all the
right places, her breasts gently sloping. A trickle of
water sluiced over her, and then he heard her mur-
mur "Ahh."

"Wait for me," Daniel commanded. He slid his
shorts off, shed his shirt, and walked to where she
was. "Don't be a water hog," he warned, pulling back
the curtain and stepping in with her.

"My, aren't we impatient," she cooed, turning off
the water valve. Handing him the bar of soap, she
turned her back to him and said, "Well, make yourself useful."

He slid the soap along her long, elegant neck,
down her spine, and over the curve of her hips, wash-
ing away the day's salty grit. There was no denying
it, Patricia was beautiful, lean and smooth. She was
glorious, and Daniel couldn't delay his arousal.

"Patricia, Patricia," he mumbled, the words getting tangled in his need.

He snaked an arm around her neck and pulled her against him. Her skin dampened his own, and her head rested in the hollow of his neck. He rubbed the soap gently over her arms and belly, sliding it down to her thighs. He paused at a toughened spot on her thigh, and another on her abdomen, touched both with his thumb.

For a moment, Patricia stiffened in his arms.

"All those shots?" he asked quietly.

"It's how I live."

"It's a small price to pay, baby," he whispered. "You're beautiful, no matter what."

He rubbed the bar of soap between his hands, lathering them, then ran his fingers across the top of her head, behind her ears, over her breasts and belly, between her thighs. He gentled her, making her relax against him again.

It felt good as he cupped her breast in the palm of his hand. He was hardness to her softness, and he could feel her growing eagerness. His own weight throbbed behind her, and she pressed against him. It was too late to turn back. If either of them even wanted to.

Sliding past him, she turned so they faced each other. "My turn now," she whispered, plucking the soap from him. She opened the water valve and positioned the nozzle so that Daniel got wet. Cutting off the water, she smoothed the bar over Daniel's hair and face. She washed his chest with its mat of dark hair and lathered his back and legs. Finally she slipped her hands on either side of his arousal.

"All clean," she breathed. She reached for the

shower nozzle and said, "Quick now. There's not much water left."

"To hell with the water," he muttered. "I need you."

"Me, too. But water . . . first."

She reached up and opened the bag's spigot. The water was still warm, and it washed over the two of them like a lover, rinsing away the soap and leaving behind only pure, heated desire.

Daniel gathered her to him, their water-slickened skin sliding against each other. He started kissing her mouth, and when she was breathless from his kisses, he moved down her neck, her shoulder, her breast, and stomach—all the way to her secret self. She arched herself against his mouth, groaning deeply with unsatisfied need.

He pleasured her for a while, then rose and pinned her against the camper shell. He moved to Md his resting place deep within her, but she slipped away.

"No, Daniel," she said softly. "That's not safe."

He stared at her in disbelief. "You want a doctor's certificate?"

"Oh, no, Daniel. Not that. It's just that I can't get pregnant. We have to be a little . . . inventive until we have protection."

"Protection?" he asked thickly.

"You know, condoms, foam, that sort of thing? It's dangerous for diabetics to get pregnant. At least it is for me. It nearly killed me the last time."

"You have a child?" Daniel said incredulously.

She shook her head. "I wish. Then I'd have something to show for it. But I lost the baby. And my husband."

She traced the outline of his nipple with her fingernail, rested her head on his shoulder. "It's okay, Daniel. I'm over it. But—"

"But nothing." He pulled away from her. Snatching the towel she'd brought outside, he wrapped it around his waist. "This changes everything."

"What do you mean? We just have to try something a little different."

"No. I won't risk it. No protection, no sex."

"Don't be silly." She moved against him again, rubbing her breasts against his chest, insinuating her hand under the towel. "There's so much to enjoy."

She caught him in her hand, achingly heavy. Good, he still wanted her. She pulled the towel aside, bent down, and surrounded him with her mouth.

He groaned. She kissed him intimately, deeply, the way a woman should kiss a man. Her man.

Daniel groaned again, tried to pull away from her, but she wouldn't let him. What was his problem any way? Was he so old-fashioned that he could think of only one way to make love? If so, she had a lot to teach him.

She continued to pleasure him, stroking and tasting, taking in the sharp scents of the desert, Daniel, and soap. She basked in the feel of Daniel, all hardness sheathed in soft skin, stretching her mouth. She moved with a rhythm that matched his own, racheting up the excitement until he groaned a third time with the force of his release.

She rose, moved against him suggestively, and whimpered, "Wasn't that nice? I know some other tricks, and I bet we could make up a few as we go along. Come inside, Daniel."

He opened his eyes a moment later, and pushed her aside. Casting around for his clothes, he grabbed his shorts and pulled them on without any underwear. The zipper made a popping sound as it closed, like a shot from a silenced gun.

"Daniel?" Patricia asked. "You don't need those to sleep with me.

"No," he said brusquely. "If you were next to me, it'd be too damn frustrating. I'm staying outside tonight."

"Don't be ridiculous!" Now she was getting annoyed. "We cleared out a coyote last night. You need to be inside."

"I'll sleep with the rifle."

"I'm a whole lot friendlier." She wiggled back against him, slipped a finger into the waistband of his shorts.

"Patricia, please! I'm trying to protect you. You don't want to get pregnant. So just cool it until we can do it right."

"Right? What was wrong about what we just did?"

"Nothing. Everything." He pushed her hand away from his waist and stepped outside the shower curtain. He thrust the towel at her. "Get dressed and go inside. I'll see you in the morning."

"Stop right there," she ordered. "Are you turning me down?"

"Yes. You're playing with fire. If you don't want to get pregnant, don't mess around until you're safe. It's for your own good, Patricia."

"I think I can determine what's for my own good, Daniel. And your attitude isn't." She was really angry now. "I don't need you to be patronizing, or paternal, or protective. I just need you to care for me, for myself. As a woman."

"Later." His tone softened slightly. "When I can protect you."

The towel was still in his hands. Shaking it out, he tucked it around her body and led her into the camper.

"Up," he told her, pushing her toward her bed and stepping back to the door. "I'll see you in the morning."

"Oh, Daniel," she moaned, tears of anger and frustration rising to her eyes. Who did he think he was? Protect her, indeed! As if she couldn't protect herself!

Where was his imagination, his vision, whatever had helped him find gold today and bridge the gulf of fifteen years? Suddenly they were friends again, really friends, lovers almost. And he had to pull this . . . this controlling protective nonsense!

She didn't need a protector, she needed a lover. An imaginative one. One she'd thought Daniel could be. Because her big problem now was that she was frustrated, with a deep and unsatisfied ache throbbing in every space of her body. And nothing short of Daniel's hands, his mouth, could ease the painful arousal.

A hot, angry tear rolled down her cheek. Why was this such a big deal to Daniel? She knew how to take care of herself. She understood that motherhood was not in her future, even though she'd always wanted children. She was willing and able to prevent them.

But Daniel wasn't. Not without contraceptives. Damn him anyway.

She groaned, frustrated and angry. Then she flipped off the lights and curled into a little ball, praying for dreamless sleep and deliverance from the evening's unfulfilled promise.

Patricia and Daniel struck sparks of frustration and desire for the next four days. Patricia informed Daniel in no uncertain terms that she was angry and disappointed in him, and then she began to fight dirty. She teased him every waking hour. She wore her skimpiest tank tops and her shortest shorts. She brushed by him at every opportunity so he could smell and touch her. She flirted outrageously, peppering her conversations with innuendo, double-entendres and blatant come-ons.

His body didn't seem to get that she was off-limits. He was just one aching reaction after another.

That seemed to please Patricia. "If I'm frustrated, you should be, too," she'd say smartly, and then offer again to take turns relieving the ache.

But he couldn't. He didn't trust himself, or her. One little slip-up . . . he didn't like any of the choices that would face them then.

The constant frustration drove them both to work to the point of exhaustion. When night fell, they'd fall asleep within minutes of supper, Patricia inside, Daniel out. He'd been adamant about that, even the nights it rained. Patricia just shook her head and called him a fool.

The frustration took its toll in other ways, too. Patricia's blood sugar level was climbing steadily, and she'd had to adjust her medication so she was taking more than usual. An occupational hazard of different work, the heat, too much exercise, she told herself. And Daniel.

It wouldn't matter in the long run, she thought,

but Daniel had noticed and had become even more protective of her. He bugged her about mealtimes and portions and exactly what she ate. He was almost as bad as her mother, and she regretted having explained things to him in such detail.

To make matters even more uneasy, they'd seen more evidence of the mysterious campers: trash strewn around their campsite that wasn't theirs, a flat tire that may or may not have been bad luck, a leak in the water tank that had cost them several precious gallons. Daniel had been urging her to move on to their next site for a couple of days now, but she was determined to finish here first.

The evening of their sixth day out, Patricia flipped off the light above her bed and tried to get comfortable. She tossed and turned for what seemed like hours. She was exhausted, but the frustration of sleeping alone when she wanted Daniel beside her was almost more than she could bear.

Three more days. Just three more days, and they'd be out of water, out of food, and they'd have to go back in for supplies. They'd visit the drugstore, spend the night in town, and come back with everything settled between them. They could work then, really concentrate, with none of this itchy tension between them. And their nights . . . She smiled at the thought.

What if . . . ? The idea struck her like a lightning bolt. Why not go in early? This was her expedition; she didn't have to explain to anyone. And they were practically finished mapping this area anyway.

She should have thought of this sooner. Why had she been so stuck to some silly schedule?

Tomorrow. They'd go in tomorrow. And she'd go

tell Daniel right now, maybe even steal a kiss or two. She climbed down from her bed, threw on her boots, and headed out the camper door.

Frustration was soon to be nothing but a bad memory.

Nearby, the man called Prescott was almost as frustrated as Patricia. He trained his high-powered binoculars at the campsite and snarled as the last light winked out. "I thought I told you to get rid of them."

"*Sí, jefe.* But they ain't scaring. But tomorrow—"

Prescott turned on Ramírez and hissed, "No excuses, Paco. I don't pay you for excuses." He looked around, saw the young coyote lying by the embers of their small fire. Jerking a pistol from his belt, he shot the animal once through the head.

"*¡Jefe!*" protested Ramírez, running to the animal. But Prescott's aim was deadly. The coyote twitched and then lay still.

"Now figure out what to do, Paco, or you're next."

Ramírez petted the animal's fur in real grief, but he said nothing else. Experience had taught him not to cross Prescott when he was in this kind of mood. The man was ruthless, and Ramírez might end up as dead as the wild dog.

As he stroked the animal's fur, a plan formed in his mind. A good plan. One that should scare those government types away for good.

"*Gracias,* boy," he whispered to the coyote. "Thanks a lot."

SIX

"Hey, who's there?" Daniel's voice rose against the night. He grabbed a flashlight and his rifle and bolted out of his tent, shining the light in the direction the noise had come.

"It's just me," Patricia said mildly. "Don't shoot."

"No, I heard something else." He flashed the light around, but he was too late. A truck was driving off by the light of the moon, head and taillights dark, its motor purring softly. It was already too far away to read the license plate.

"Someone was here?" Patricia asked quickly, an angry note in her voice.

"Looks like. He was quiet, whoever he was. I almost missed him."

"What did he want?"

"I don't know. Maybe he left a calling card." He went back to the tent to shake out his boots and put them on.

"I'll get another lantern," Patricia called.

"Just stay inside," he ordered. "I'll let you know what I find."

"I don't think so," she retorted. "This is a government expedition. If somebody's nosing around, I want to know about it. People can't just interfere with government projects."

When she came back out, lantern in hand, Daniel was already scouting around.

"Find anything?"

He snorted. "Not yet."

"This doesn't make any sense. Why would someone drive out here in the dead of night anyway? We've got to look harder."

She split off from him and circled the campsite on her own, flashing the lantern across the brush and under the water tank. Several bits of scrub were broken. "He came in that way," she said, shining the light on the ground.

Daniel followed the trail of light, saw one faint footprint, and whipped his flashlight in its direction. Then he saw it. Lodged under the camper was a ball of reddish-blond fur.

"Stay back," he warned her. He flipped off the rifle's safety and drew closer, training the light and the gun on their visitor's souvenir.

God help them, it was that stupid coyote with the stumpy tail. Only it looked like . . .

Daniel prodded the animal with the barrel of the rifle. It didn't move. It didn't even whimper. He shone the flashlight in closer and saw the small, bloody hole in its head.

"Somebody finally got the better of you," he muttered. "And at point-blank range."

Patricia hurried over. "What is it?" Then she saw and said, "Mother of God. Is it dead?"

"Yeah." He pulled the animal's carcass out from under the truck. "I'm going to move it. Last thing we want is a dead coyote in the middle of camp."

"Wait! What's this?"

He stopped dragging the animal, and Patricia knelt beside it. There was a piece of paper savagely pinned to the animal's hide. They read the blocky black message: GET OUT OR YOU'RE NEXT.

They let the words digest in silence. Then Patricia whispered, "Someone's after us. But why?"

"That's the big question." He pulled the note from the animal's hide and handed it to Patricia. "Stick this someplace safe. The Rangers need to see it."

He started to drag the animal's body again, and Patricia followed, lighting a path several hundred yards away. By morning, the coyote would be a feast for half the creatures of the desert.

They walked back slowly.

"What's this about, Daniel?" Patricia asked. "It's a penny-ante threat. The state's not going to be intimidated."

"The state doesn't have to be. Just you."

"You think this is personal?"

"This guy is determined to scare us out. It's real clear now that those other incidents weren't accidents. You've just been ignoring them."

"Okay, well . . . But why?"

"They don't want us to find something. Their hideout. Their smuggling route. Who knows?" Patricia shook her head. "I'm a scientist. I'm not interested in—"

Daniel interrupted impatiently. "We have to go in. Today. We need to report this and the Rangers—or somebody—needs to comb this area before anyone comes back. Or somebody's going to get hurt."

She nodded slowly. "You're right. That's what I was coming to tell you anyway. I decided we should go in today. We're almost done here, just that one ridge left to look at. We can strike camp now, head over at first light. We'll be done by noon and back to civilization before dark."

"No. No more exploring. We head in at dawn."

"Don't be ridiculous. No one's going to try anything in broad daylight. Besides, then we're done with this area. We'll come back to someplace brand new, with no creeps hanging around."

She reached for his hand. Tiny electric shocks jolted up her arm, and she took a quick breath and whispered, "Just you and me, Daniel. Not a bad thought."

"Not at all," he said, his voice gravelly. "But not now. Not till tonight."

"Promise?" she purred and moved in closer.

He stepped away from her. "Not now, Patricia," he repeated. "God, how can I take care of you if you won't even try to take care of yourself?"

She flung his hand away. "You jerk. I don't need you to take care *of* me. I need you to care *for* me. I'm a woman first. But you just can't remember that, can you?"

"I remember, Patricia," he said wearily. "You won't let me forget. But what you keep trying to forget is that you've got a chronic illness. You forget and then you take on too much."

"What would you know about it?"

"This expedition isn't good for you, for one thing. Your counts are way above normal, but you just keep on pushing and pushing. You're tired. You've ignored all the signs that somebody's trying to sabotage us. You're so busy wanting to be normal that you don't take care of yourself. So, yeah, you need people to take care of you."

"That's enough!"

"I've got a hell of a lot more to say."

"But I don't want to hear it. Lighten up, Daniel. We could have a good thing here, but you've got to back off. I'm in charge of my life, not you."

She stalked toward the camper and opened the door. "Start packing. I'll see you at dawn."

Headstrong little idiot, he thought, kicking the dirt with his boot. She was taking incredible chances with her life, her health. She'd been doing that from the beginning. What if she'd had a reaction in the truck on the way out? He wouldn't have known how to handle it. And now, with her sugar levels climbing, he didn't know what to do, either.

And despite all that, Patricia just kept on teasing and tempting him. She knew damn good and well they ought to wait, to be sure she wouldn't get pregnant. It was just a couple of days, but she acted as if it was forever, as if he was rejecting her. He was trying to make sure they'd be safe. It was just common sense.

And to top off everything, now this ass was trying to scare them out, and Patricia wanted to go back to the field for half a day . . .

He kicked the ground again. Who'd have guessed how much could happen in just six days? He'd been expecting to save his business. Instead, he got nothing but trouble, frustration, and still no answers to the long-ago questions.

Well, tonight all that would change. He'd make love to Patricia the way he wanted, safely, fully, like a man. And he might just demand a few answers, too.

He took a pair of camp stools and folded them, placing them by the door to the camper. Then he started packing and stowing his own gear: tent, sleeping bag, air mattress. He would be ready to load in an hour or so; they could eat breakfast and be on the road at daybreak.

Patricia emerged as the first tinges of pink colored the sky, a cup of coffee in her hand. "For you. Extra strong."

He took the cup. "Thanks," he said, surprise in his voice.

"I'm sorry about . . . earlier. I know you're just doing your job. But it's so maddening when people tell me what I should or shouldn't do. I'm perfectly normal except for this little metabolic thing."

"It's not little, Pat. It could kill you."

"Something can always kill you. It's how you live in between that counts."

"But you take chances you shouldn't."

"There's that word. Shouldn't. It's not in my vocabulary." She paused, then added suddenly, "I want you to show me how to use the rifle."

"Patricia, are you nuts? Have you ever shot one before?" he demanded.

"I want to know where the safety is and how to aim and reload. Just in case."

"You'll hurt yourself before you get any bad guys!" Daniel shook his head, but the look on Patricia's face was utterly determined. He lifted his hands in surrender. "You're the boss."

He unfolded the camp stools again and gestured

for her to sit while he got a few extra shells from the backseat of the truck.

He knelt behind her and positioned the rifle against her shoulder. "It packs some recoil when you fire, so brace yourself."

Touching Patricia was like touching fire—burning, dangerous. He could control himself at a distance, but in close quarters . . . He could feel the ache starting already, deep in his belly, his skin tightening all over his body. Hell, how was he going to survive the six-hour ride into town?

"Now stand up, aim through the sights, and squeeze the trigger. Hard."

The shell cracked through the morning air, its report deafening. The butt of the rifle recoiled as he'd predicted, slamming Patricia in the shoulder. She winced.

"Here's the safety." He flipped the catch. "You try."

Patricia unlatched and relatched it, squeezing the trigger so she knew how that felt, too.

"Reloading?" she prompted

Daniel demonstrated, and she took another couple of shots at a cactus in the distance, tearing a chunk out of one of its arms.

"Okay," she said, catching the safety and putting the rifle down. "Let's get your gear inside and move out."

She rolled her shoulder twice, then picked up Daniel's sleeping bag and tossed it inside the camper. He brought the rest of the load in, they transferred a few more rock samples to the roof, and Patricia secured drawers and cabinets as Daniel backed the vehicle toward the water tank.

"I'll drive," Patricia said as Daniel finished hitching the trailer. She hopped into the driver's seat, stashed her loaded backpack in the rear, and put the vehicle in gear.

"Still proving you can do everything?" He sounded tired as he climbed in beside her. "Give it a break."

The day was already sweltering, although storm clouds massing along the horizon promised some relief. She'd better work fast, or they'd run the risk of flash floods or worse.

They got to the ridge in about twenty minutes. Patricia hopped out, laid her equipment out on a tarp, and began to make notes in her field book, occasionally barking instructions to Daniel.

They spent the next hour working. The storm clouds continued to gather in the sky, shading the landscape a gray purple. Thunder rumbled in the distance, and insects chirped and buzzed in a frenzy.

"Did you hear that?" Daniel asked.

"Bugs. Thunder," she replied, concentrating on a bit of rock that just didn't seem to fit in this outcrop.

"No, high-pitched. Maybe it was nothing."

She put down her notebook and hammer and cocked her head, listening carefully. For a while, she heard nothing, just the natural sounds of the land. But then came another sound, not an insect after all. It was a woman's voice, weak and uneven. Patricia couldn't make out the words, just a desperate intonation.

"You're right," Patricia said. "There's something over that hill. Let's go."

"Not so fast," Daniel said. "It could be a trap. We don't know if anyone's following us."

"It could be real," she argued. "Somebody could

be lost or hurt. We've got guns and rock hammers. Come on."

They dropped their tools, each shouldered a rifle, and Daniel grabbed a pack with water bottles.

They scrambled up the hill and looked down. On the far side of the little valley they saw a small huddled figure. The voice came from her.

Patricia's first impulse was to race down the hill to the woman, but she held back. Carefully, she and Daniel scanned the ground, searching for signs of anyone else. Nothing-no broken bits of shrubbery, no bushy trees to hide behind. Just the woman, looking wretched.

They walked sideways down the hill, treading softly but still disturbing the rocks that lay there. Showers of small pebbles chased behind them. Daniel kept his rifle at the ready.

When they reached the bottom, they looked around again, but there were still no signs of anyone. They made their way to the woman's side.

The woman, Central American by appearance, lay on the ground in a torn, stained skirt and blouse, a grimy rebozo around her shoulders. Her black hair was matted and dirty, and her dark eyes were brilliantly feverish. She looked about fifty, but she probably wasn't more than thirty. A hard life made you old before your time.

"What's your name?" Patricia asked gently, kneeling beside her. "What happened?" At the woman's blank look, she repeated herself in Spanish. *"Cómo te llamas? ¿Qué pasó?"*

"¡Mi hija!" the woman whispered. *"Se le cayó"*

Her daughter? Fell? Where? "What's your name?" Patricia repeated. "What happened?"

"¡Mi hija!" she whispered again. Then a fit of coughing seized her, racking and wheezing. It assailed her for a long time, until she finally closed her eyes and went still.

"Water, Daniel," Patricia urged. "She's horribly dehydrated."

He unstopped a bottle and poured some into the woman's mouth. He stroked her throat to make sure she didn't choke or gag, but the water just ran out the sides of her mouth.

Daniel reached for her wrist and felt for a pulse. Nothing. He shook his head. "She's gone."

"She looks awful," Patricia said. The skin around her mouth and nose was cracked and dry, as if she'd been in the desert for a long time. Her body was hot, her skin badly burned. She wore no shoes, and her feet were swollen and infected.

"How did she get here?" Pat wondered aloud.

"Coyotes," Daniel said roughly. "The human kind, who lead desperate immigrants to the U.S. and leave them to die if they get sick."

"Whoever did this should roast in hell."

"It would be too good for them," Daniel growled.

"Do you think she was serious? About her daughter?"

"Only one way to find out." He stood and gestured for Patricia to follow him. They covered the woman's face with her grimy rebozo, and Patricia traced a cross on her forehead. Then she and Daniel began to search for a sinkhole where a child might have fallen.

They'd looked for a good fifteen minutes when they heard a faint noise. They glanced at each other and moved grimly in the direction of the sound. Patricia was furious. A child, too. Exposed and left to die. What had that mother been thinking of, let alone the damn coyotes? Hell was too good for any of them.

"If this is a trap," she muttered to Daniel, "they've gone to too much trouble."

"Almost wish it was. No jury in the world would convict me for shooting such lowlife scum."

"If anyone ever found the bodies. Which I doubt."

"I expect that's what the coyotes were hoping, too."

"*¡Mami!*" They heard the voice clearly this time, a child for sure. They turned again to the left.

"Look!" Patricia said. "See that plant? It's bent."

"Yeah." In three steps, Daniel was there, and he jerked the scrub out by its roots. Beneath it stood the half-rotten entrance to an old mine shaft.

Daniel whistled softly. "Old mercury mine probably. They're all played out now, and this one wasn't cleaned up or secured."

Patricia nodded and knelt by the shaft. "*¡Oye!*" she called in Spanish. "*¿Cómo te llamas?*"

"*¡Mami!*" the child cried weakly. "*¿Don' 'ta Mami?*"

"It's okay, sweetie," Patricia crooned. "We're going to get you out." To Daniel she added, "What's in the pack?"

He threw it to the ground and searched it. A roll of toilet paper, rain poncho, pencils and pens, more water, some aspirin, a length of yellow rope. And there at the bottom—a flashlight.

Pat grabbed it and shone it down the dark shaft. It was pretty much a straight shot, down twenty-five feet or so with boarded-up tunnels leading off from three sides. The child sat in the center, crying softly.

She was a toddler, two, maybe three years old, tiny and covered with grime.

Pat shook her head in bewilderment. "What now, Daniel?"

"Rescue the kid." Daniel unlooped the rope. "There's about eighteen feet here. If we take the rebozo, we can make a sling for her and haul her up in that. But you're going to have to go down. I won't fit, and you'll need me to anchor you anyway."

He stood up. "You stay here with her. Talk to her. I'll get the rebozo."

Patricia crooned to the little girl, singing snatches of lullabies and children's songs she remembered from her own childhood. She tried to reassure her that she would be okay, but how could a child who'd seen this kind of cruelty ever be all right? Her mother was dead, her father probably dead as well. And God only knew what condition the girl was in.

What would ever possess a family to bring a child along on such a dangerous journey? They'd been able to have a child, damnit, so why not protect her? Why expose her to danger and death on the coyote's trail? Even if they had nothing wherever they came from, they had their daughter. Wasn't that enough?

Oh, hell, what did she know? Maybe you *would* risk yourself and your child for a chance to be together someplace better. She'd never known anything but comfort and good care. Madre mía, she'd probably be dead if she'd developed diabetes in a third-world village.

Daniel was approaching, rebozo in hand. Quickly he folded it to form a sling and tied it to the end of the rope. "See how to fit the kid in here? Then I'll pull her up."

Patricia shook her head to clear it. She was suddenly feeling a little sick, and she was terribly thirsty.

"You okay, Patricia?" Daniel asked, wrinkling his nose. "You look a little green."

"I'm a . . . little queasy."

"You need something to eat?"

She shook her head. "Maybe a little more insulin when we get back. And a nap."

"Should I get it for you now?"

"I can wait. We'll be only another half hour at most."

"If you're sure." Daniel sounded dubious.

"I'm sure." She made her voice strong. After taking a long drink from the water bottle, she wrapped the rope around her fists and tucked the flashlight in a belt loop. "It's show time."

Daniel seated himself on the edge of the mine shaft, bracing his legs against the opposite side. Patricia climbed between his legs, and he began to lower her into the tunnel, feeding rope a little at a time.

Once in the shaft, Pat stretched her legs all the way. Her back touched the far wall. "Daniel!" she called. "Save your strength. I can walk down the wall; I'll use the rope to steady me."

"You sure?"

"Yes! You've got to be able to pull us out."

"If you slip, I've still got you."

Slowly she descended down, down, down. Her thigh muscles burned with each step. God, she was still thirsty, and now she had to pee in the worst way. And she still felt sick.

Great, just great, she thought, finally recognizing the early symptoms of diabetic coma. Combine all this stress with her elevated sugar levels, and she was cruising for the one reaction she'd never expected out here. Insulin reaction, maybe. That sometimes happened. But coma? Not on her life.

Just another half hour, she coached herself. You're feeling bad, but Daniel's here. The truck is nearby, with everything you need. You can call Dr. Stang in Austin as soon you get to town. You can handle this.

She took another step, then another. Inch by inch she crept down. She'd reached the end of the rope and was now using the knitted sling to guide her. Beneath her, the little girl whimpered. Her voice was softer now, as if she, too, were reaching her limits.

That was the end of the shawl. Pat shot a glance below and saw that she was only about five feet from the bottom. "Move, honey," she told the child. "Get in the corner. Daniel!" she called above. "I'm here. I'm going to drop. Brace yourself!"

Then she swung herself down and dropped to the mine shaft floor.

She landed with a thud, twisting her right ankle. She lay on the floor a moment, groaning. She ran her fingers over the ankle bones, but nothing seemed out of place. She stood and tested the ankle gingerly. Just a sprain; she could bear a little of her weight on it. She turned to the child.

"Come here, baby," she said to the little girl. "What's your name?"

"Carmen," she said softly. "Where's Mami?"

Patricia just hugged the little girl. Oh, God, how did you tell a toddler stuck in a mine shaft that her mother was dead? It wasn't fair. It just wasn't fair.

So she ignored the question. "I'm going to get you out of here. Won't that be nice?"

She released the girl from the embrace and looked her over. Like her mother, she was thin and her clothes were tattered and dirty. The skin of her pinched face was chapped. But she didn't have the same racking cough her mother had, and she didn't seem so dehydrated.

"Here." Pat opened the water bottle and gathered the child in her arms again. She held the bottle to her lips and said, "Drink."

The girl emptied the bottle while Pat looked around. The tunnels leading off the main shaft had been boarded over, but in a couple of places they'd been neatly cut away at the bottom. Somebody had been exploring, but who?

Well, she couldn't think about that now. Especially with those small glowing eyes watching her from behind those boards. A new sense of urgency overtook her. She swallowed hard and stood up, the girl in her arms.

"Okay, Daniel," she called. "I'm putting her in the sling."

She felt for the opening in the rebozo and held it open with one hand. With the other, she hoisted Carmen up to her shoulders and fed her into the cradle. She spread the rebozo out so it supported most of Carmen's body.

"Hold on, *precioso*. Daniel's going to pull you up." She squeezed the girl's hand. "I'll see you in a couple of minutes."

"All right, Daniel!" she called. "Bring her up."

It seemed like forever as the small bundle inched its way up the mine sh, blocking what little daylight remained behind the thunderclouds. Patricia flipped on the flashlight again and shivered as she heard squeaking sounds down the tunnels. Hurry, Daniel, she urged. This is creepy.

The child disappeared from view, and muted light filled the shaft again.

"She's all right," Daniel shouted, and a few moments later the rope reappeared.

Here goes nothing, she thought. She tucked her body and sprang for the shawl, kicking her legs and scrambling to pull herself up to the rope portion.

"I'm beat, and I think I sprained my ankle," she called to Daniel. "You're going to have to help me.

"You got it."

Her ankle had started to throb, and the muscles in her arms and legs burned. She was dizzy and tired, her thirst tremendous, even though she'd just drunk plenty.

Don't think, she told herself. Just do. Her world narrowed to the mine shaft, and she focused, imagining herself an automaton, pulling, grunting, moving up and up as Daniel supported her.

Here and there she glanced at the mine shaft walls. She saw, but barely registered, fresh gouges on the rock. Mostly she just held on, as Daniel hoisted her foot by precious foot. She could hear him grunting as she reached the top, his strength taxed.

Daniel grabbed her as she emerged, and Pat swung her body up and out so she wouldn't fall back in. She lay on the edge of shaft for a moment and just breathed. Every joint in her body ached, every muscle, every fiber. Her vision was blurry, too. All classic signs, she thought wearily.

She rolled to her left, away from the edge of the shaft, and looked for Daniel. "Thanks."

He knelt beside her in an instant. "You look awful, Patricia."

She nodded. "Let me lie here a minute, then let's go. I need more medicine, and I need to rest."

"It's a good thing we're going in today her all."

"Yeah. With a little luck, we'll all survive."

But Carmen's mother wouldn't. Nor her father. And God knew how many other poor souls had been lost in these hills.

And somewhere in the desert were the coyotes who'd done this to them. She prayed that the Rangers and the Park Service and Immigration and everyone else she would call once they got to civilization would be able to find them and haul them to justice. She might even radio them before they left this spot.

"Are you ready to go back?" Daniel asked Patricia fifteen minutes later. "That storm's coming up, and the kid ought to eat something besides Lifesavers."

She nodded. "What do we do about her mother?" she asked in English. "We can't take the body with us."

"Wrap her in your poncho, weigh it down with some rocks, and let the authorities know. That's all we can do."

"I suppose. We have to tell her, too." She gestured to Carmen.

Daniel raised his hands. "Not me."

Patricia sighed and took the child in her arms, holding her close. "Carmen, *preciosa,* your mommy was very, very sick."

"Like my papa?" she said simply. "He died."

Patricia nodded, her heart breaking. What had this

child endured already? It simply wasn't fair. "Just like your daddy."

"When people die, they don't come back. They go to heaven."

"I know," said Patricia She rocked the girl in her lap a moment, then volunteered, "My daddy went to heaven."

"I was sad when my papa died," Carmen said softly. "Mama and I cried and cried."

"It helps to cry when you're sad."

"Then we had to be brave. My mama said."

"Are you scared now?"

The little girl nodded. "But you're nice. What's your name?"

"Patricia."

The girl leaned back into Patricia's chest and rested. Patricia just looked at Daniel, wanting to cry at the injustice of it. He nodded back at her and mouthed the words, "Nice job."

Have to be brave, have to be brave. Carmen's words echoed in Patricia's head as they gathered their equipment and headed back. Her ankle was still swelling, and she limped along, Daniel's arm supporting her, Carmen on his shoulders.

"I'll take Carmen back to the truck, if you'll collect our stuff," Patricia told Daniel when they reached the work site. "Want some peanut butter, *precioso?*" she added to Carmen.

"You can't carry her. It's only another fifty yards or so.

They walked the few feet together. When they reached the camper, Patricia opened the door. And all hell broke loose.

A hot barrel of steel stared Patricia in the face. Another poked Daniel in the ribs.

"One move and you're dead."

SEVEN

Damn it all. The assholes hadn't wasted any time at all, Daniel thought.

Patricia raised her hands slowly as the first man pulled her into the camper and stripped her of the rifle hanging across her chest.

"Toss it," said the second man to Daniel, and he pitched the gun he was carrying to one side. So much for taking them out like Superman.

"Get in."

Slowly Daniel lifted Carmen from his shoulders and placed her on his hip. When she saw the men, she clung fiercely to Daniel, whimpering.

He followed Patricia in, and their captors closed the door behind them. One was a big, swarthy man with a Spanish accent, the other wore a battered Stetson and a cruel look on his face. Both carried semi-automatic weapons.

Daniel studied them. In a fair fight, he could take either one. They were both grizzled and ripe from too much time away from soap and water, their faces leathery and tan. They both had little potbellies, too. But together and armed, they were more than a match for him and Patricia. He'd have to wait for the right chance and seize it.

"Steady, guys," Daniel said, trying to keep the alarm from his voice. "What do you want?"

"We tried to be nice, leave you little warnings," said the first guy, the one with the accent. "You shoulda taken the hint."

"So now . . ." The second man pulled an imaginary trigger on his gun.

"What's this all about?" Daniel tried again. Stay calm, he ordered himself. Stall for time.

"Well, hello, baby," the first one leered at Patricia, tweaking her breast. "We're gonna have a little fun before it's all over." Patricia jerked herself away from him and spat in his face.

"Insolent—!" The man cracked Patricia across the face with the butt of his rifle, and she slumped against the wall, moaning.

"You, too, little brat," the second one said to Carmen, lifting her face from Daniel's shoulder. "You been nothing but trouble, and now it's payback time."

Carmen yelped. Daniel clenched his fist and brought it up and into the man's soft belly, his resolve for calm evaporating in a haze of rage. His blood pressure skyrocketed, but a second later he lay sprawled on the floor with a deadly kidney punch, Carmen half underneath him. The desperado kicked him again across the back, then stomped him fiercely on the neck.

"Tie 'em up, Paco," said the second man.

"*Sí, jefe.*"

"No, wait," said Patricia weakly. She put her hands over her head and pushed herself to her feet. "I have to get something."

She moved gingerly toward the refrigerator and

pulled out a vial of insulin. The second man jerked it away from her. "What's this?" he demanded, poking her with his rifle.

She made no reply.

"Answer the *jefe,*" the first man commanded.

"Insulin," she finally muttered.

"And you need it, eh? Not anymore, you don't." And the big man took the vial and smashed it against the countertop. Opening the refrigerator door, he pulled the rest of the vials out and broke them, too.

Patricia moaned. She didn't resist when Paco jerked her to the floor and bound her hands and ankles with duct tape.

Daniel watched the exchange in horror. Without insulin, Patricia was as good as dead. Then he stopped himself. They might all be as good as dead.

Keep 'em talking, he thought. Find out what they want.

"What'd we do to you?" he asked, making his voice surly.

Stetson man shrugged. "Wrong place, wrong time. Nothing personal. You're justa little too close to our hunting grounds."

"Hunting grounds? You poaching coyotes or something? There's nothing out here!" he protested.

"Not animals," smirked Paco, yanking a strip of duct tape for Daniel.

"Look, we're on our way out, just like you wanted. We can leave right now."

"Too late. You've already seen us."

"No, we haven't." Though Daniel was sure he'd never forget their grimy faces, scruffy beards, and cruel, menacing grins. Paco bound him tightly and thrust him beside Patricia. Within seconds his fingers began to go numb.

"The kid, too." Paco wrapped her in duct tape as well.

If Daniel had been shocked when the desperadoes appeared, he was really scared now. His heart was pumping and he was sweating. Patricia was looking really ill. Carmen whimpered nearby, terrified.

The men were looking around the camper now, yanking open their carefully sealed drawers and cabinets. Finding a stash of freeze-dried meals, the *jefe* said to his companion, "Hey, Paco, we got food. Go get some water. And unhitch that trailer. They won't need water where they're going. And we might."

"*Sí, jefe.*"

Paco mixed the meals and even served his boss before eating his. The smell of the food and the stench of their bodies was disgusting, and Patricia groaned.

After they'd eaten, they poked around some more. They found the radio in the bathroom and promptly disconnected all the wires. Paco took some and *jefe* the others so it would be all the harder to put it back together—if Daniel ever got a chance to, which was looking less and less likely.

The *jefe* knelt beside Patricia and tipped her face toward his. "You're a good-looking mama. Sorry about the bruise; Paco gets a little carried away sometimes." He ran his hand down her cheek, to her neck, and all the way across her breasts. "So do I. When we get where we're going, I'll show you a good time before I kill you."

His breath was hot and fetid on her face. Fear and loathing rose in her stomach, nauseating her. Their captors were brutal killers. They weren't going to hesitate to hurt them all. Daniel's and her chances were slim—but maybe, if she could stay focused, she could play for time, make a chance.

"Why?" she asked, fighting for calm. Her voice stayed level, but her eyes were wild, and her heart thumped madly. "Why kill us? We haven't done anything to you.

"We don't take chances. But don't worry, sweetheart, it'll be quick, and it'll look like an accident. After we have our fun. Ramírez," his voice turned cold and businesslike, "we're heading out now. Don't do anything stupid."

"No, *jefe.*"

The *jefe* left the camper and a few moments later started the truck. They jolted off, and Patricia knocked into Daniel. A bolt of lightning split the sly, followed a few seconds later by a huge crash of thunder. Carmen cried out.

"What do we do?" she whispered.

"Wait for our chance."

"What about Carmen?"

"What about her? We've got to help ourselves first."

"*¡Basta!*" shouted Ramírez, pounding the floor with the butt of his rifle. "No talking!"

They had to do something, Pat thought, but what? She didn't want her life to end like this, suddenly, senselessly. She hadn't overcome all the odds in her life just to die ludicrously, had she?

No. She was a survivor, and she had every reason to survive this, too. Daniel was back. So the trick was to get out of this alive. But how?

She had to play for time. The longer we're alive, the better the chance they'll mess up, she thought.

She willed her body to hold out just a little longer. She was feeling shaky, anxious, her stomach hurt. And it would only get worse. She took a deep breath, then another, trying to relax a little, let some of the fear ride out of her so she could think.

The only weapon she had now was her personality. And if ever there was a time to charm someone's socks off, that time was now. Their guard—Paco Ramírez, was it?—might be won over by feminine sweetness and wiles. Or at least she might buy them one desperate opportunity.

"Come on," Pat crooned, winking at Ramírez. "We've got to do something to pass the time. And the road's too bumpy to . . . you know . . ." Her voice trailed off suggestively.

"Patricia!" Daniel hissed. "What are you—"

"Don't pay any attention to him," she said softly, tossing her head toward Daniel and concentrating all her attention on Ramírez. "I want to hear from your own mouth why you want to kill me. I mean, I was just out here making maps, I didn't see anything."

Ramírez looked nervously around and said nothing.

"What's your name, Ramírez? *¿Cómo te llamas? Paco, verdad?*"

He hesitated, then nodded.

"Paco. Paco," she repeated, tasting the sound on her lips. The truck hit a solid bump and jolted upward. The *jefe*, she thought angrily, was driving her truck far too fast over this rugged terrain, in the rain. He was driving like a madman. Well, of course. He is a madman.

The pots and cutlery rattled loudly in the cabinets

and drawers behind her and Daniel. "Tell me, Paco, why do you work with the *jefe*? He doesn't treat you very well."

"He treats me fine. He just wants what he wants."

"You're coyotes, right?"

Ramírez nodded, then added smugly. "But we're prospectors, too."

Pat suddenly recalled the gouge marks on the side of shaft where she'd rescued Carmen, remembered the small bit of gold she and Daniel had found. "And you finally found something."

He grinned, hooded and cruel. "*Sí*. And we were just figuring out what to do next when you showed up, looking for the same thing. You were gonna screw up our chance to be rich and retire."

The truck bounced again, jostling Patricia against Daniel and a low line of drawers. She caught the tape from her wrists on the handle, and an idea suddenly formed in her mind. It was a slim chance, but it was all they had.

"Keep him talking, Daniel," she whispered frantically, wedging herself more firmly between him and the cabinets. She hooked her finger under the latch that secured the drawer and lifted it, arching her back as much as she dared to give it clearance. Now at the next big bump . . .

"You don't think that *jefe*'s going to share, do you?" Daniel asked Ramírez.

Ramírez looked confused, as if the thought had never occurred to him.

"You're as dead as we are," Daniel continued. "He's gonna kill all of us, and then your share of the strike will be his, too. Gold, I bet."

"Shut up!" Ramírez demanded. "Just shut up!"

The truck lurched again, and the drawer Patricia had just unlatched opened and slammed her in the back. It was the drawer where she kept small kitchen utensils: bottle openers, meat forks, paring knives.

She slipped her hands into the drawer quickly, hoping her hands were enough out of sight not to attract attention. Quickly she retrieved a small, sharp knife, then pushed the drawer closed with the small of her back. "Damned drawer!" she said loudly.

She gripped the knife in one hand and surreptitiously cut, slowly and quietly, so the tape made no sound as she separated the fibers. The rain that now bounced on the rooftop helped muffle the noise, too.

She bit her lip as she nicked her skin, to keep from wincing. Mustn't give herself away. There! She'd cut the last of the tape. Her arms strained against their unnatural position locked behind her back, but she didn't move despite her newfound freedom. She didn't dare give herself away. She had to continue to look bound until the moment was right.

"Your *jefe* is a dangerous man," Daniel said. "You can't trust him. Why'd he leave us here if he wasn't going to kill us all? An accident, remember? We'll all go together."

"Quiet!" Ramírez shouted again. "I can't think!"

Daniel looked at Patricia, and she slipped the knife to him. He grimaced as the sharp edge sliced his thumb, but he said nothing and just wrinkled his brow in concentration.

"What's the story with Carmen?" Pat began again. "I found her mother, too, but she was already dead. Were they some of yours?"

Did Ramírez look a little scared? "We don't bring women and children," he said roughly. And then again, "Shut up!" This time he ripped a piece of duct tape and pantomimed slapping it across Patricia's mouth.

"I think you did. I think you all killed this girl's mother and father as surely as you want to kill us."

"*¡Ya no mas!* No more!" Ramírez thumped the rifle on the floor and leaned down to slap the gag across Pat's mouth. He jerked another piece of tape and fixed it to Daniel. Spitting on the floor at their feet, he stood up and went to the small bathroom, taking the gun with him.

Pat freed her hands before Ramírez finished closing the door behind him. She jerked the tape from her mouth, flinching at the pain. Daniel, who had managed to cut his own wrist bonds, sliced the tape holding his ankles, and then hers.

Pat opened another cabinet and grabbed a cast iron skillet, handing it to Daniel. "You're stronger than I am," she whispered matter-of-factly. "Give that SOB a mother of a headache." She snatched a butcher knife for herself and muttered, "Never thought I'd be so glad we brought this stuff along."

They positioned themselves by the bathroom door. Patricia figured they had one good shot at Ramírez. If they missed, they could count themselves dead for sure. At least the element of surprise was on their side.

Daniel lifted the frying pan over his shoulder, ready to swing. Patricia hefted the knife, just in case. Then Daniel nodded to Patricia, who counted to three with her fingers and threw open the door.

"Son of a—" But Ramírez got no further. Daniel brought the cast iron skillet across Ramírez's skull with a resounding *thud*. The man crumpled to the floor, hitting his chin on the toilet seat.

Blood flowed everywhere, but Patricia and Daniel paid no attention to it. Daniel grabbed Ramírez under the arms and dragged him to the center of the room. He bound the coyote with duct tape and rope to the table, away from the cooking utensils. "No point in giving him a second chance," he said grimly.

"Oh, Daniel," Patricia said, her teeth suddenly chattering. Then her head started to buzz, and she sank to a chair and put her head between her legs. The knife clattered to the floor.

"Not now, Patricia," he said, kicking the knife well out of Ramírez's reach. "You gotta hold out a little longer."

He put his arms around her and kissed her forehead. "We're not done yet. We still have to deal with the *jefe*. For all we know, he watched everything from the rearview mirror."

Patricia lifted her head and took several deep breaths. "Maybe he left one vial."

She sank to her hands and knees and crawled to the refrigerator. She tore it apart, but there was nothing but broken glass, the precious medicine spilled all over the counter and floor. Bitter tears formed in her eyes, further blurring her vision.

Then she got angry. How dare they? How dare they interfere with her life, with her health? If she gave them one more second, they might be able to finish her off, keep her away from civilization long enough that she could get really hurt. Well, that wasn't going to happen. Not on her life.

Picking herself off the floor, she crept back to the bathroom and picked up Ramírez's rifle. She shouldered it, felt for the safety, but it was already off. She stalked to the front of the camper, braced herself in a shooter's stance, aimed, and fired.

The bullet zinged through the rear window and into the cab, exiting through the windshield. The glass rippled and shattered, dropping half to the dash and half to the hood. The air picked up some pieces and sent them flying into the seats.

The *jefe* looked behind him wildly, his face sliced from bits of glass. Patricia aimed again, this time for him.

He didn't wait for the second bullet. He flung open the driver's door and bailed out of the truck, jerking the steering wheel as he dived and veering the vehicle far off what little path he'd followed. He rolled with the impact as he hit the hard earth, and then Patricia shrieked.

"Daniel! We've heading for a ridge. We're going to crash!"

Daniel dashed to the back of the camper, and opened the door. He grabbed an aluminum support rod and swung himself to the ground. He dropped to his knees, caught himself quickly, and began to run alongside the driverless vehicle.

The rain drenched him, the muggy air was thick and hard to breathe. But on he sprinted, trying to catch the open door and boost himself in. He raced, faster and faster, pouring some unknown energy into the act, until finally he could grab the door handle and haul himself in the cab.

Glass lay everywhere, brilliant and sharp, dotted with rain. Daniel gripped the steering wheel and pulled himself in, keeping his buttocks high off the seat and the cutting edges of the glass. He slammed his left foot into the clutch, the other on the brake and braced himself to hold the vehicle against instability and the rain-slickened ground. The machine shuddered to a halt a mere six feet from the ridge Patricia had seen, still upright.

Daniel killed the engine and swung out, again trying to avoid the broken glass. The *jefe* was still running, but Daniel decided to let him go. The desert was cruel to the unprepared, and no one deserved it more than him.

He ran to the back of the camper to find Patricia crumpled on the floor. Her skin smelled slightly sweet and fruity.

"Patricia!" He took her in his arms. "What's wrong?"

"I need insulin," she said, opening her eyes and speaking slowly but calmly. "My blood sugar's too high. It has been for days, but I was managing. But now my insulin's gone, and I'm going to get sick. Really sick, if we don't get back quickly." She swallowed and pressed her head to his chest. "I'm sorry, Daniel. You were right all along. It's not safe out here with me."

Daniel's face darkened. "Don't cut out on me now, Patricia. I need you to navigate. Or at least tell me where the global positioning instrument is."

"Left . . . it," she breathed. "Sorry. Find a way out the old-fashioned way."

"All right," he said grimly, rubbing his temples. His head was pounding. "But first I'm going to put you in bed."

He picked her up gently, pushed a few strands of hair from her face. She felt surprisingly light for her size, like a bird, with bones that would break under his hands.

"No," she whispered. "Don't leave me alone with him."

"You need to rest."

She nodded. "I know. But with you. I've got awhile before things get really bad." She opened her eyes again. "Get Carmen. Talk to her, reassure her. And then drive like my life depends on it. Because it does."

EIGHT

First things first, thought Daniel darkly, stepping outside the camper and back into the rain. We can't travel with broken glass flying at us.

He found a small whisk broom under the driver's seat and began to sweep glass from the dash and hood into small piles on either side of the truck. The stuff on the seats was probably embedded, or would be soon, so he'd just have to use a cover. His sleeping bag should do it.

Now, if he didn't slice a tire as they drove out, that would be a plus.

With the glass gone, he could concentrate on the real business at hand, figuring out where the hell they were. He pulled a large topographic map from the glove compartment. Thank God it was vinyl—paper would never have stood up to the rain. Opening it, he saw where Patricia had marked their campsite. They couldn't be too far from there, maybe thirty miles.

In any direction, he reminded himself.

Shielding his eyes from the rain, he searched the landscape for a distinctive feature that could tell him where he was—and how to get back to where he'd started. It was hard to tell in this downpour, but maybe there was a ridge to the west, and one stark hill at one o'clock If he was right, he should be able to locate their position on the map.

He looked intently, searching for visual clues until he was fairly sure he'd found where they were and how to get back. He'd know soon enough.

He returned to the camper. Patricia had roused herself and made Carmen a sandwich and juice. They were talking quietly, and Patricia was stroking the girl's hair. If their situation weren't so desperate, they would make a touching picture.

Ramírez was still out cold.

"Be ready in a minute." Daniel jerked out his sleeping bag and went back out. Opening the sleeping bag, he spread it across the two seats, covering the broken glass he'd left behind. He brushed the backs of his legs and swore as a tiny sliver of glass dislodged. Obviously he hadn't been careful enough.

Back in the camper, Patricia had Carmen on her lap, feeding her bits of sandwich and singing to her "We're ready," he said. He picked Carmen up first, wrapped her in a spare rain poncho, then carried her out and set her on the backseat. The last thing she needed on top of exposure was pneumonia.

He came back for Patricia. She'd already put on her rain gear and she wanted to walk, but he picked her up bodily and carried her, too.

"This is no time for independence," he snapped. She seemed so fragile, vulnerable, the very things she hated to be. Well, he didn't like it much, either. And it wasn't entirely her fault. Still, it left them in a hell of a place . . .

Daniel carried her to the passenger's seat and strapped her in. He'd taken their sunglasses from the camper and settled hers on her face. "They'll keep the wind and rain down a little."

She shook her head and groaned. "I loved this truck. Now look at it."

"You did what you had to do, Patricia. We're free, and we've got one of them in the back." Climbing in, he started the engine and took off. He drove nearly as fast as the *jefe* had. Ramírez was probably bouncing around back there, but he deserved it.

The rain pounded through the broken windshield, like little needles pricking his face. Beside him, Patricia looked tired and miserable, and he almost wished he'd ignored her wishes and put her in bed. At least she'd be dry. Thank goodness, Carmen had fallen asleep.

He hated this powerless feeling. He should be able to do something, damnit, anything, to help Patricia, to help them all. Instead he felt bushwhacked, blindsided, out of control.

He pressed down on the accelerator, and the speedometer nudged up to fifty, way too fast for unpaved backcountry in the heart of a storm. But what else could he do? Patricia was depending on him. They all were.

"Daniel, your knuckles are white. Slow down. I'm not gone yet."

Daniel shot a glance at her, and she smiled weakly.

"Talk to me, Daniel," she said softly.

"What do you want me to say?" he asked gruffly.

"Anything. Tell me . . . what you did when you went to Colorado. Tell me why you came back. Tell me everything."

Oh, great. His whole life, condensed for Patricia

as she lay dying. He gripped the steering wheel harder.

"Slowdown," Patricia repeated, sounding stronger. "We've got some time."

"How much?" he demanded.

"Enough. This . . . episode is bad, I'll admit, but I'm still conscious. Now tell me about Colorado."

He settled himself back in the seat and said bluntly, "I went to school and I waited for you. You never came."

She looked away and murmured, "Oh, Daniel, I couldn't."

"Why?"

She shifted uncomfortably in her seat. "I never wanted to tell you."

"I deserve an answer."

"Do you remember that first night . . . at Summer Lake?"

In an instant he was there in his mind's eye. Fifteen years ago, he was six weeks away from leaving for college and never seeing Patricia again.

Patricia was crying how much she'd miss him when he was gone and promising to join him after she graduated next spring. He kissed her tears away and promised to wait for her. "I'll always love you, Patricia," he swore. "Nobody else."

"Prove it," she whispered.

The moments that followed were indelibly etched on his brain, though he hadn't allowed himself to think of them for years. Not even since Patricia had walked back into his life. But now they came rushing back: the tenderness of her demand, the softness of her body, the hot rush of desire, the urgency of their joining. He was eighteen, barely a man, but he'd felt like one that first night with her.

There had been many more nights like that one during that summer. They couldn't get enough of each other: eager, loving, making memories for the long year ahead. They made plans and promises that somehow had crashed around them both.

He'd promised he'd never forget her. And he hadn't, not in his gut. There'd been other women, even a couple of serious relationships, but no one had ever quite compared to the young girl he'd first loved that night. She'd marked him for life, and he hadn't even known it until now.

"Do you remember?" she repeated.

"How could I forget?"

"I got pregnant that night. Or one of them, any way.

He slammed on the brakes. "What? We have a child?"

She shook her head no, and slowly he pressed the accelerator again.

"That's why I never came to Colorado," she whispered. "I miscarried early, but it was the same time I developed diabetes. My parents went nuts. They were horrified their little girl had gotten in trouble, and now I had Mama's illness, and I obviously didn't know how to take care of myself, and they were going to do it for me. I was in such bad shape that I let them."

"That doesn't sound like you. Ever."

"I was seventeen and sick and lonely. My parents watched every move I made. They told me that if I saw you again or ever mentioned your name, they'd ship me off to Mexico to live with my aunt, and I wouldn't go to college. They were very . . . angry with me."

"So you wanted to make it up to them?"

"Partly. But I was really sick, too. It took most of a year to get regulated, in and out of the hospital."

"And you just forgot about me?"

"I never forgot!" she protested, reaching for his hand. She clutched it like a lifeline. "But I wasn't allowed to see you, and you stopped trying after that first year, when I'd gotten a little more freedom. I guess I'd hurt you enough."

"Yeah."

She sighed miserably. "So I went to college. With Papa, of course. It didn't help that I studied geology—he could always keep his eye on me that way."

"When'd you meet Martínez?"

"Raúl? He was a family friend. Papa had had a couple of heart attacks by then, and he wanted me married off, so somebody else could protect me. But I was . . . damaged goods, so someone older was ideal. And Paul was a doctor, so he understood my condition.

"But it didn't work. He wanted an old-fashioned wife, and he wanted children. I couldn't give him either." She sniffed, and Daniel couldn't tell if she was crying or if it was just raindrops on her cheeks.

"We got a divorce, which strangely enough, gave me back some independence. I'd already made two big mistakes, and I wasn't letting anyone tell me what to do anymore. Graduate school finished the job; I had to be an independent thinker there."

"And now?" Daniel prompted.

She smiled wanly. "Have I let you take over? Even

though you wanted to? I've spent years getting my independence back. I'm never giving it up."

"That's not what I meant."

"I know." She squeezed his hand. "Your turn."

"Not much to tell. I've been waiting for you ever since I was eighteen. I just didn't know it."

"But why aren't you in the field anymore?"

Daniel pressed the accelerator again and the truck sped up. The rain was falling more slowly now, and he could see the sharp edge of the thunderheads just ahead. In a few more miles, they'd be out of the storm.

"Tell me."

A shadow crossed his face. "No."

"Daniel! How can I know who you've become if I don't know what happened to you?"

He sighed. "You just won't take no for an answer, will you?"

"Not about this."

"After graduation I was working for Consolidated Mining in Denver. I did well the first few years. And then one of my mines went bad. I'd just been down, it looked structurally sound. But it collapsed a week later, and we lost fifteen people."

She drew her breath in sharply, watching his face.

"I worked a while longer. I had to until all the investigations and reports were filed. We were all cleared, but I still felt . . . responsible. I couldn't concentrate, I made other smaller mistakes.

"Finally I quit. Probably just before they were going to fire me." He smiled grimly. "I left Colorado, bummed around the west. Signed on as a guide at a couple of white-water companies. I did okay."

"You were part of the group. If anything went wrong, you'd suffer, too."

"Maybe."

"How'd you get back here?"

He shrugged. "Had to keep moving. I liked the Big Bend country, and there weren't too many tour companies, so I opened Outbacks."

He rubbed the bridge of his nose and cursed the lack of a windshield. He was wet, clammy, uncomfortable as the devil. Too much excitement, too many revelations. Well, he might as well come clean about everything. "Don't know how much longer I'll be in business, though."

"What?"

"I overextended a couple of years ago. This gig was supposed to save my hide. Now . . ." he let his voice trail off.

"You'll get paid, Daniel. We're coming back, you know."

"Patricia, are you crazy? You're practically dying, and you're still talking about going back? What's your problem anyway? It's time to give it up, move on. The outback is no place for you."

"Daniel Rivera, you're doing it again!"

"What?"

"Telling me what I can and can't do. You can't get away with that. I'll be back to myself in a few days, and then we're going back I've got two more weeks coming for my money, and I want . . . satisfaction. In every sense of the word." She'd started out angry, but by the time she'd reached the end of her tirade she was laughing.

"Patricia, how sick do you feel?" he asked, suddenly worried anew. She was flushed, with a faint fruity aroma to her that he smelled again now that the rain had stopped.

"Pretty bad." She smiled wanly. "Tell you what. You take charge of the driving and take us the rest of the way in."

"Maybe I will. And a few other things, too."

"Don't even try," she whispered, but she wasn't sure he heard her. She closed her eyes and slept.

Hell of a thing, Daniel thought, how Patricia could just slice him open like a tomato and then leave him to founder in his own emotions. She always could.

Well, he couldn't think about it now. He had to get her back to Terlingua, to the clinic. Carmen and that lowlife Ramírez, too.

An hour later, he had to stop to use the bathroom. Carmen and Patricia were still sleeping, so he just went by the side of the road. But while they were stopped, he checked on their prisoner in back.

Ramírez had regained consciousness.

"So, Ramírez, let's have your story," Daniel demanded. "Tell me about the little girl. You responsible for her parents being dead?"

"No, no, that was the *jefe*, Prescott," Ramírez said nervously.

"But you helped," Daniel retorted. "Tell me the real story."

Little by little, Ramírez came clean. Carmen's mother was Rosa, and Prescott and Ramírez had contracted to bring a group of men to the U.S., meeting them in Mexico. They came from all over Central America; he and Prescott didn't ask questions.

The group was supposed to be only men. But this Rosa had refused to let her husband go alone. She and their daughter had come with him from whatever godforsaken village they came from, and then followed behind until they were too far along to be sent back.

Then Jose had died. It was common enough—dysentery and any number of other diseases killed a lot of their clients. Prescott had offered Rosa a deal: she could be his woman, he'd protect her. They'd made it across, and she'd stayed with them for a while. But then Prescott had taken off with her and come back alone. The woman and her brat had run away, and they hadn't spent any energy looking for them. The desert takes care of those kinds of problems.

"The girl will identify you," Daniel muttered under his breath, making doubly sure of Ramírez's bonds. "And you'll sell Prescott to save your sorry hide, so maybe there is some justice in this fair land."

But not for Carmen. She was orphaned and alone, poor kid. And if he didn't hurry, there wouldn't be any justice for Patricia, either. He locked the camper door behind him and got back into the truck. And then he drove like everyone's life depended on it.

Once they reached Terlingua, Daniel's home base, he still had to find Dr. Jiménez and get him to open the clinic, which was locked and dark for the day. To the doctor's credit, he came immediately. "Haven't had a crisis like this since residency," he enthused. "All I get are barroom brawls and kids with ear infections."

The doctor followed Daniel in his car, and at the clinic they were met by Jiménez's nurse, who'd already opened the doors and had examining rooms ready.

"You stay here," Jiménez instructed him. "I want to look at you after I'm done with the criticals."

The waiting seemed interminable. Every so often, the nurse would pass by the waiting room and say, "Still working."

Daniel was tempted to go home and get a shower. But how could he leave Patricia? She depended on him, whether she liked it or not. And any minute, the doc might be out to tell him how they were. He had to stay, to be sure.

"Well," said Dr. Jiménez, coming into the waiting room several hours later.

Daniel threw down the two-year-old copy of *Sports Illustrated* he was holding. "How are they?"

Dr. Jiménez shook his head, stripping off a pair of surgical gloves. "The good news is that I think the little girl will make it. She's a real fighter. She's got some infections, a parasite or two, but all in all, she's in remarkable shape for a kid who did hard time."

"And Patricia?" Daniel struggled to keep his voice calm.

"Dr. Martínez was in bad shape, but yes"—the doctor nodded—"she should make a reasonably complete recovery. This time. But crises like this can do long-term damage to diabetics—kidneys, nerves, eyes. It wasn't a good thing to happen."

"Yeah, well, we weren't planning on being kidnapped at gunpoint and having the place ransacked."

"I suppose not." The doctor smiled wryly. "She's going to need to take it easy for a while. So is that Ramírez fellow. You sure gave him a crack he won't forget. Broke his skull in two places and gave him a concussion. But he'll probably make a complete recovery as well."

"The police watching him?"

"Both of 'em. This is the event of the year. Immigration should be here in a couple of hours, and they'll be searching for this Prescott character. They're supposed to recover Carmen's mother, too." He patted Daniel on the back, and Daniel stiffened. "Sorry. Let's go take a look. How do you feel?"

"Like hell."

Jiménez gave Daniel a thorough going-over "No signs of a concussion or internal injuries, Daniel. For what you've been through, you're healthy as a horse."

"Just hardheaded, I guess."

"No doubt about that. Listen, you want to stay tonight? We've got an extra bed."

"Yeah. If Patricia wakes up, I'd like to be there."

"She's going to be all right, Daniel. Thanks to you. You're the real hero today. They wouldn't he here without you."

He wished he felt more like a hero. He'd just done what he'd had to, and they still ended up in the hospital needing repairs.

Jiménez showed him to Patricia's room. He opened the closet door, rolled out an extra bed, and pulled out an extra set of linens and a pair of scrubs.

"I'm going home now," Jiménez said. "The nurse is staying the night, and she'll check in on both of you. There's a shower next door if you want to clean up. I'll see you in the morning."

Daniel made the bed and took the scrubs with him to the bathroom. Climbing in the shower, he turned on the water until it steamed and almost blistered his skin. He washed, then let the water slide over him until most of the stench and terror of the day drained from his body.

He dressed in the scrubs and tossed his clothes in the closet. Then he sat on his cot and watched Patricia. There was a small night-light beside her bed, and in its light, she looked reduced somehow, frail, not herself. She was hooked up to an IV and some other monitor, and the bruise on her face where Ramírez had slammed her was an ugly purple.

He touched it gently. Seeing her here made him feel both angry and protective. He never wanted anything like this to happen to her again. She had to take better care of herself. He was going to take better care of her.

He didn't know how. They'd have to work that out later. But he'd found her again, and he was going to have her in his life.

Love you, Patricia, he thought to himself. Just like always.

She stirred, made some soft whimper in her throat, and opened her eyes.

"Hi," she breathed.

"Hi, yourself," he said, his voice suddenly thick.

"I guess I'm going to live."

He nodded.

"Hold me, Daniel. Please hold me."

He lay on the edge of the bed and gathered her up in his arms, careful not to dislodge the wires and tubes attached to her. She relaxed against him, and he could feel her soft, warm body through the thin cotton hospital gown, her heart beating steady and even.

"We nearly lost you," he said fiercely.

"I'm too stubborn to die." She smiled faintly. "I'm sorry if I scared you."

"I don't want to lose you again."

"Me, either." She looked up at him, her large dark eyes tired but clear. "Kiss me," she whispered, opening her mouth slightly in invitation.

He bent down to touch her mouth gently, tenderly, like a lover. He hugged her close as he trailed kisses down her neck, across her throat, back up to her temple, avoiding the livid bruise. He never wanted her to hurt again.

He brushed away the stray hairs that clung to her forehead and took in the softness of her skin against his fingers. Just touching her ignited him, but he restrained himself. There would be time, he told himself. Patricia would be well soon, and they would find themselves together again.

She quivered beneath him, like a bow string vibrating with the release of an arrow. "Thank you," she breathed, her eyes now closed. And then her body relaxed, the breath went in and out of her body softly, and she slept in his arms.

They slept together until eight the next morning, when the nurse woke them with breakfast trays. She ordered Daniel out while she tended to her patient, and by the time he returned to the room, Patricia was sitting up, hair combed, eating an egg.

"How are you feeling?" he asked.

"A whole lot better, even if I do look like death." She touched the bruise on her cheek. "Ugly, eh?"

"Nothing about you is ugly."

"Daniel!"

"I mean it. You were amazing out there."

"And we get to do it all again in a few days."

"Patricia, don't start already. Wait for the doctor's advice, see how much rest you need. Don't push yourself. You're not well."

She tensed, took a deep breath, and relented. "Okay, I'll wait."

He changed the subject. "Any word on Carmen?"

"The nurse is going to bring her here a little later. She needs company."

He took a piece of toast and ate it. "Will you be all right for a little while? I want to go home and change, do a couple of things."

"Just come back soon." She lowered her voice to a conspiratorial whisper. "And hit the drugstore. I should be getting out of here soon. And then I want you all to myself."

"You're sick."

"I'm better. I'm just frustrated." She grinned, a knowing twinkle in her eye. "But not for long. So be prepared."

He grinned back at her. "I'll do my best. See you later." He bent down to kiss her good-bye. He intended it to be casual, but she caught his face in her hands and kissed him fiercely. She was insistent, greedy, and she deepened the kiss, opening her mouth slightly so he could taste the warm egg and buttered toast on her breath. She probed his lower lip with her tongue, working her way into his mouth, kissing him thoroughly and intimately.

"There," she purred in satisfaction. "Don't forget me.

"Never." Daniel stood and lurched from the room. The walk home was going to be a bit more painful than he'd expected. But it was a good pain, a very good pain.

"Buenos días, preciosa," Patricia said to Carmen a little later, when the nurse wheeled her bed into Patricia's room.

"Want to help me eat some toast?" she offered, feeling so much more like herself. It was amazing what a few jolts of insulin and a good night's rest could do.

Carmen nodded shyly and climbed over to Pat's bed. Pat settled her on the pillows, arranged her IV, and broke her off a square of toast. "Have you ever eaten breakfast in bed?"

"No," said Carmen solemnly. "I don't have a bed. Just a hammock" She chewed for a few moments, then asked, "Where's my mama?"

Pat felt a sharp pang. It would be a long time before the girl understood what had happened to her family. She took the child in her arms and held her close. "Carmen," she said, "remember yesterday? We found you in the well? Your mother was very sick, and she died."

She took another bite of toast and nodded. "Like my papa."

Patricia nodded, her heart breaking. This poor child. She'd had to endure so much heartache in her young life. It simply wasn't fair.

"Just like your daddy," Patricia said.

"And I have to be brave."

"That's what your mama said."

The child looked at Patricia for a long time. "Play with me," she said finally.

Pat smiled. "Sure. What do you want to play?"

"Pony."

"Okay." Pat threw back the covers, glad for the distraction and thrilled to have the strength to play. She swung her legs over the side and placed Carmen on her knees, bouncing her up and down. Carmen crowed with delight and urged her mount to "go faster."

They bounced until Pat's knees gave out, then they climbed back in bed and played *abejita*. Carmen squealed in delight every time Patricia buzzed like a bumblebee and came in to tickle Carmen gently. Later she told stories about cowgirls and Aztec princesses and a wicked witch or two.

Dr. Jiménez came in late in the morning to find them snuggled under the covers playing hide and seek.

"Where are my patients?" he called. "Where did they go?"

Carmen giggled as he pulled back the covers. "Here they are."

Patricia straightened herself up and looked sheepish. "She needed someone to entertain her. It's been fun."

"So you're feeling better?" He picked up her chart from the end of the bed and read the nurse's notes. "Your count's way down."

She smiled gratefully. "I feel like a new woman. Thanks a lot."

"You're welcome. You'd probably have been fine if those coyotes hadn't destroyed your meds."

"Where is he, anyway? Ramírez, I mean." She shivered at the memory.

"Immigration arrived late last night and took him

into custody. He's probably in some holding cell by now."

"I hope he rots." She patted Carmen's head and pulled her up beside her. "What about . . ."

Jiménez shrugged. "Someone's coming from Social Services this afternoon. Nobody knows where she's from, and there's no next of kin. It's going to be a legal mess." He jotted a note on her chart. "I can probably transfer you back to Austin tomorrow. You shouldn't drive yet, but we can get someone to take you.

"What about Carmen?"

"She's going to recover."

"But she's all alone. Maybe I can stay until we know what's what."

"Sure. I'll call your doctor and see if there's anything else she wants us to do. You're out of immediate danger anyway. You just need to take it easy for a few days."

The doctor turned his attentions to Carmen. "*¿Y tú, Niña?* How do you feel today?" He checked her thoroughly and shook his head. "Kids are so resilient," he said. "Nothing left to do except finish her meds and put a few pounds on her."

"While her parents . . ." Patricia said under her breath.

"Undoubtedly the reason Carmen is so healthy, considering. I'm sure they gave the girl everything they had: the lion's share of their food and water. Probably carried her a lot of the way, too—a child this small can't have walked hundreds of miles."

"How old is she?"

"She's small enough to be around two, but she talks pretty well, so maybe three."

"What happens to a child after this kind of trauma?" she asked, concern etching her voice. Carmen was again scurrying around under the covers.

He shrugged. "Depends. I don't see any evidence of serious abuse, which is always an indicator of future problems."

Patricia's eyes widened in amazement. "But those creeps . . ."

Jiménez shook his head. "No evidence. Now losing your parents will stay with you forever, of course," he continued, "but lots of kids survive beautifully. I'd say it depends on what happens next: whether she's adopted quickly or gets stuck in foster care, whether she stays in the States or goes back to wherever she came from. If she can adjust quickly to a new family and a safe environment, she'll probably do just fine."

Pat chewed her lip thoughtfully. "You never think about things like this," she murmured.

"You don't usually think of coyotes bringing women and children across, either. But stranger things have happened. Look, I'll check in with you this afternoon. If you get tired of Carmen, put her to bed. She could use a few naps. You, too."

Jiménez left to finish his clinic rounds. Pat spent the rest of the morning with the little girl. The nurse found them some paper and a couple of colored pencils, so they drew pictures and told stories about them. Pat started teaching the girl English words and songs, and she picked them up like a parrot.

Around lunch, a harried young woman from Social Services showed up. She didn't even try to be kind to Carmen, just peppered her with questions until the girl wouldn't talk anymore. Then she turned to Patricia.

"Where did you find her?"

"In a mine shaft in the Solitario," she said bluntly, not liking the woman's tone or approach.

The woman shook her head and muttered an expletive. "No adults with her?"

"There was a woman nearby, but she died. All she told me was that her daughter had fallen, and then I went to look for her." Patricia tried a gentler tone. "The child's had a lot of trauma. You could try to be friendly."

The woman looked at Patricia like she was from another planet. "I'm just trying to get this kid's story. She's going to be in the system a long time."

"What do you mean?"

"She's got to go to foster care, and she'll probably be shuffled around for months while Immigration decides what to do with her. If they do anything, because she's so young. They may leave her with us forever." The woman sighed.

"Stuck in foster care forever?" Patricia was appalled.

"Happens to lots of kids. Babies get adopted, but not the older ones. And this kid's got all kinds of complications, she's an illegal alien, we don't know where she's from or even her last name, and she's got no next of kin . . ." She wrinkled her nose and shook her head. "I hate these illegal cases."

Patricia stared at the woman in horror. It was unthinkable that this brave child would have no one to care for her, no one to love. That she'd be relegated to the Social Services bureaucracy and the vagaries of foster care. It wasn't fair, damnit.

It wasn't fair, but it was one thing she could do something about. The thought hit her like a thunderclap, and she leaned back in her bed, letting the idea settle over her. It would change her life, but wasn't it what she'd always wanted?

Slowly she sat back up, smoothed her hair, and addressed the woman. "Could I keep her?"

The woman's head jerked up, and she stared at Patricia. "You're not serious."

"I'm dead serious. The girl knows and trusts me. I speak her language. Why couldn't I take her?"

"Looks like you've got a problem with abuse."

Patricia touched her face. "Accident," she said stiffly. "Ask the doctor if you don't believe me."

The woman shrugged. "Well, there's still the problem that you're not an approved foster parent."

"But I could be." Patricia tried to keep the eagerness out of her voice and remain calm and business like. "I'm stable, I have a good job, I have family and a house. I live in Austin, but they have caseworkers there, too."

The woman still looked dubious. "Well, it would take it out of my hands, and that would be a plus. Do you have a lawyer?"

Patricia nodded, hope beginning to build in her chest. Oh, God, a child. This one, who needed her so desperately.

The woman scribbled a number on a piece of paper. "If you're serious, this is the kid's case number. Call your lawyer, tell him to check with Social Services about custody. It's not often we get a request for a particular kid, and that might work in your favor."

"Carmen, *preciosa*," Patricia said softly, "do you want to come live with me for a while?"

Carmen nodded solemnly. "I like you. You're nice."

Pat clenched her fists for a moment, not quite believing what she was about to do. But what choice did she have? Leave the child to foster care, to bounce from place to place, maybe country to country, when she was the answer to Patricia's heart's dream?

She had to do this, had to try at least. She'd never be able to forgive herself if she didn't.

Picking up the telephone receiver by her bed, she said, "I'll call my lawyer right now."

NINE

Patricia got through to her attorney on the first try and crisply outlined what had happened and what she wanted to do about Carmen.

"I won't kid you, Pat," said her attorney. "This is probably an uphill battle. But maybe not—it's not every day that someone responsible steps forward to take on an orphaned alien. They might just let you have her. That'll be my argument, anyway."

"Thanks, John," Patricia said. "If you need me in the next couple of days, call me here. Once I'm back in Austin, I'll let you know."

She hung up and called her mother. She wasn't sure how Lourdes would take the news that she was about to become an instant grandmother. There was nothing conventional about what Patricia was doing, and Lourdes Vidal was nothing if not conventional. But Carmen's plight might touch her sympathies.

Or it might not. There was no telling. Patricia would just have to tell her mother about the girl and let her decide what she would do. But Patricia was going to do what she'd set out to do. Nothing less was good enough for Carmen.

"*¿Que?*" Lourdes exclaimed as Patricia explained the situation. "I told you that this job was dangerous.

You never should have gone. Why don't you listen to me?"

Lourdes' tirade continued in that vein for a good five minutes. Patricia waited in silence, punctuated with a periodic "Yes, Mama."

Lourdes didn't take the news about Carmen well, either. "*¿Está loco. Esa niña* is not your responsibility, and she is not mine. If you bring her home, you can't stay. I am too old to run after babies."

Patricia bit back her disappointment. For the social worker's benefit, she said cheerfully, "All right, Mama. We'll see you soon. And we'll start looking for a bigger place immediately."

Patricia hung up the phone and lied blithely to the social worker. "My mother's thrilled. And my lawyer's on the case. How long till I can take her?"

"A day or two, if it's going to happen," the social worker said, collecting her papers and walking to the door. "I'll be in touch, and I'm sure your lawyer will too. Good luck."

Patricia picked Carmen up and hugged her tight. "It's going to be you and me, *precioso,*" she whispered fiercely. And Daniel, she thought belatedly. Oh, God, what about Daniel?

She'd only just found him again. They hadn't had time to make any promises, except the implicit one to explore each other—heart, mind, body, and soul. It was a promise she wanted desperately to keep, but she'd just made a bigger one, a lifetime one. How would she explain to Daniel that a third person, a child no less, was suddenly part of their bargain?

Carmen changed everything. Please, God, she breathed, let Daniel understand. Let him believe in

what I'm doing, not that I'm crazy. This would all be
so much easier with Daniel in my life. I need him.

But Carmen needed her more. Carmen had no
one. And until and unless the state of Texas told Patricia no, Patricia intended to be everything the little
girl required.

She wanted it all—Carmen and Daniel in her life, a
career, passion, and excitement. And there was no reason she couldn't have it. Things would be a little
tougher between Daniel and her, trying to conduct a
romance with a toddler on the scene. But thousands
of other couples did it every day; they could, too.

Patricia swallowed hard. She had to talk to Daniel,
right now. He was somewhere in town, and the town
wasn't so big she couldn't find him.

But then the nurse appeared with lunch, and Patricia knew she had to eat and help Carmen, too. It
was another hour before they finished and she'd settled Carmen for a nap.

Patricia untaped the IV from her hand and went
to the closet for her clothes. She expected them to
be stiff and dirty, but someone, maybe the nurse, had
thoughtfully washed them for her. She said a silent
thanks and pulled on her shorts and boots.

By now she was getting a little agitated. The enor-
mity of what she'd taken on was settling in, plus the
other unfinished business between her and Daniel.
She wanted the air clear between them, and if he
wasn't coming to her, she'd just have to find him.

Patricia kissed Carmen's forehead, whispered that
she'd be back, and dropped a note that read BACK
SOON on her pillow. Then she walked out of the clinic
and into the hot, dusty day. The sun was bright overhead, and Patricia winced at the brightness after a

day and a night under the clinic's cool fluorescent lights. Fortunately the town was small, and after a quick stop at the pharmacy, she found her way to Daniel's building.

She opened the door without knocking. The bell jangled on the screen door as she pushed her way into the small office. Had she really arrived here only a week ago? Had her whole life been turned upside down in such a short slice of time? It didn't seem possible, but there it was.

"Daniel," she called softly. "Daniel!"

She looked around the office, with its curling posters of Texas landscapes, but there was no sign of Daniel. She stepped behind the counter and checked the bathroom and the back storeroom. Still no Daniel.

In the back room was a narrow iron spiral staircase. She climbed it to a large, sparse room. Daniel's apartment, obviously. An efficiency, with a kitchenette to one side, a sofa and entertainment center, a door to another bathroom, a single bookcase discreetly shielding a double bed.

"Daniel," she called again. "You here?"

"Is that you, Patricia?" He emerged from behind the bookcase. "What are you doing out of the clinic? Doc said you were supposed to rest."

"I had to see you." She took a step forward, hesitated, and then crossed the room to him.

He opened his arms and embraced her. He wore no shirt or socks, just beltless jeans that rode low on his waist. "Well, here I am." He gestured around the bookcase to the bed. "Doing laundry."

Piles of Daniel's and Patricia's field clothes lay on the bed, clean and ready to be folded. Sunlight streamed in from the opposite window, and she was suddenly so grateful to be here, alive, that she laid her head on his bare shoulder and held on to him for dear life.

"Hey, what's the matter?" he asked. "I said I'd be back. You couldn't wait or something?"

She looked up at him. He'd aged in just a day— little lines had formed around his eyes, and he was bruised around his waist and back. But he still looked sexy as hell. "Are you okay?" she said softly.

"I'm a little sore, but the doc said I was fine last night. Are you supposed to be out?"

She looked sheepish. "Probably not. I left a note that I'd be back soon."

"How soon?" Daniel's eyes started to twinkle.

She tossed the paper bag she'd picked up at the pharmacy on the bed. "Soon enough for that."

She would take this step first. If they made love, real love, it would ease so many frustrations between them. Then she might find the words to tell him about Carmen, about all her hopes for the three of them.

He picked up the bag, opened it, and closed it again quickly, his eyebrows raised in mock surprise.

"I wanted to say thanks for saving my life," she said suggestively. "I thought that might make a nice present."

She ran her fingers lightly up his forearm, watching the muscles bunch and quiver. "I've been waiting a long, long time," she whispered.

He kissed the top of her head. "It's only been a week," he teased back.

"Longest week of my life." And she pulled him to her, holding his face between her hands and kissing him gently. She released his face, ran her hands over his chest, and then trailed her index finger down his breastbone to the waist of his jeans. "Mmm, very nice."

Daniel took the lead now, weaving his hands into her long dark hair. He planted his mouth on hers and kissed her again, hard, fast, almost furious. She responded in kind, grateful again that she had survived. Survived to be here with Daniel, here and now.

How nearly she had lost everything. The realization rushed over her, and with it came the need to affirm her very life with the man who'd brought her back from the edge. There would be no stopping this time, no frustrated waiting. Everything she wanted was in reach, just beneath her fingertips. And she intended to have it all.

Daniel kissed her again and again. His body pressed against her, his skin hot to the touch, his muscles firm and unyielding. He was a rock, her own desert rock.

Now his mouth moved, dropping fevered kisses up and down her neck. She buried her face in the hollow of his neck and breathed his clean, masculine scent, basked in the heat radiating off his body.

He wrapped his arms around her, played his hands up and down her back, her sides, tracing the curves and valleys of her body. Her breasts pressed desperately against his chest, pushing out slightly under her arms. Her skin was tight and smooth under her shirt, eager for the touch of skin on skin.

As if he'd read her mind, he pulled her shirt out from her shorts and circled his fingers around her waist. He let them roam down to where her body flared into hips and legs that ached for his touch.

She burned where he touched her, yearned to melt around him, sheath him in her core. He pressed his full length against her, his arousal now insistent. He drew one hand back up, caressing her through layers of clothes when what she wanted was for him to touch just her, just Patricia.

Every nerve in her body vibrated, demanding release. He stroked her back again, then dropped his hands to her side. He rolled the fabric of her T-shirt up to her shoulders and slid it off and over her head. He bent his head to her chest to listen to her heartbeat. Fast and faster it went, and her breathing became shallow and eager.

He wrapped one arm around her shoulders and bent to catch her legs with the other. Cradling her body like a child's, he carried her to the bed, laying her down among the pile of clean clothes. Sunlight still poured through the window, and Patricia wondered if the glow on the outside was as brilliant as the one she felt inside.

Daniel knelt beside the bed and pulled her boots and socks off, peeling them back expertly. Gently, he touched the ankle she'd twisted only yesterday, and she whispered, "It's better, too. Everything's better, except one thing. Love me, Daniel."

He took her at her invitation. Quickly he unfastened her belt, unzipped her shorts, and lifted her hips off the bed. Gently, he slid her shorts off, followed by her underwear. He lowered himself to the bed and slipped his hand behind her back to unclasp her bra.

He looked at her proud and glorious body and groaned. Patricia knew he found her as beautiful as she found him.

He paused, and Patricia reveled in the pleasure of skin against skin, hair to her softness. She traced a finger along his neck, let it rest where the blood pulsed as hot and heavy as her own, then went down farther to his chest. She circled his nipple, chuckled throatily when it stiffened, and pulled him close for another kiss.

She was ready, ready, more than ready. She had been for days.

He slid on top of her, covering her body with his, and framed her face in his hands. Over and over he kissed her mouth, her eyes, her poor bruised cheek. "Patricia," he whispered. "Oh, Patricia."

She looked him straight in the eye, passion flaring and taking root. She rolled him to his side and began to strip his remaining clothes. Then everything became a tangle of fabric and limbs and soft, secret skin.

They kissed, they caressed. They touched every hidden place, built their anticipation until both were stretched so taut Patricia thought they would snap into a thousand pieces.

Daniel was on fire: his skin, his breath, every part of him throbbed with need. Patricia reached for the part of him that fit to her, and held him, heavy against her palm. Her fingers pulsed with his own throbbing, and she made an urgent little sound in the back of throat, part longing, part anticipation, part desire.

With her other hand, she reached for the paper bag. She fumbled for the box inside and tore it open. Pulling out a foil-wrapped coin, she unrolled it over him. He groaned as she touched him, knowing this was only the beginning. Then he rolled toward her again, up and over, and pressed against her woman-hood. He nudged her open, then slid inside her.

She was hot and moist, and she groaned as he entered her. Dear God, he was back! She almost couldn't believe it, the fulfillment of so many wishes. She clutched his shoulders, raised her hips, and encircled him with her legs. Then nature took over, and they began moving with an instinctive rhythm as old as humanity.

Patricia received him, answered with thrusts of her own. Together they found a rocking give-and-take that promised the fulfillment of every desire. He pressed, she yielded, skin met skin in hot abandon, desire built to a surging crest.

"Oh, Daniel," she whispered. "I can't bear much more of this."

Neither could he. With a low, guttural cry, he sent himself spiraling out and over her, and she responded with shuddering waves of release. Knife-edged pleasure sliced through their bodies, clean and precise, so intense it almost hurt.

He lowered himself to rest on top of her, still connected in that most intimate way. Patricia opened her eyes in wonder and watched the face of her lover as he returned from that moment of sweet oblivion. Her heart overflowed as her own ecstasy subsided.

She savored the weight of him and the fullness between her legs. His eyes were still half closed, his breathing heavy, small beads of perspiration dotting his forehead.

"Mmm," she said softly, pulling a T-shirt from the pile around them and blotting his face. "That was wonderful. You were wonderful."

Daniel just groaned, slipped from her, and rolled

to the side. He gathered her up, pulling her head to his chest. His heart was still pounding with the last remnants of passion.

"Left you speechless, did I?" She laughed.

"You always had more to say than I did," he growled.

"Oh, Daniel, I missed you. All those years, and I didn't even know it."

"I did. In my gut. I just never could admit it."

"I'm sorry. For all those wasted years.

"It wasn't your fault. We were young, you were sick, and I walked away too quickly."

"I will never let anyone tell me what to do again," she vowed. "My parents did it to me, Raúl did it to me, my bosses did it to me. But no more."

"You and me," Daniel agreed. "Though I might occasionally order you to bed."

"No orders," she scolded, kissing his mouth gently. "Just persuasion."

He responded with a kiss of his own, and without thinking they were caught up again in the passion and pleasure of being together. Daniel stoked the embers of Patricia's desire, expertly thorough, building her to another liquid rush of need with his hands and mouth. He touched her in ways she'd never experienced, finding and giving pleasure in the most unexpected places: the hollow of her back, the inside of her knee, the tender skin of her wrist. He amazed and pleased her, and she, in turn, amazed and pleased him.

The second time was more about joy than passion, about finding and treasuring. She had been good for him, she knew. And maybe, knowing that he'd accept the rest of what she held in her heart and trust that it might be good for him, too.

Now, she thought. Tell him now while the mood is right. While we're both softened with love.

Love. Yes, love, she realized. Love for Daniel . . . and love for Carmen.

Dear God, let me say it right. Let me find the words that will make him understand that everything can work out.

"Daniel," she said softly. "I love you."

"It's a little soon to tell you," she rushed on, "but I wanted you to know how I felt. I have to go back to Austin soon."

She took a deep breath. "I'm going to petition for custody of Carmen."

"What?" He stared at her, the sated satisfaction on his face dissolving into disbelief. He disentangled his feet from hers and sat upright.

Steady, Patricia. You're springing this on him.

"I want Carmen," she said patiently. "She has no one. They don't know where she's from, she could wind up in foster care forever. Or worse, in some holding cell while they try to decide where to send her back. How could I let that happen?"

"Are you crazy? You're not even out of the hospital yet. You can't just decide you want a kid!"

"I can and I have." She reached for his hands. "This isn't how I would have chosen to . . . start out, Daniel. It ought to be just the two of us for a while, just like this. But that little girl needs me . . . needs us. We speak her language, we've both known grief, we can help her."

"She's a sweet kid, but she's not your responsibility," he said angrily, throwing off her hands. "You have to think of yourself, Patricia. You're not well, and a kid is nothing but stress. Stress got you into this mess, and a kid'll keep you there."

"I've always wanted to be a mother, Daniel. Always. But what were my chances, with my history? Zero the normal way—I nearly killed myself the last time. And zero through adoption. No agency would let a single mother with a chronic illness adopt a healthy baby. But this situation is unique. Carmen knows us, she trusts us. She needs us."

"Us? You've got to be kidding."

"Who else, Daniel? After all she's been through, can't you see she needs us, some stability?"

"She could use stability all right. She's going to be troubled for years. Who knows what atrocities she's seen? But you can't save her. It's insane."

"I'm going to do my best," she said stubbornly. Why couldn't Daniel see how important this was to her? "It would be easier with you," she pleaded.

"Instant motherhood *and* me? On top of a huge setback that landed you in the hospital? That should send your stress level over the top. Stress can kill you, Patricia, but you keep ignoring that little fact. And I'm not going to stand by and let you do it."

He jumped from the bed, pulled on his jeans, and jerked a clean shirt from the pile that surrounded Patricia. He tucked it in furiously.

"You can't stop me, Daniel," she said, pulling the sheet around her and getting to her knees in the bed. "So why don't you go take a walk and come see me when you're in a more civil mood? I'm staying at the clinic another couple of days until Social Services releases Carmen to me and I can take her to Austin."

"What are you talking about?"

"I've already started the proceedings. I can't help but love this child—and she needs me. I'm not going to let her down." Her voice softened. "I love you, too, Daniel. I need your support on this."

"I'm not letting you do this, Patricia. You have no idea what you're getting yourself into."

"And you're not even open-minded enough to consider it." She was getting angry now, and she couldn't stop her next words. "Don't tell me what I can and can't do, Daniel. We've been through that already. I don't take orders anymore."

"We'll just see about that." He pulled her to her feet. "Get dressed. I'm taking you back to the clinic."

She clutched the sheet around her. "Go away, Daniel. I'll lock up and find my own way back."

"Fine," he snapped and stalked toward the door. He'd jerked it open when he called back to her. "We have something good, Patricia. Don't screw it with this stupid idea. You can't be an overnight mom and not endanger yourself. Don't save the kid and lose yourself."

He slammed the door behind him.

"Daniel!" she protested. "Daniel!"

But he'd already escaped down the stairs. She heard the bell jangle as he pushed out the front door, then heard a vehicle roar to life and tear off down the road.

Gone. Just like that. He couldn't accept that she knew what was right for her. He couldn't be what she wanted and needed.

The angry ball in her stomach clenched. She breathed deeply, tried to uncoil it, release it. And slowly it dissolved, replaced with a deep, empty sadness. A slow tear formed and slid down her face.

Daniel, gone. Again. She'd practically ordered him out, and he'd left gladly. How did you pick up the pieces after something like that?

She and Carmen would have to console each other in their grief. Damn, and the day had started with such promise. She was on the road to recovery, she'd found a place for Carmen in her life, Daniel had loved her. Well, two out of three would have to be enough.

But it wasn't, not when you wanted three for three. And dear God, she'd wanted Daniel. In all his arrogance, all his fury, she still had never loved anyone more. She'd never expected to see him again, let alone have him in her life, in her bed. And now she'd gambled on him, on his love for her and his compassion for a needy child. Gambled and lost. Bigtime.

Her tears flowed freely now, streaming down her face as she sobbed out her sorrow. Her body still ached where Daniel had been, stretching and loving her. They had been so good together, so perfectly matched. But love wasn't enough. He wanted to control her, and she couldn't allow that. It had ruined her life before. It wouldn't ruin her again.

Her tears slowed and gradually stopped. Sniffing, Patricia looked for a tissue, but there were none. A clean bandanna lay on the bed in the pile of clothes that still held the heat of their bodies, the joy of their union.

That would do. She picked it up to dry her eyes, but it only started the tears flowing again. She could smell Daniel on it. Daniel, her love.

She slumped to the mattress and let herself weep until there were no tears left and the sharp, immediate pain had dulled. This time when she wiped her face, the tears stayed gone.

Calmer at last, she considered her next step. Daniel was gone, and unless he found a way to accept and support her decisions, she had to keep it that way. He had rejected her—her needs and Carmen's. She had to accept that and move on. She had her own life to think about, her career, her . . . daughter. She smiled faintly. She had to concentrate on doing right by Carmen.

She got up, dressed, and sorted her clothes from Daniel's. She found a grocery sack in the kitchen and stuffed her things in it.

She left the paper bag from the pharmacy on the bed and wadded the used bandanna beside it. Daniel could fend for himself. Beginning now.

And herself? She'd go back to the clinic, console herself with Carmen. In a few days, they could check out, maybe head back to Austin, start building a life. In a few weeks, once everything was settled, she could come back and finish her survey. Get a woman guide this time, maybe even bring Carmen with her, the way her father had brought her.

She smiled at the memory. Perhaps everything would be okay.

Perhaps. But it would be terribly lonely.

TEN

Daniel strode into the clinic and stopped at the nurse's desk. "Where's the doc?" he demanded. "I need to talk to him."

"In his office. But he's expecting patients any—"

Daniel brushed past her and tore down the hall to Jiménez's office. He rapped once at the closed door, sharply. Without waiting for a reply, he opened it. Startled, the doctor looked up from his dictation. Clicking off the recorder, he said calmly, "What can I do for you, Daniel?"

"Did she tell you what she's trying to do?"

"Who?"

"Patricia. She's trying to get custody of the kid we found in the Solitario."

"You've talked to her? Where is she? I went to check on her a little while ago and she was gone."

"She left the clinic. Came to see me."

Jiménez said nothing, and Daniel rushed on. "You've got to help me. She's nuts to do this. She's barely out of the woods, and now she wants to take on this child. I care about her, doc. I can't let her do it. I need some backup here."

Jiménez shook his head. "Well, I agree the timing is bad. Patricia needs a lot of rest right now. I'm hoping her office will send someone else to finish this job of hers. She has no business going back out. But I talked to her doctor in Austin this morning, and she says that Patricia always does what she wants, regardless of medical advice. Sometimes it works out, and sometimes, like now, it doesn't. I doubt we'll have any luck convincing her not to take Carmen home."

"But she's got no business taking on a child. Everyone knows it but her. We've got to make her see reason.

Jiménez lifted his bulky form from behind his desk "All right, Daniel. But I don't know how much good we'll do. She's very stubborn."

"Don't I know it?"

Patricia was walking back into her room as Daniel and the doctor rounded the corner. She had settled herself in bed and was talking with Carmen, now awake from her nap, when Daniel burst through the door, Jiménez a step behind. The nurse followed and picked Carmen up and carried her away. "The grown-ups need to talk, sweetie," she said. "Let's go find something to do."

"Doctor," Patricia acknowledged. She ignored Daniel.

"Daniel tells me you're thinking about taking 'custody of Carmen."

She nodded.

"Children are a huge responsibility. I've got four, and it's constant. And I have a wife. Have you thought about what single motherhood is going to do to your stress level?"

She shrugged. "It doesn't matter. I have to do this."

"Kids need a lot. School, child care, because I assume you're still going to work. Support networks. Friends for Carmen, the right kind of neighborhood . . . Do you have anything in place?"

"No," she said simply. "But I will. Whatever it takes."

"You need to think about this carefully. This is going to affect the way you handle your diabetes. It's not going to be easy, and it's not particularly smart after an episode like this."

"But Carmen needs me now." She fixed him with an unyielding stare that dared the two of them to say another word. Jiménez raised his hands in surrender.

"Just think about what you're doing," the doctor said, turning to leave. "It's not fair to Carmen to take her home and find out you can't manage." At the door, he added, "I'll see you this evening."

"How dare you?" she said furiously to Daniel. "What were you doing discussing my plans with Dr. Jiménez? You have no right."

"I have every right."

"You were my lover, not my husband," she said frostily. "You have no rights that I don't give you."

"I care about you, Patricia I need you."

"Then help me with this," she said, her tone softening. "Because this is what I need."

He shook his head. "You can't do this, Patricia. Carmen isn't what you need. I am. And that's all you can handle right now. Me and staying well."

Her eyes grew wide and furious. "You arrogant, self-righteous, meddling . . . Get out. Get out now." She pointed to the door. "Now!"

"You're all woman, Patricia. I know that. You don't need a child to prove it to me."

"I'm not proving anything to you," she spat. "I'm taking a child who has nothing, who needs me."

"She can't take care of you. But I can."

"I don't need anyone to take care of me. Carmen does, and I'm going to be that person. And if you're not going to help me, if all you're going to do is make demands and tell me what I can and can't do, then you really have to leave." She pointed to the door again. "Now."

"Marry me, Patricia," he said suddenly.

"Wh-what?" She stared at him, utterly confused.

"Don't cut me out of your life. You need me and I need you."

"Are you ready for instant fatherhood?" she asked cautiously. "Because Carmen and I are a package deal."

"Damnit, Patricia, I'm talking about you and me. The two of us, the way it always should have been. Carmen is just a whim. It's a nice gesture, but you don't owe her this. You owe it to yourself, and I intend to see you do that."

"I see." She studied him a moment, her eyes hardening. In a low and stony voice, she said, "Good-bye, Daniel. Don't come back If I ever get married again, I want an equal partnership. Equals, Daniel, not someone who wants to run the whole show. I don't do that anymore, remember? Not with you, not with anyone."

"You said you loved me."

"You're offering me an impossible choice, and you want me to give up being in charge of my life. I can't do that, Daniel."

Tears threatened to choke her voice. She'd thought

she was all cried out, but she was wrong. "Go away. Just . . . go . . . away."

He came to her bedside and stood there as she curled up into a ball, facing the wall. He touched her hair, tried to get her to turn her face back to him. But she just bit her lips and reached for the nurse call button, pressing it insistently.

The nurse came almost immediately. "Tell him to leave," Patricia said, her voice muffled by a pillow. "And bring Carmen back."

"Patricia!" Daniel shouted as the nurse put her arm through his and ushered him out. "I'm coming back for you. One way or another."

"No, Daniel. It's over. Good-bye."

Ultimately it wasn't nearly so hard to keep Carmen as Patricia had feared. Once she'd passed a brief background check and home visit, the state social workers were happy to give her te while the Immigration and State Department officials sorted out Carmen's legal status. There would probably be a long wait for a final decree of adoption, Patricia's attorney warned, but in the meantime, Pat and Carmen were forging emotional bonds that the courts would have to consider seriously.

Patricia took to motherhood like a duck to water. It filled empty places she hadn't even known she had. Carmen needed her like no one else in the world, more than her parents ever had, more than Daniel.

That was still a void that Carmen couldn't fill, that no one could but Daniel. But he'd taken her at her word. They were through, finished, over. In three weeks, she'd heard not a word from him, and Patricia had given up hoping he might come back with a new attitude.

He just couldn't cope with her illness, how she led her life, with her headlong rush into motherhood. She lived her life with abandon, and her way was too much for him. And his absence tore a little hole in her heart.

But she could live with that. It reminded her of just how much else had been filled.

Even her mother had come to care for Carmen, despite her profound initial doubts and threats that Patricia would have to move. Carmen's sweet and accepting nature captivated Lourdes almost from the moment they met. She'd utterly refused when Patricia had found a grandmotherly woman to help care for Carmen while Patricia was working.

"Absolutely not! I am perfectly capable of taking care of her. She's no trouble."

"At least twice a week, Mama," Patricia had insisted. "So you can still have lunch with your friends and go to the grocery in peace."

"Carmen likes the market," her mother sniffed. "Oh, all right. Tuesdays and Fridays. But the rest of the time, she's mine."

All in all, the transitions went smoothly, although Patricia had already begun to worry about schools and Carmen's future. "That simply proves you're already a mother, *mija.*" Lourdes laughed.

For Patricia, nothing had ever been so heartening as coming home in the evening to Carmen. At first Carmen was quiet, still gathering her strength and simply unable to believe the luxury of running water, indoor plumbing, and beds. But as she grew more accustomed to her new life, she grew more lively, a graceful, charming child who chattered away in English and Spanish, full of questions and hope. She and Lourdes puttered around the kitchen together, making tortillas and salsas, and they delighted in playing make-believe and going to the park.

Only the nights were hard. Carmen had nightmares, formless shapes that threatened her, wordless cries for her mother and father and lost innocence. Those nights Patricia rocked her, soothed and reassured her, sang to her. And gradually Carmen's cries would subside and she'd fall asleep in Patricia's arms, and Pat would thank God that she'd been able to take this child. For Carmen gave her more, to Pat's way of thinking, than Pat gave to the child. Having Carmen grounded her, kept her calm and focused. Surprisingly her illness had never been under better control since Carmen appeared. But then, she'd never had so much to live for.

She debated, when the time came to return to the field, whether to take Carmen. She hated the prospect of being away from the girl for at least ten straight days, and it might be a way to show the girl that the desert could be a safe place, too.

But the Agency said no. She was on official business, and it was bad enough the program had been delayed this long. A child would only hinder Patricia's work. She could have one more chance to finish this job, but only she and her guide could go.

"But you'll still have fun," she told Carmen. *"Abuelita"* will be here, and *Señora* Diaz. And I'll be back in a few days."

"What about the bad men?" Carmen asked nervously. She didn't talk much about them, but they lingered, not yet buried far enough away in her memory.

"They're gone. They won't hurt us anymore," she reassured the child, giving her a hug.

But that was only partly true. Ramírez was in jail and scheduled for trial in the fall. But Prescott remained at large, despite a three-day search and a helicopter posse near where he had bailed out. But the chances of his surviving were slim—miles from his hideout, without food or clean water or a gun. Patricia had accepted the law officers' assurances that she had nothing to worry about.

This time she was doing the expedition right from the beginning. She'd hired Angela Torres as her guide, a woman who understood and accepted her situation from the beginning. Even better, she was a trained paramedic.

And if trouble threatened, for any reason, she'd pack it in and come back, let someone else run the survey. Hang her promotion. She had Carmen to think of now. She would respect her own limits, too.

She still felt pangs about Daniel, because he had no idea what he was missing. Neither had she, until she'd found it. Now she couldn't imagine life any differently, without Carmen. The tiniest part of her wished Daniel had that much imagination, too.

She was back. Two ridges over, Daniel watched through high-powered binoculars as Patricia and her new guide set up camp.

He should have expected it. The past few weeks had taught him that Patricia had become an in-your-face kind of woman. She didn't shy away from trouble, she sought it.

She hadn't been that way fifteen years ago. She'd been sensible then, and they'd been partners, friends, and lovers. But her illness had changed everything, turned her reckless and irresponsible. She didn't know when to say "enough." Just look at her now, setting up camp for another go at her damned survey. Someone else should be doing it.

She was absolutely infuriating. And from two ridges over, she was still positively stunning, too. She looked good, too good—all legs and long hair, her tank top snug across her chest, her arms bare and beautiful. She moved with natural grace, compact and easy as she and her guide set up their base camp.

Her guide this time looked like an Amazon, with hair as short as Patricia's was long. She was tall and muscular; she looked like a match for almost any thing they might meet out here. She and Patricia were talking—laughing, it looked like, with Patricia's head thrown back and her mouth open with glee.

God, Patricia looked . . . wonderful. Daniel's mouth went suddenly dry, and his skin shrank and tightened all over his body. Even a mile or more away she could affect him that way.

Well, it didn't matter. She'd made her choice: independence, not interdependence. Life alone, not life together. He wasn't going to beg. He'd show her what he had to show her and move on.

But she was one incredible woman, and his body wasn't about to let him forget it.

But what good did it do to remember how perfect she'd been, how accepting and eager for her own pleasure and his? None, because it wasn't going to happen again. Irritated, he dropped the binoculars around his neck and opened a water bottle. He poured almost half the water over his face and chest. He swallowed another mouthful. It wasn't as good as a cold shower, but it served the same purpose.

He'd spent the past weeks here in the Solitario, living the hard life, trying to forget Patricia Vidal Martínez. He'd mucked around, explored, driven himself to the edge. He thought his tactics had worked, but he'd been deceiving himself. There she was, only a mile or so away, and suddenly everything he'd denied came rushing back over him: the taste of her mouth, the softness of her body, the hot, sweet joy at their union.

He felt in his pocket for the hollow little circle he'd been carving out of a piece of scrub pine to pass the time at night. He squeezed it between his fingers in frustration, but it wouldn't snap. So he poured the rest of the water over his head and headed back to his truck. He'd be in better control of himself tomorrow, when he came back to show her his find And after that?

Nada. She'd live her life, he'd live his. Just like they had for the past fifteen years.

At dawn the next morning, Patricia and Angela were outside, loading their equipment for the day. Patricia liked Angela. She was down-to-earth and easy to talk to. The kind of companion she'd needed all along.

They'd moved to the next area, several miles away from where she'd been with Daniel. She was glad of that. She didn't know how she would deal with the same landscape she'd shared with him. But this new place was all right. She could work here without memories of Daniel crushing her.

Until a truck drove up and Daniel stepped out of it.

Patricia dropped the water bottles she'd been carrying to fill for the day, almost unable to believe her eyes. What was he doing here? How had he found her? And what could he want?

He stalked to the center of her camp and grabbed her hand. She jerked away angrily, and Angela moved in beside her, a little added reinforcement. Angela's hand went lazily to her sidearm, a not-so-subtle warning that she could get to her weapon before Daniel could get to his, which was slung around his back.

"I won't bite, Patricia. But I've got something to show you."

"I have no business with you," she said coldly. "Leave me alone."

"This won't take long."

"It won't take any time at all. We're busy."

"You need to see this." His tone was insistent.

She crossed her arms across her chest. "Tell me what and where and I'll find it later."

"No," he said firmly. "I'll show you myself. It's too incredible."

She narrowed her eyes and considered. Daniel knew what to look for, unlike Angela who really was only going to pack and haul and make sure Pat woke up each morning. Maybe he had found something. And that's what she was here for, after all.

She nodded once and said pointedly, "This had better be good."

Angela lifted her pack to accompany her, but Daniel said, "No. Stay here and finish organizing. We'll be back in an hour."

Angela raised her eyebrows at Patricia, and Pat

nodded again. She was ten kinds of crazy, to be going off with Daniel, but something in his face made her think he might be on to something.

"We're driving," Daniel said, opening the passenger door to his little pickup. She climbed in stiffly, and Daniel shut the door behind her and got in on the other side. "You got your truck fixed. It looks good."

"Yes. It's a miserable drive without a windshield."

"Why did you come back, Patricia? Why didn't you let someone else do this?"

"It's my job. My responsibility. Nobody else's."

"Never take a helping hand. That's just like you, isn't it?"

She whipped her head toward him, her face a study in anger. "And it's just like you to offer what isn't needed! Why are you here, anyway?"

"I had to collect our equipment," he said neutrally.

"Where is it? Angela and I couldn't find it when we went back yesterday."

"In the back off my truck. The electronics have to be overhauled, but the rest of it seems okay. I'll unload it when we get back."

"You didn't have to do that, Daniel. We would have gotten it."

"You're welcome," he said tightly.

She had the grace to color slightly. "I don't mean to be ungrateful, but why are you here? Don't you have a business to run? Lives to upset?"

Her words were little daggers meant to cut.

"No."

"Why not? We paid you. The whole amount, too, even though we only finished a week."

"It was the least you could do. But now that I'm

out of debt, I'm going to sell the business. Do you think Amazon Woman back there wants some white water equipment?"

"Daniel! Angela's very nice." And she doesn't mess with my head, she added silently.

She watched as the landscape began to shift, and she got a slightly sick feeling in the pit of her stomach. They were coming up to familiar territory now, the same area they'd been mapping when everything around them exploded.

"You came back to explore, didn't you?" she demanded in an accusing voice. "That's illegal. This is public land."

"That's why I'm showing you, honey pie." His tone was flip, almost insolent. "Then you get credit and I get off the hook."

"What is it?" she demanded impatiently. Almost in spite of herself, she was interested, and she knew her voice betrayed her.

He didn't answer, but slowed the vehicle and pulled to a stop not far from the mine shaft where they'd found Carmen. She shuddered at the memory of her little girl trapped there, alone some twenty feet down in the earth, and how brave the child had been through everything.

And how calm and cool Daniel had been.

As if reading her dangerous thoughts, Daniel interrupted. "How is she, anyway?"

Patricia looked at him, startled out of her reverie. "Just fine. She's everything I wanted." She opened the truck door and got out. She shivered again at the sight of the shaft, which still hadn't been boarded over. In fact . . .

"You have been exploring," she said, taking in the

evidence of excavation, rocks disturbed, hunks of debris that hadn't been there a few weeks ago.

"Yeah," he admitted. "I couldn't get what Ramírez said out of my head. So I went nosing around. You don't have to go down there," he added. "But I did, and it looked awfully promising. I used to do this for a living. Mining, I mean.

"So I dug a few trenches. A little more than you'd do—hell, a lot more, actually. Come on."

They walked several hundred yards onward, and Patricia stooped down to examine what he'd done. The trenches looked good, she noted, wishing idly that Angela would be so useful. She examined the rocks he'd unearthed, sifted them through her fingers, tasted them. Nothing unusual so far.

And then the morning sun glinted off one of them, and she scrambled for it, picked it up. It was shiny, flecked with . . .

Gold? She sifted more of the rocks through her fingers. Several others glinted with the same metallic sheen. She dug deeper, ran her hand along the edge of the trench, saw a vein of the stuff, pale yellow.

"Again? It can't be," she said. "It's got to be pyrite—fool's gold."

Daniel shook his head. "I ran all the field tests since I had your equipment. It looks real to me. And there are plenty of legends about gold and silver around here."

"The environment's not right," she protested, but she was arguing with herself. The rock spoke for itself.

She looked at it again, trying to eliminate possibilities, come up with other answers. There were none. She whistled softly.

"I'm betting this is what Ramírez and Prescott found," Daniel said.

"No wonder they wanted to get rid of us. It's probably just enough for them to mine and get rich."

Daniel knelt beside her and plunged his hands into the dirt and rocks. "Yeah. Plenty here for microchips and other circuitry."

She stood and brushed off her knees. "Gold. Simply amazing."

A smile played around her mouth, and she shook her head. Then she turned formal. "Thank you, Daniel. The state of Texas thanks you. Now let's go back. Angela's waiting for me, and you have to leave."

"What's that?" he asked suddenly. He pointed to a black plastic box clipped to the side of her belt, a little larger than a beeper, with a thin plastic tube snaking under her shirt.

She glanced down. "Insulin pump. They're a lot better now, and after those creeps trashed my supply last time, I decided to try one."

"Does it work?"

"Yes," she answered shortly. "Everything about me works, Daniel. I'm a fully functioning woman, and I take care of myself. But you can't see that. When you look at me, you see someone to be taken care of. And that's not what I want or need."

"That's not true, Patricia," he said desperately. "It's just—"

"Just what? You know better than I do how this illness affects me? You know better how to keep me safe? Let me tell you something, Daniel Rivera. There are no guarantees in life. Your mine could collapse. Your parents could die in the desert. Desperados could kidnap you and try to kill you.

"I do what I want because I want to live. I'm not interested in someone keeping me safe or making my decisions. Not my mother, not my doctor, not you, not anyone."

She turned to face him head-on, stepped so close she could feel her breath bounce back from his cheek. She was angry; she was furious; and their time was fast running out. "I want a partner, not a protector. Remember that, because this is what you're missing."

She reached for his face, held him between her palms, and kissed him. It was an angry kiss, full of passion and fury, and she hoped Daniel felt it clear to his bones, because she did.

She pressed her body close to his, and he responded. He wrapped his arms around her shoulders, pulled her to him until there was no space unfilled between them. Then he wrested control of the kiss from her, took it deeper, proving with his body that he wanted her, needed her. There could be no mistaking that fact.

She matched his passion, molding herself to him. She teased and tempted, tasting the salt sweat of his lips. She probed the edges of his mouth with her tongue, demanding and gaining entrance. Once there, she was merciless, full of eager, untamed desire and a promise of unnameable pleasure.

And then she broke the embrace, took an unsteady step backward, and touched her mouth. "There," she whispered. "I hope you remember that."

"How could I forget?" he growled, stepping toward her.

"No, Daniel. That's all you get." She pushed him

back. "If you can't love me without trying to run my life, you have to stay away."

"Patricia!"

The blood was still rushing in their heads, blocking everything except each other. That was the only reason they could think of later for why they didn't hear the footsteps behind them, sliding softly on the desert brush. Neither Patricia nor Daniel heard or felt anything except the pain in their hearts until their heads exploded with stars.

ELEVEN

Daniel was too stunned to reach for his rifle, too stunned to do anything except slump as Prescott dragged him in a choke-hold back across the trenches. The rifle bit painfully into the flesh of Daniel's back, and the rocks scraped and tore his skin. Prescott leaned over Daniel's ear and whispered in a hot, fetid voice, "Thanks for marking the strike so clearly. Sorry you can't stay and help, but I ain't sharing."

Rage exploded inside Daniel as he recognized the voice. Where the hell had he come from? He was supposed to be dead in the middle of the desert. But like a devil's cat, he appeared to have more than one life.

Well, this asshole had blindsided him once too often, and this time he would get what he deserve, Daniel roared and reached up, trying to throw Prescott off. But he couldn't get enough leverage, and Prescott just laughed.

He saw Patricia sunk on the ground, moaning. Without a weapon. Again.

That only made Daniel angrier, but there was nothing he could do . . . yet. Prescott dragged Daniel down a short slope to a hollowed-out place in the rock below the ridge. His back was bleeding from the sharp stones. And then Prescott knocked Daniel's head against the wall before removing his rifle and throwing him to the ground.

Daniel sprang to his feet, dazed and aching. But he wasn't giving Prescott the chance to do any more damage. Quickly he took inventory of the man. He had Daniel's rifle now, and his own, and who knew what else up his sleeve: knives, rocks, what have you. Daniel had to wait for his chance and then grab it and hold on.

Prescott was even dirtier than before, with a wild, unruly beard and fierce body odor. Daniel circled around him, body low, looking for the opportunity to take him down. Prescott just laughed again and pulled the safety off the rifle.

In the split second before Prescott could fire, Daniel bent his head low. He slipped under the rifle Prescott held at shoulder height and rammed his head straight into Prescott's soft belly. Prescott heaved, and Daniel reached around the man to kidney-punch him.

He landed the first punch, and then he felt it. Hot metal at Prescott's waist. His chance.

Almost without thinking, Daniel opened the switchblade, feeling for the release and knowing it was open when he heard the familiar *snick!* With a twist of his wrist, he plunged the blade into the roll of flesh around Prescott's middle.

Prescott yowled with pain. He tried to throw Daniel off so he could get a shot at him, but Daniel just hugged him and drove the knife deeper.

Prescott dropped the gun, and Daniel kicked it out of reach. But Prescott wasn't done fighting yet. He reached his beefy hands around Daniel's neck and squeezed, hard, harder. Daniel gasped, panted, but he couldn't get the air past his mouth. His face turned red, then purple. Spots floated before his eyes. What a way to die, he thought. Patricia was right. You never knew.

"When I'm done with you, I'm gonna get that pretty girlfriend of yours, too," Prescott whispered.

Prescott's threat galvanized Daniel. With a final burst of rage, he sprang upward, ramming his head into Prescott's chin. Again and again he crouched and leaped, battering Prescott's jaw and face.

But the desperado kept holding on. He seemed to have an unlimited capacity for pain, and if Daniel didn't get some air soon, he was a goner.

"Let him go, you son of a—" Patricia screamed as she staggered over the ridge. She was just in time to see Daniel go slack in Prescott's hands.

Daniel! she screamed silently. Daniel!

In an instant she surveyed the scene, saw her chance. Jumping down, she grabbed the rifle Daniel had kicked out of Prescott's reach and raised it over her head. Circling behind Prescott, she slammed the butt of the rifle against his head. She hit him three times before the desperado dropped Daniel and staggered backward.

Patricia sidestepped him and flipped the rifle so the barrel faced her target, her finger itchy on the trigger. She poked him sharply in the back with the tip. "On the ground, Prescott. Facedown," she ordered. "Now!"

Groaning, he dropped to his knees. Patricia kept the gun trained on Prescott's head and pushed him down until he was prone on the dirt, the knife still sticking out and tacky with blood. She stripped him of his own gun and flung it over by Daniel.

She slammed a booted foot on Prescott's back as she searched for something to tie him with. There was nothing; all the ropes and bungee cords were back with Daniel's truck.

She pulled off her T-shirt and tore a wide strip from the bottom with her teeth. Kneeling on top of Prescott, a knee firmly planted on the back of his neck, she bound his hands tightly behind his back, making sure he couldn't reach the knife's handle. The doctors could remove that later.

She tore another strip from the shirt and bound his feet the same way. Slipping back on what remained of the shirt, she rushed to Daniel's side, all the while keeping Prescott in her sights.

Daniel lay on the ground, motionless. He was out cold.

Patricia leaned over him, felt for a pulse at his neck, listened for the soft intake of air. He was alive, but how badly hurt was he?

Dear God, let him be all right. Please, let him be all right.

She patted his face gently, trying to rouse him. Suddenly all the troubles between them seemed meaningless. In the face of ambush and death, everything faded except how she felt.

She loved him. And he loved her. Did it really matter how they expressed that love? What did it matter if he wanted to take care of her? She was strong enough to be her own woman and stand up to him, if need be. She already did that with everyone else.

And maybe it was time to slow down a little, accept

a little help. She had Carmen to think of. Carmen and, please, God, Daniel.

Oh, Carmen! she wailed silently, feeling panicky and desperate. The child was the best thing that had happened to Patricia in a long time. She'd been away only two days, and already she missed the child dreadfully. Carmen was such a rich and fulfilling part of her life. Somehow she had to convince Daniel of it. If she could make him realize that fatherhood would be good for him, that being a family was everything they could ever want . . .

Please, God, she prayed again. Give me another chance. Let me tell him how I feel. Let me show him that I want him to take care of me, and I want to take care of him.

"Daniel?" she said anxiously, patting his face again. "Daniel, can you hear me?"

He groaned and moved his head back and forth. "Hurt," he rasped. He lay there a few more seconds before opening his eyes.

"I know, I know," she murmured reassuringly. To herself she sighed with giddy relief. "That Prescott character gave you a run for the money."

"Where . . . is he?"

She jerked her head in Prescott's direction. Daniel lay on the ground a few more minutes, gathering his strength. Then Patricia leaned over him, put her hands on his shoulders, and helped him to a sitting position.

He put his head between his legs for a moment and breathed deeply, feeling the hot air expand his lungs. He'd thought he'd never breathe again, and it felt so good. The simplest thing, breathing, but absolutely necessary. You realized that only when it was taken from you.

"Can you walk?" she asked gently, and he nodded.

Patricia got to her feet, rifle in one hand. She threw Prescott's gun over her head before she offered Daniel her free hand and pulled him up. Putting an arm around his waist, she helped steady him while he got his balance. Slowly he put one foot in front of the other and walked over to where Prescott lay moaning.

"We've got to go back," he whispered, his throat bruised and tender. "Get this scumbag in custody."

Daniel walked around to Prescott's feet and ripped the bonds that held his feet. Patricia raised the gun and kept it aimed at his head.

"We're gonna start walking," Daniel said tightly. "You do what you're supposed to and you won't get hurt. At least, no more than you already are."

Patricia jabbed the rifle's barrel against Prescott's and Prescott lumbered up and started walking. He moaned a few times about how much he hurt, but they ignored him. Like any bully, Prescott couldn't handle it when he got beaten.

"You okay?" he asked Patricia.

"Headache the size of Texas," she muttered. "This getting punched around is not for me. How about you?"

"I'll survive," he said shortly.

They tramped the few hundred yards back to Daniel's truck slowly, the sun beating down mercilessly on all of them. They squeezed Prescott in the bed of the pickup, in between all Daniel's and Patricia's equipment and retied his legs.

Daniel locked the truck cap with a grim click. "He's not escaping this time."

"We can radio the feds and the park service back at my camp," Patricia said. "Angela will help us keep Prescott in line until someone arrives. And you and I can take some aspirin."

"It's going to take something a lot stronger than that."

She looked at him then, and he looked right back at her.

"Daniel," she cried in a small, desperate voice. "Oh, Daniel, I nearly lost you!"

"No, baby. I'm too stubborn—or too stupid—to die. Just like you."

She put her arms around him and hugged him fiercely. "I was so scared," she said, starting to shake. The adrenaline high had finally laded, leaving the shocking reality of what they'd just been through behind. "Daniel, I thought we were dead for sure this time."

"You did a pretty good job of taking care of yourself . . . and me," he admitted. "Thanks."

"I couldn't help myself. When I saw that creep strangling you, I had to do something." She put her head on his shoulder and whispered, "You'd have done the same for me."

"I'm glad you were there."

"I always want to be there for you." Her voice was the tiniest of whispers, and Daniel could barely hear her.

"What did you say?"

"I said," her voice a little stronger this time, "I always want to be there for you."

"Are you offering to take care of *me?*" He sounded incredulous.

"I'm offering for us to care for each other."

"And Carmen."

She nodded. "Two for one. I couldn't give her up any more than I could cut off my foot. But if you give her a chance, you'd feel the same way in no time. And she needs a father's love, too."

He stood there, holding her in his arms, silent, thinking. Patricia waited. She'd done all she could do. Daniel had to decide now what he wanted.

"Life can just clobber you on the head, can't it?" he said finally.

"When you least expect it," she agreed, then added meaningfully, "And you can't always protect yourself, let alone the people you love. But in between . . ."

"There's this." He bent his head toward hers, found her lips and touched them softly. It was a gentle kiss, full of acceptance and promise.

When Patricia kissed him back, there was no gentleness, only life-affirming passion. She pulled Daniel close, held his aching head still, refusing to release him until he returned the embrace in full. They'd come so close to losing each other! Now she had to reassure herself in the most elemental way that they were still here, still together. With a chance for a future.

God, how easily she had almost thrown it away.

Now he was so close, so intimate, she could barely breathe. Every fiber of him pressed against her, every muscle bunched against her breast. Daniel molded his whipcord length into her, driving the kiss down, down to her very core. Fire ignited deep within her, slowly licking her insides and melting the fears she'd just faced.

Her heart raced, thumping so hard it threatened to burst right in her chest. She was weak, unsteady, boneless, but Daniel held her so tightly that she didn't need her own bones. Daniel was supporting her.

Yes, that was how it was supposed to be. Supporting each other, holding each other, giving each other strength. That's what she'd wanted all along. And now maybe Daniel did, too.

She rubbed her cheek against his, feeling the scratchy texture of beard stubble against her now-healed bruises, kissed him again, softly this time, with wonder in her eyes. Then she nestled her head in the hollow of his neck and sighed.

"We have to go back," he said in a gravelly voice. "Can you drive? I'm still a little unsteady."

She nodded in his neck.

"We'll settle the rest of . . . this after Prescott's hauled off to justice."

She shuddered "No one deserves it more."

They stepped away from each other reluctantly. Daniel handed her the keys and they got in. Patricia drove while Daniel kept his gun pointed through the rear window at Prescott. He wasn't taking any more chances with that wily coyote.

"Angela!" Patricia shouted as they drove up to base camp. "Get some rope. We caught ourselves a coyote!"

Angela looked up from her camp chair and saw the two disheveled men. "Which one is it?" she asked worriedly.

"The one *without* the gun," Patricia answered.

Angela fetched the rope and helped haul Prescott out of the truck bed. In less than a minute, she had trussed Prescott up like a holiday turkey, with the threat of a gag if he so much as breathed out of turn.

"You go radio the cops and then get cleaned up," Angela ordered Patricia and Daniel her they'd told their story. "I'll watch lowlife here." She smiled grimly. "He won't get out of line with me."

Prescott merely groaned as they headed to the camper to place the call.

Ten minutes later, she'd notified the Park Service, Immigration officials, and her boss about their latest encounter. "It's finally over, and we can get back to work," she reassured them, and then added half-joking, "I want a reward!"

She emerged from the bathroom with a first-aid kit in hand and put a pan of water on the cooktop to heat. Daniel's injuries were worse than hers, and she was going to dress them.

"Take off your shirt," she told him. "I'm cleaning you up."

"Taking care of me again?" he teased.

"Just until the authorities arrive. They're sending choppers, so we won't have to wait too long. And you need to go back in and have the doctor look at you. Sooner or later, you're going to wind up with a concussion."

She washed his back tenderly, bending over once or twice to kiss the worst of it. She couldn't keep her fingers from lingering as she dabbed antibiotic ointment over the cuts. She imagined what it would be like to have him beside her every day, caring for him, him caring for her and Carmen. The image floated before her like a mirage, almost substantial. Almost within reach.

She handed him one of her T-shirts, because his was ruined. "Put this on. You'll fry outside without one, and you've got enough damage as it is."

"Thanks," he said gruffly and pulled it on. It was a size too small, and it hugged his frame snugly, outlining the shape of his chest almost as if he were still wearing nothing. It was a very sexy, very appealing sight.

"Patricia," he said.

"Daniel," she said simultaneously.

He pulled her to his lap and held her, stroking her hair. "I know there aren't any guarantees in life," he said slowly, "but I'd like to offer you one anyway."

A bubble of hope bloomed in her heart, and she snuggled closer. "Keep talking."

"I love you, Patricia Vidal Martínez. You're the most amazing woman. And I want to spend the rest of my life with you."

The bubble expanded and rose to her throat, catching there and making it hard for her to speak. But she had to. "And Carmen?" she asked softly.

"Carmen, too. You're right, she's just a kid. I didn't want you to take her on because I thought it would be too hard for you. But you did, and I will, too. She'll probably have me wrapped around her little finger in no time. Just like her mama."

The bubble grew so big it almost popped. Only one more question . . .

"What about our careers?" she asked anxiously. "Your business?"

"Details, Patricia," he said dismissively. "It's all details. I was thinking of selling the business anyway;

Angela out there would probably kill for some of my equipment. And if the Agency doesn't promote you this time, you can look elsewhere. The college at El Paso's not far from my base. You could teach, and you'd be close to doctors and hospitals if you needed them.

"There are answers, Patricia To every question except one."

He pulled the little scrub pine ring he'd tried to destroy yesterday from his pocket and held it up to her. "I love you, Patricia Vidal Martínez. Will you marry me?"

She began to shake. With joy, relief, and unbridled enthusiasm, she threw her arms around his neck and held on for dear life.

"Will you, Patricia?" He placed the ring tenderly on her finger, then clasped her hand to his heart. "Will you?"

"Oh, Daniel," she sighed. "Oh, yes."

He touched the ring on her finger. "I carved that out here. I didn't know what I was making at the time, but now I see it was for you."

"It's perfect," she said, smiling. "At least until you can get me the real thing."

"So when do you want to get married?"

"Tomorrow. I've been waiting for you for fifteen years."

"I think it takes a little longer than that. A church wedding's going to take a couple of months to plan. I could talk to your mother and get things started. If you're lucky, all you'll have to do is show up."

"Taking over again?" She raised her eyebrows, but then caught herself. Take it easy, she told herself.

You want to do this, and so does Daniel. Let him take this responsibility. "Okay," she added mildly.

"Your mother could be a little touchy," he said. "Does she know I'm back in your life?"

She nodded. "But she'll come around. She did with Carmen, and she will with you."

"I hope so. I'm not letting you get away again."

"Me, either. I love you, Daniel Rivera." She smiled radiantly. "Now, about the wedding. Let's keep it simple."

"Nothing with you is ever going to be simple, Patricia. But that just keeps things . . . interesting." She kissed him one more time. "Very interesting. For the rest of our lives."

THINK YOU CAN WRITE?

We are looking for new authors to add to our list.
If you want to try your hand at writing Latino romance novels,
WE'D LIKE TO HEAR FROM YOU!

Encanto Romances are one man-one woman romances, with
Hispanic protagonists and authentically reflecting U.S. Hispanic
culture. The primary focus of the plot must be the romance and
the interaction between the protagonists. Establish the romance
early and keep the plot simple. Most or all of the story should
take place in the United States, but some scenes could take
place in a Spanish-speaking country. Subplots should be used
to further develop the protagonists' characters, and should not
detract from the main romance. The protagonists should be, or
should develop into, likable characters. The hero should have
a strong character, and exhibit integrity, vulnerability and sex
appeal. The man's point of view should be conveyed, although
the woman's will be prodominant.

WHAT TO SUBMIT

- A cover letter that summarizes previously published work
  or writing experience, if applicable.

- A 3-4 page synopsis covering the plot points, AND three
  consecutive sample chapters. Complete manuscripts
  should come in at approximately 50,000 words (about 200
  types, double-spaced pages).

- A self-addressed stamped envelope with sufficient return
  postage, or indicate if you would like your materials recy-
  cled if it is not right for us.

Send materials to: Encanto, Kensington Publishing Corp.,
850 Third Aveenue, New York, New York, 10022.
Tel: (212) 407-1500

Visit our website at
http://www.kensingtonbooks.com